維摩詰經

中國佛教經典寶藏精選白話版

45

賴永海釋譯
星雲大師總監修
佛光山宗務委員會印行

總序

星雲

自讀首楞嚴，從此不嚐人間糟糠味；
認識華嚴經，方知己是佛法富貴人。

誠然，佛教三藏十二部經有如暗夜之燈炬、苦海之寶筏，爲人生帶來光明與幸福，古德這首詩偈可說一語道盡行者閱藏慕道、頂戴感恩的心情！可惜佛教經典因爲卷帙浩瀚，古文艱澀，常使忙碌的現代人有義理遠隔、望而生畏之憾，因此多少年來，我一直想編纂一套白話佛典，以使法雨均霑，普利十方。

一九九一年，這個心願總算有了眉目，是年，佛光山在中國大陸廣州市召開「白話佛經編纂會議」，將該套叢書訂名爲《中國佛教經典寶藏》。後來幾經集思廣益，大家決定其所呈現的風格應該具備下列四項要點：

一、啓發思想：全套《中國佛教經典寶藏》共計百餘册，依大乘、小乘、禪、淨、密等性質編號排序，所選經典均具三點特色：

1歷史意義的深遠性

2中國文化的影響性

3人間佛教的理念性

二、通順易懂：每册書均設有譯文、原典、注釋等單元，其中文句舖排力求流暢通順，遣詞用字力求深入淺出，期使讀者能一目了然，契入妙諦。

三、文簡義賅：以專章解析每部經的全貌，並且搜羅重要章句，介紹該經的精神所在，俾使讀者對每部經義都能透徹瞭解，並且免於以偏概全之謬誤。

四、雅俗共賞：《中國佛教經典寶藏》雖是白話佛典，但亦兼具通俗文藝與學術價值，以達到雅俗共賞、三根普被的效果，所以每册書均以題解、源流、解說等章節，闡述經文的時代背景、影響價值及在佛教歷史和思想演變上的地位角色。

茲値佛光山開山三十週年，諸方賢聖齊來慶祝，歷經五載、集二百餘人心血結晶的百餘册《中國佛教經典寶藏》也於此時隆重推出，可謂意義非凡，論其成就，則有四點成就可與大家共同分享：

一、佛教史上的開創之舉：民國以來的白話佛經翻譯雖然很多，但都是法師或居士個人的開示講稿或零星的研究心得，由於缺乏整體性的計劃，讀者也不易窺探佛法之堂奧。有鑑於此，《中國佛教經典寶藏》叢書突破窠臼，將古來經律論中之重要著作，作有系統的整理，為佛典翻譯史寫下新頁！

二、傑出學者的集體創作：《中國佛教經典寶藏》叢書結合中國大陸北京、南京各地名校的百位教授學者通力撰稿，其中博士學位者佔百分之八十，其他均擁有碩士學位，在當今出版界各種讀物中難得一見。

三、兩岸佛學的交流互動：《中國佛教經典寶藏》撰述大部份由大陸飽學能文之教授負責，並搜錄臺灣教界大德和居士們的論著，藉此銜接兩岸佛學，使有互動的因緣。編審部份則由臺灣和大陸學有專精之學者從事，不僅對中國大陸研究佛學風氣具有帶動啟發之作用，對於臺海兩岸佛學交流更是助益良多。

四、白話佛典的精華集粹：《中國佛教經典寶藏》將佛典裏具有思想性、啟發性、教育性、人間性的章節作重點式的集粹整理，有別於坊間一般「照本翻譯」的白話佛典，使讀者能充份享受「深入經藏，智慧如海」的法喜。

今《中國佛教經典寶藏》付梓在即，吾欣然爲之作序，並藉此感謝慈惠、依空等人百忙之中，指導編修；吉廣輿等人奔走兩岸，穿針引線；以及王志遠、賴永海等大陸教授的辛勤撰述；劉國香、陳慧劍等臺灣學者的周詳審核；滿濟、永應等「寶藏小組」人員的匯編印行。由於他們的同心協力，使得這項偉大的事業得以不負衆望，功竟圓成！

《中國佛教經典寶藏》雖說是大家精心擘劃、全力以赴的鉅作，但經義深邈，實難盡備；法海浩瀚，亦恐有遺珠之憾；加以時代之動亂，文化之激盪，學者教授於契合佛心，或有差距之處。凡此失漏必然甚多，星雲謹以愚誠，祈求諸方大德不吝指正，是所至禱。

一九九六年五月十六日於佛光山

編序

敲門處處有人應

慈惠

《中國佛教經典寶藏》是佛光山繼《佛光大藏經》之後，推展人間佛教的百冊叢書，以將傳統《大藏經》菁華化、白話化、現代化為宗旨，力求佛經寶藏再現今世，以通俗親切的面貌，溫渥現代人的心靈。

佛光山開山三十年以來，家師星雲上人致力推展人間佛教不遺餘力，各種文化、教育事業蓬勃創辦，全世界弘法度化之道場應機興建，蔚為中國現代佛教之新氣象。這一套白話菁華大藏經，亦是大師弘教傳法的深心悲願之一。從開始構想、擘劃到廣州會議落實，無不出自大師高瞻遠矚之眼光；從逐年組稿到編輯出版，幸賴大師無限關注支持，乃有這一套現代白話之大藏經問世。

這是一套多層次、多角度、全方位反映傳統佛教文化的叢書，取其菁華，捨其艱澀，希望既能將《大藏經》深睿的奧義妙法再現今世，也能爲現代人提供學佛求法的方便舟筏。我們祈望《中國佛教經典寶藏》具有四種功用：

一、是傳統佛典的菁華書——中國佛教典籍汗牛充棟，一套《大藏經》就有九千餘卷，窮年皓首都研讀不完，無從賑濟現代人的枯槁心靈。《寶藏》希望是一滴濃縮的法水，既不失《大藏經》的法味，又能有稍浸即潤的方便，所以選擇了取精用弘的摘引方式，以捨棄龐雜的枝節。由於執筆學者各有不同的取捨角度，其間難免有所缺失，謹請十方仁者鑒諒。

二、是深入淺出的工具書——現代人離古愈遠，愈缺乏解讀古籍的能力，往往視《大藏經》爲艱澀難懂之天書，明知其中有汪洋浩瀚之生命智慧，亦只能望洋興歎，欲渡無舟。《寶藏》希望是一艘現代化的舟筏，以通俗淺顯的白話文字，提供讀者遨遊佛法義海的工具。應邀執筆的學者雖然多具佛學素養，但大陸對白話寫作之領會角度不同，表達方式與臺灣有相當差距，造成編寫過程中對深厚佛學素養與流暢白話語言不易兼顧的困擾，兩全爲難。

三、是學佛入門的指引書——佛教經典有八萬四千法門，門門可以深入，門門是無限寬廣的證悟途徑，可惜缺乏大衆化的入門導覽，不易尋覓捷徑。《寶藏》希望是一支指引方向的路標，協助十方大衆深入經藏，從先賢的智慧中汲取養分，成就無上的人生福澤。然而大陸佛教於「文化大革命」中斷了數十年，迄今未完全擺脫馬列主義之教條框框，《寶藏》在兩岸解禁前即已開展，時勢與環境尙有諸多禁忌，五年來雖然排除萬難，學者對部份教理之闡發仍有不同之認知角度，不易滌除積習，若有未盡中肯之辭，則是編者無奈之咎，至誠祈望碩學大德不吝垂教。

四、是解深入密的參考書——佛陀遺教不僅是亞洲人民的精神皈依，也是世界衆生的心靈寶藏，可惜經文古奧，缺乏現代化傳播，一旦龐大經藏淪爲學術研究之訓詁工具，佛教如何能紮根於民間？如何普濟僧俗兩衆？我們希望《寶藏》是百粒芥子，稍稍顯現一些須彌山的法相，使讀者由淺入深，略窺三昧法要。各書對經藏之解讀詮釋角度或有不足，我們開拓白話經藏的心意卻是虔誠的，若能引領讀者進一步深研三藏教理，則是我們的衷心微願。

在《寶藏》漫長五年的工作過程中，大師發了兩個大願力——一是將文革浩劫斷滅將盡的中國佛教命脈喚醒復甦，一是全力扶持大陸殘存的老、中、青三代佛教學者之生活生機。大師護持中國佛教法脈與種子的深心悲願，印證在《寶藏》五年艱苦歲月和近百位學者身上，是《寶藏》的一個殊勝意義。

謹呈獻這百餘册《中國佛教經典寶藏》爲 師父上人七十祝壽，亦爲佛光山開山三十週年之紀念。至誠感謝三寶加被、龍天護持，成就了這一樁微妙功德，惟願《寶藏》的功德法水長流五大洲，讓先賢的生命智慧處處敲門有人應，普濟世界人民衆生！

目錄

題解

《維摩詰經》，凡三卷，計十四品，姚秦鳩摩羅什譯。

依照通例，本經可分爲序分、正宗分和流通分三大部份。第一品爲序分，記述法會之緣起；第二品至第十二品爲正宗分，爲一經之主體；末二品爲流通分，盛讚受持弘傳本經之功德。

第一佛國品，記述釋迦牟尼佛在毗耶離城外的菴羅樹園與衆集會，寶積長者子說偈讚佛並請佛爲與會大衆「說諸菩薩淨土之行」，以此揭開了本次法會之序幕。

第二方便品，言維摩詰居士雖「深植德本」、「久成佛道」，但仍在社會各界（上自王宮，下至酒肆；上自大臣，下至士庶。）方便示教，攝化群生。爲饒益衆生，其以方便現身有疾。以其疾故，國王大臣，長者居士，皆往問疾。維摩詰居士又以身疾，廣爲說法。

第三弟子品，言佛遣聲聞乘弟子舍利弗、大目犍連、大迦葉等前去探視維摩詰居士，衆弟子皆以往昔自己之小乘境界或小乘的修行方法，曾遭到維摩詰居士的呵斥不敢前往問疾。

第四菩薩品，言佛又遣彌勒、光嚴童子等大乘菩薩前去探視維摩詰居士，衆菩薩亦以自己之道行、境界不及維摩詰居士而不敢前去問疾。

第五文殊師利問疾品，言佛遣作為大乘菩薩智慧代表之文殊師利前去探視維摩詰居士。通過文殊師利菩薩與維摩詰居士的往復論難，深入闡析了「空」、「菩薩行」等大乘精義。

第六不思議品，記述維摩詰居士通過示現神通（如「借座燈王」），宣揚大乘佛教廣窄相容、久暫互攝、須彌納芥子、七日涵一劫之不可思議解脫法門。

第七衆生品，通過維摩詰居士與文殊菩薩對論，應如何觀察衆生現象，以及天女與舍利弗論辯男女之身相等，揭示男女無定相、衆生如夢幻，破除小乘衆對於「法」的執著。

第八佛道品，通過文殊菩薩與維摩詰居士對論「云何通達佛道」及「何等為如來種」，闡明衆生身即是如來種及「行於非道，是為通達佛道」的入世即是出世的大乘菩薩精神。

第九入不二法門品，通過維摩詰居士與文殊師利及法自在等菩薩對論「何為入不二法門」，表明法自在菩薩等之以消除我、我所對待並非眞入不二法門，唯有「文殊無言，維摩杜口」才是遙契「釋迦靈山拈花，迦葉微笑」之心傳。

第十香積佛品，記述維摩詰居士運用神通力，派遣化身菩薩到衆香國取回香飯度衆及借助衆香國諸菩薩對娑婆世界由鄙視到讚歎的轉變，說明大乘菩薩捨己利他、與衆生同甘苦共患難的無限悲心。

第十一菩薩行品，通過香積佛國諸菩薩向釋迦牟尼問法，演繹出菩薩當修「盡、無盡」兩種法門，揭示大乘菩薩應當不住世間不離世間，地獄不空誓不成佛。

第十二阿閦佛品，通過維摩詰居士以「如自觀身實相」回答佛問「何等觀如來」，及以「無沒生」回答舍利弗問「汝於何沒而來生此」，說明一切諸法如同夢幻；進而通過佛告舍利弗，維摩詰居士乃是從淸淨之妙喜國來生此娑婆世界的大菩薩，說明大乘菩薩「雖生不淨佛土，爲化衆生，而不與愚暗而共合」。

第十三法供養品，記述釋迦牟尼佛爲天帝等稱說此經之功德，指出信解受持此經即是以法供養如來；如能做到「依義不依語，依智不依識，依了義經不依不了義經，依法不依人」，即是「最上法供養」。

第十四囑累品，記述佛以法咐囑彌勒菩薩，令其廣爲流通傳布，並借釋迦牟尼佛之口，點出此經之經名。

從思想義理而論，經中有兩句話可以說是本經思想的點睛之筆：一是「菩薩欲得淨土，當淨其心。隨其心淨，則佛土淨」。二是「菩薩行於非道，是爲通達佛道」。

「唯心淨土」是大乘佛教的一個基本思想，許多經典都曾不同程度地語及它，但唯有此《維摩詰經》談得最是直截了當、生動透徹，對中國佛教的天台、華嚴、禪宗的影響也最大。經中通過對舍利弗等小乘衆執著於外境外法，懷疑此土污穢不淨的彈斥，指出只要「深心清淨，依佛智慧，則能見此佛土清淨」。中國佛教自天台之後，逐漸出現一種「唯心」的傾向，就其思想淵源說，則主要來自《維摩詰經》。

認爲世間出世間不二，主張既出世又入世，這是《維摩詰經》另一個重要的思想特點。維摩詰居士本身就是一個爲化度衆生而出入世間乃至入諸淫舍酒肆而又能一塵不染的大悲菩薩，經中屢屢告誡諸大乘菩薩應該「隨所化衆生而取佛土」，這種出污泥而不染、入世俗而化他的既出世又入世的精神，對整個中國佛教產生了極其深刻的影響。

作爲一種思維方式，或者說作爲一種傳法方式，《維摩詰經》的「不二法門」在中國佛教史上的影響也非同一般，所謂「文殊無言，淨名杜口」與「釋迦靈山拈花，迦葉微笑」一道，成爲禪宗以心傳心、不立文字的經典的和歷史的根據。

還有一點應該提及的，就是《維摩詰經》具有十分濃厚的文學色彩。舉凡治文學史的，幾乎沒有不知道它；歷史上有許多詩人畫家、文人墨士十分推崇《維摩詰經》，認爲把它擺在文學史上，也是一部絕代佳作；自隋唐直至明清，以此經爲題材寫成之變文小說、詞賦戲曲等更是數不勝數。《維摩詰經》的這一特點，除了它在體裁結構方面表現爲故事形式外，還得力於此經譯者之生花妙筆。

《維摩詰經》在中土共有七譯，但影響最大、流傳最廣的，當推姚秦鳩摩羅什之譯本。本書則以鳩摩羅什譯之金陵刻經處本爲底本。

鳩摩羅什（公元三四四—四一三年），又作「鳩摩羅什婆」或「鳩摩羅耆婆」，意譯爲「童壽」，是中國佛教史上四大譯經家之一。

據有關史料記載，羅什祖籍天竺，生於西域龜茲國（今新疆庫車一帶），七歲隨母出家，先習小乘，後改學大乘，遍參天下名宿、博覽大小乘經論，譽滿西域諸國。前秦苻堅聞其聲德，囑呂光攻下龜茲後，速將羅什送回關中。後因苻堅被殺，呂光割據涼州，自立為涼王，羅什遂羈留涼州十六、七年。弘始三年（公元四〇一年），後秦姚興攻破涼州，羅什始得東至長安，被姚興尊為國師，並請入逍遙園。自此之後，羅什開始其大規模的譯經傳法活動。其弟子衆多，號稱門人三千，道生、僧肇等著名佛教思想家都出自其門。其所譯經典，據《出三藏記集》載為三十五部，二百九十四卷，據《開元釋教錄》載，為七十四部，三百八十四卷，其中，尤其對於中觀學派經典的傳譯為最系統。羅什之譯經，不但在數量上罕有其匹，而且義理圓通，文體順暢，頗受時人及後世之推崇，此《維摩詰經》譯本亦然，故本書取羅什之譯本為底本。

經典

1卷上

佛國品第一

譯文

這是我親自聽佛說的：當時，佛在毗耶離城附近的菴羅樹園，與大比丘衆八千多人在一起，同時在場的還有三萬二千個大菩薩。這些大比丘、大菩薩道行都十分高深，且聲名遠揚，他們以「六度」、「四攝」爲本行，具足了諸佛如來所加被給他們的威力和神通。這些大比丘、大菩薩不但能承續慧命，而且能發「獅子吼」，使佛法廣爲傳布。他們以大慈大悲之心，主動四處弘揚佛陀的教化，制伏諸外道，降伏衆魔障，使佛法世代相傳，不使斷絕。這些大比丘、大菩薩都已遠離煩惱惑障，心常清淨而毫無垢染，安住於自由自在的無礙境界，並能以其正念、正定而使諸惡不生，諸善增長，更因其有無上的智慧而辯才不斷。至於布施、持戒、忍辱、精進、禪定、般若智慧六度及方便隨機攝化衆生之本領，他們更是無不具足。他們已經達到「得而無得」，遠離一切執著的境界。他們不但已能隨順諸法實相演說佛法，而且善解實相與世間諸法的相互關係，知曉各類衆生的根機悟性，隨機說法濟度無量衆生，得「總持」、「決疑」、「知根」、「答報」等菩薩四無畏。這些大比丘、大菩薩能以各種功德智慧修其身心，雖然沒有世俗的種種裝飾，但個個都相好莊嚴。他們的功德智慧聞名遐邇，響徹環宇；深心信心，固若金剛；護法弘法，普澤天下；說法音聲，清純微妙；深諳義理，離諸邪見；斷除一切煩惱習氣，永遠不落有無二邊；說法有如獅子吼、雷霆震，不受時、空的限制而遍滿一切法界，如大海中之舵手，引導衆生從生死此岸到涅槃彼岸。這些大比丘、大菩薩都洞達佛法深奧玄妙之義理，熟知衆生三世之業報、境遇，具有了接近於佛的一切種智、十力、四無畏、十八不共法。他們雖然早已關閉了通往地獄、畜生諸惡趣之門，但又以慈悲心和大願力示現於五道之中，像人間的良醫一樣，對症下藥，療治衆生的種種疾病。這些大比丘、大菩薩因具備了以上所述的無量功德，一切國土亦因之而變得莊嚴、清淨，舉凡能聽聞到他們說法教化的，無不蒙受巨大的利益，他們的一切功德善行，都有了相應的結果，實在是功不唐捐。上面所說的那些功德、善行和智慧，這些菩薩無不具備。

他們名號分別是：等觀菩薩、不等觀菩薩、等不等觀菩薩、定自在王菩薩、法自在王菩薩、法相菩薩、光相菩薩、光嚴菩薩、大嚴菩薩、寶積菩薩、辯積菩薩、寶手菩薩、寶印手菩薩、常舉手菩薩、常下手菩薩、常慘菩薩、喜根菩薩、喜王菩薩、辯音菩薩、虛空藏菩薩、執寶炬菩薩、寶勇菩薩、寶見菩薩、帝網菩薩、明網菩薩、無緣觀菩薩、慧積菩薩、寶勝菩薩、天王菩薩、壞魔菩薩、電德菩薩、自在王菩薩、功德相嚴菩薩、師子吼菩薩、雷音菩薩、山相擊音菩薩、香象菩薩、白香象菩薩、常精進菩薩、不休息菩薩、妙生菩薩、華嚴菩薩、觀世音菩薩、得大勢菩薩、梵網菩薩、寶杖菩薩、無勝菩薩、嚴土菩薩、金髻菩薩、珠髻菩薩、彌勒菩薩、文殊菩薩等等，凡三萬二千人，這些大菩薩出席了這次盛大的法會。此外，還有數以萬計的梵天天王如尸棄等、一萬二千位天帝及衆多具大威力之「天龍八部衆」（天、龍神、夜叉、乾闥婆、阿修羅、迦樓羅、緊那羅、摩睺羅伽）亦從各地來到毗耶離城菴羅樹園，聆聽佛陀說法。同時，許多比丘、比丘尼、優婆塞、優婆夷亦前來與會聽法。

原典

維摩詰❶所說經卷上

如是我聞：一時，佛在毗耶離❷菴羅樹園❸，與大比丘❹衆，八千人俱。菩薩❺三萬二千，衆所知識❻，大智❼本行❽，皆悉成就，諸佛威神之所建立。爲護法城，受持正法；能師子吼❾，名聞十方；衆人不請，友而安之；紹隆三寶❿，能使不絕；降伏魔⓫怨，制諸外道⓬；悉已清淨，永離蓋纏⓭；心常安住，無礙解脫⓮；念定總持⓯，辯才不斷；布施、持戒、忍辱、精進、禪定、智慧，及方便力⓰，無不具足；逮無所得，不起法忍⓱；已能隨順，轉不退輪⓲；善解法相⓳，知衆生根；蓋諸大衆，得無所畏⓴；功德智慧，以修其心；相好嚴身，色像第一；捨諸世間，所有飾好；名稱高遠，踰於須彌㉑；深信堅固，猶若金剛㉒；法寶普照，而雨甘露；於衆言音，微妙第一；深入緣起，斷諸邪見；有無二邊，無復餘習；演法無畏，猶師子吼；其所講說，乃如雷震；無有量，已過量；集衆法寶，如海導師；了達諸法深妙之義，善知衆生往來所趣，及心所行，近無等等佛自在慧、十力㉓、無畏㉔、十八不共㉕；關閉一切諸惡趣㉖門，而生五道㉗以現其身，爲大醫王；善療衆病，應病與藥，令得服行；無量功德皆成就，無量佛土皆嚴淨；其見聞者，無不蒙益；諸有所作，亦不唐捐㉘；如是一切功德，皆悉具足。

其名曰：等觀菩薩、不等觀菩薩、等不等觀菩薩、定自在王菩薩、法自在王菩薩、法相菩薩、光相菩薩、光嚴菩薩、大嚴菩薩、寶積菩薩、辯積菩薩、寶手菩薩、寶印手菩薩、常舉手菩薩、常下手菩薩、常慘菩薩、喜根菩薩、喜王菩薩、辯音菩薩、虛空藏菩薩、執寶炬菩薩、寶勇菩薩、寶見菩薩、帝網菩薩、明網菩薩、無緣觀菩薩、慧積菩薩、寶勝菩薩、天王菩薩、壞魔菩薩、電德菩薩、自在王菩薩、功德相嚴菩薩、師子吼菩薩、雷音菩薩、山相擊音菩薩、香象菩薩、白香象菩薩、常精進菩薩、不休息菩薩、妙生菩薩、華嚴菩薩、觀世音菩薩、得大勢菩薩、梵網菩薩、寶杖菩薩、無勝菩薩、嚴土菩薩、金髻菩薩、珠髻菩薩、彌勒菩薩、文殊師利法王子菩薩，如是等三萬二千人。復有萬梵天王尸棄㉙等，從餘四天下，來詣佛所，而爲聽法。復有萬二千天帝，亦從餘四天下，來在會坐。並餘大威力諸天、龍、神、夜叉、乾闥婆、阿修羅、迦樓羅、緊那樓羅、摩睺樓羅伽㉚等，悉來會坐。諸比丘、比丘尼、優婆塞、優婆夷㉛，俱來會坐。

注釋

❶**維摩詰**：亦稱「維摩」、「毗摩羅詰」，舊譯「淨名」，新譯「無垢稱」，佛陀在世時印度毗耶離城之居士。他雖身在塵俗，但道行之高遠，對大乘義理之精通，爲很多出家乃至成道證果之小乘衆所不能及，經中通過其對舍利弗等前去探疾之小乘衆的彈呵及與文殊菩薩之對論「不二法門」，生動、深入地揭示了空、無相及出世與入世不二等大乘佛教之精義。

❷**毗耶離**：地名。「毗耶離」是梵語，意譯作「廣嚴城」，佛教典籍中譯名不一，亦作「毗舍離」（《佛國記》）、「吠舍釐」（《大唐西域記》）、「鞞奢隸夜城」（《一切經音義》）、「薜舍離」（《求法高僧傳》）等，在印度干達克河以東，今稱「毗薩羅」。

❸**菴羅樹園**：亦作「菴沒羅林」、「菴羅衛林」、「菴婆梨園」、「菴婆羅園」等，

乃菴没羅女獻給佛陀的園林，後爲佛陀講經說法之處所，位於毗耶離城附近。

❹**比丘**：是梵語，意含乞士、破煩惱、淨持戒、能怖魔四義，因漢語中無與之相應之語彙，故一般佛典中都徑取梵音。

❺**菩薩**：梵語之簡譯，全譯爲「菩提薩埵」，意爲「覺有情」，指以證成佛果爲最終目標之大乘衆。

❻**衆所知識**：「知識」爲朋友之異稱，此間之「衆所知識」指參予法會之諸菩薩都道行高遠、大名鼎鼎，爲廣大衆生所熟知。

❼**大智**：智有三種：「一切智」、「道種智」、「一切種智」。「一切智」指了悟諸法皆空之智慧；「道種智」則能於空之上，更知不空；「一切種智」則了悟諸法既空又假、非空非假，是空與假的統一。前者屬二乘之智慧，後者屬佛之究竟智，「道種智」則屬於菩薩的智慧。這裏主要指道種智。

❽**本行**：菩薩以引渡衆生成佛爲最終目標，故以「六度」、「四攝」諸行爲本。「六度」即布施、持戒、忍辱、精進、禪定、般若；「四攝」即布施攝、愛語攝、利行攝、同事攝。

❾**師子吼**：「師子」即「獅子」。獅子乃百獸之王。它的吼聲，能使群獸怖畏、懾伏。此喻諸菩薩所弘揚的佛法，足以使群邪異學畏怖、懾伏。

❿**三寶**：即佛、法、僧。

⓫**魔**：即魔鬼，它能以身心煩惱乃至生死諸苦奪人慧命。

⓬**外道**：指佛教外之邪法異學。

⓭**蓋纏**：即「五蓋」、「十纏」。「五蓋」指有五種法能蓋覆人之善心，即貪欲、瞋恚、睡眠、掉悔、疑；「十纏」指有十種妄惑，能纏縛衆生使其不能出離生死苦海，不能證入涅槃，即無慚、無愧、嫉、慳、悔、睡眠、掉舉、昏沈、瞋忿、覆。

⓮**無礙解脫**：無礙，即無障礙、無所罣礙。無礙解脫指已達到一種永離煩惱蓋纏，於諸法通達無礙的境界。

⓯**念、定、總持**：念即正念，定爲正定，總持指持善不失，持惡不生。

⓰**方便力**：指以方便智或巧妙之方法與手段攝化衆生。

⓱**法忍**：此爲「無生法忍」之簡稱，亦即了悟諸法乃不生不滅之智慧。

⓲**轉不退輪**：「輪」即法輪，指佛法，菩薩證得佛法眞諦，永不退失，並能將此眞智

輾轉開示一切衆生，謂之轉不退輪。

⑲**善解法相**：一切諸法就其本質説，都是空無自性的，但就現象上看，則表現爲種種差別相，善於了解諸法之一性、殊相，則謂之善解法相。

⑳**無所畏**：即無所畏怖之意。無畏可分爲「佛無畏」和「菩薩無畏」，這裏主要指菩薩「四無畏」，即總持無畏（如前面所説的「念定總持」）、決疑無畏（如「善解法相」）、知無畏（如前面所言「知衆生根」）、答報無畏（指爲報答國土、三寶及衆生恩而勇猛精進，説法無畏）。

㉑**須彌**：又作蘇迷盧山、須彌盧山、須彌留山、修迷樓山等，即須彌山，意譯爲妙高山、好高山、善高山、妙光山等。原爲印度神話中之山名，後佛教延用之，把它視爲一小世界中央之最高的山，以它爲中心，周圍有八山、八水環繞，而形成一個小世界。

㉒**金剛**：即金剛石，因其堅固異常，故借以喻菩薩之深信堅固不可破壞。

㉓**十力**：指如來特有之十種超常、非凡之智力：一「知處非處智力」，即知事物理與非理的智力；二「知三世業報智力」，即知一切衆生三世因緣業報的智力；三「知

諸禪解脱三昧智力」，即知諸禪定、八解脱、三三昧智力；四「知衆生上下根智力」，即知各類衆生根機優劣之智力；五「知種種解智力」，即知各類衆生對事物之知解、認識之智力；六「知種種界智力」，即知衆生素質、境界各各不同之智力；七「知一切至所道智力」，即知一切衆生善惡之舉及其所趣向之智力；八「知天眼無礙智力」，即以天眼徹知各類衆生生老病死及善惡業報之智力；九「知宿命無漏智力」，即知衆生宿命乃至何時能證得無漏涅槃之智力；十「知永斷習氣智力」，即知永遠斷除煩惱業障，不再進入生死輪迴之智力。

㉔**無畏**：即佛之四無畏：一是正等覺無所畏，即徹知諸法實相，住於正見而無所畏怖；二是一切漏盡智無畏，即已斷盡一切煩惱而不再有爲任何煩惱侵擾之畏怖；三是説障道無所畏，即對闡示、破除障礙修行之種種外道邪法無所畏怖；四是説出道無畏，即宣説出離苦道之法而無所畏怖。

㉕**十八不共**：指佛不同於二乘及其他聖者的特殊功德，共有十八種：一「身無失」，二「口無失」，三「念無失」，四「無異想」，五「無不定心」，六「無不知已捨心」，七「欲無減」，八「精進無減」，九「念無滅」，十「慧無滅」，十一「解

脱無滅」，十二「解脱知見無滅」，十三「一切身業隨智慧行」，十四「一切口業隨智慧行」，十五「一切意業隨智慧行」，十六「智慧知過去世無礙」，十七「智慧知未來世無礙」，十八「智慧知現在世無礙」。

㉖**惡趣**：又稱惡道，即由惡業所感，而應趣向之處所。佛教中有「三惡趣」、「五惡趣」、「六惡趣」等説法。「三惡趣」指地獄、餓鬼、畜生，若再加上人、天、阿修羅，即爲「六惡趣」。

㉗**五道**：即「五惡趣」，指地獄、餓鬼、畜生、人、天。

㉘**唐捐**：虛擲、落空之意。

㉙**梵天王尸棄**：色界初禪天之大梵天稱梵天王，其名叫尸棄。深信正法，每逢佛出世，必最先來請佛轉法輪。

㉚**天、龍、神、夜叉、乾闥婆、阿修羅、迦樓羅、緊那羅、摩睺羅伽**：此中九類除「神」之外，俗稱「天龍八部」。對於「神」，僧肇之《維摩詰注》稱之爲「受善惡雜報，似人、天而非人、天」之一類，而今人竺摩法師的《維摩經講話》和陳慧劍先生的《維摩經今譯》則把它歸入「龍」類，合稱「龍神」。

㉛比丘、比丘尼、優婆塞、優婆夷：此爲佛門四衆弟子。前二爲出家男女二衆，後二爲在家男女二衆。

譯文

當時，這衆多的梵天王、天帝、天龍八部衆、比丘、比丘尼、優婆塞、優婆夷十分恭敬地圍繞著佛陀，佛陀莊重地安坐於獅子座上，並爲大家開示說法，這情形有如須彌大山矗立於大海之上，極是偉岸莊嚴。

其時，毗耶離城有一位名叫寶積的長者子，帶領五百名長者子亦來與會聽法。這些長者子都帶著用七寶裝飾成的寶傘，來到會場之後，都五體投地，參拜佛陀，並把帶來的寶傘供獻給佛陀。其時，佛以其不可思議之神通和威力把這衆多寶傘合攏成一個其大無比的大寶傘，蓋覆了三千大千世界。此三千大千世界不管它如何廣闊無垠、高入雲端，也都盡收其中；一切山河大地、天宮寶刹，諸如須彌山、雪山、目眞鄰陀山、摩訶目眞鄰陀山、香山、黑山、鐵圍山、大鐵圍山、天宮、龍宮、日月星辰等等，悉數顯現其中。與會諸大衆目睹佛陀的神通威力後，都讚歎不已，合掌禮拜，目不轉睛地仰視著佛陀的慈容。長者子寶積隨即唱了這樣一首偈頌：

佛的眼睛清澈明亮，又長又大，有如青水蓮，
佛的心地離諸塵垢，無染無礙，已達深定境；
以無量世的善行淨業，引導衆生離苦海趣涅槃，
因而深得大衆的禮敬、崇拜。
現在，我們又親眼目睹佛以神通變現的三千大千世界，
每一方國土都有無量諸佛在演說佛法，
乃至一切山河大地、天宮寶剎等都盡現其中。
佛陀的法力超群，常以正法濟度一切衆生，
既善於分別諸法種種異相，又深契實相不一不異之精義。
佛陀已於法自在，故能法力超群，濟衆無疆，
所以深得大衆的禮敬、崇拜。
其所說法不落有無二邊，認為諸法都是因緣而生。
既無造作者，又無永恆不滅的實體，更無業報的承擔者，

但一切因緣業報都不會因此而消失。
佛陀於菩提樹下降伏諸惡魔，終於證悟成就佛道。
因已熄滅一切虛妄分別之心識及一切有所造作的心所受行，
故能摧伏一切邪魔外道。
佛陀在娑婆世界三轉法輪，
所創立的「四諦法」、「十二因緣」實乃至極的真理。
佛法的問世使得衆多天人因此而證道得解脫，
從此之後娑婆世界終於出現了佛、法、僧三寶。
佛以這樣的清淨妙法濟度群生，
衆生若能信受奉行，便可得不退轉而入於涅槃。
佛陀實是醫治衆生生、老、病、死諸苦患的大醫王，
人們實在應該禮敬、感謝功德無邊的偉大的佛法。
佛陀在「稱、譏、毀、譽」面前向來穩如須彌，絲毫不會為之所動，
對於善與不善乃至諸惡都能待之以平等不二的仁慈之心；

心如虛空廣大包容而不對世間的萬物妄生差別之見，
對於這樣的人中法王誰能不生崇敬之情。
現在我們所供奉的面前這個大寶傘，於中就可顯現三千大千世界，
不管是天宮、龍宮及乾闥婆、夜叉等八部衆的居所，
還是世間一切大地山河、日月星辰也都顯現其中，
大家不能不對佛陀的十力神通威力深表讚歎，佩服得五體投地。
如此的法王理所當然成為人們崇敬的對象，
瞻仰這樣的人中法王又有誰不歡欣雀躍呢！
顯現於各人眼前的佛陀的莊嚴身相也許各不相同，
這是佛陀之神力與人、天乃至二乘不同之處。
佛陀以同樣的音聲、語言演說同一種佛法，
各類衆生都能從中得益乃至獲得解脫，
更有甚者，各類衆生所聽到的都是本族類的語言，
這也是佛陀的神力高出於人、天乃至二乘的地方。

佛陀以同樣的音聲、語言演說同樣的佛法，
各類衆生都能從中得益乃至獲得解脫，
不管他們的根機悟性如何不同也同樣能獲得利益，
這也是佛陀的神力高出人、天乃至二乘的地方。
佛陀以同樣的音聲、語言演說同樣的佛法，
但聽後卻有的憂怖恐懼，有的快樂歡喜，
有的厭離生死，有的決惑斷疑，
這也是佛陀的神力高出人、天乃至二乘的地方。
讓我們虔誠頂禮，這位精進度生濟世的佛陀。
讓我們虔誠頂禮，這位已得四無所畏的佛陀。
讓我們虔誠頂禮，這位已住於十八不共法的佛陀。
讓我們虔誠頂禮，這位作為天人大導師的佛陀。
讓我們虔誠頂禮，這位能斷除衆生煩惱業障的佛陀。
讓我們虔誠頂禮，這位已證涅槃、登彼岸的佛陀。

讓我們虔誠頂禮，這位能度世間一切衆生的佛陀。

讓我們虔誠頂禮，這位永出苦海、遠離生死道的佛陀。

這位偉大的佛陀，悉知衆生三世流轉，往來諸相，

於法自在，善於隨順諸法而得解脫，

雖然示現於娑婆世界，但不為塵世垢濁所染，如水中之蓮花。

雖然常在空寂定中，但又不為空所縛，善於在寂光定中度人。

偉大的佛陀，已於一切法自在無礙，

讓我們虔誠頂禮，這位法身如虛空、遍法界的偉大的佛陀。

當長者子寶積唱完這首偈頌後，接著又對佛陀說：「世尊，這五百位長者子，都已發無上的道心，因此很希望世尊能爲他們講講佛國土清淨以及應該如何修習菩薩淨土法門。」

佛說：「眞是太好了，寶積！你能爲衆菩薩請求開示淨土法門。請你們專心地聽著，認眞地思考，好好地記住，我現在就爲你們解說何謂菩薩淨土法門。」於是，寶積及五百長者子，都歡欣雀躍，恭敬地聆聽佛陀的開示。

佛說：「寶積，一切衆生界，即是菩薩淨土。爲什麼這麼說呢？因爲菩薩隨所要化度的衆生取菩薩淨土，隨所要調伏的衆生取菩薩淨土，根據各類衆生將在什麼樣的國度才能進入佛智慧而取菩薩淨土，根據各類衆生將在什麼樣的國度才能萌生菩薩道根而取菩薩淨土。菩薩之所以這麼做，是因菩薩之取淨土，都是爲了饒益、濟度衆生，如果離開了衆生，菩薩又如何去饒益、濟度他們呢？這有如人們若想在半空中建樓閣，肯定是徒勞無功；而如果在平地上，就可以按照自己的意願順利地把宮殿樓閣建成。菩薩想得佛國，必須攝受成就衆生，成就了衆生，佛國土自能完成實現；若不成就衆生，而想取得佛土肯定是不可能的。

「寶積啊！你們應當知道，一顆質樸誠實之心，即是菩薩淨土，菩薩將來成佛時，一定會有許多正直誠實的衆生來生其佛國；一顆深信堅固之心，即是菩薩淨土，菩薩將來成佛時，一定會有許多具足種種功德的衆生來生其佛國；無上道心即是菩薩淨土，菩薩將來成佛時，一定會有許多信仰大乘的衆生來生其佛國；布施是菩薩淨土，菩薩將來成佛時，一定會有許多樂施好善的衆生來生其佛國；持戒即是菩薩淨土，菩薩將來成佛時，一定會有許多戒行清淨、普行十善的衆生來生其佛國；忍辱是菩薩淨土，菩薩將來成佛時，一定會有許多相好莊嚴的眾生來生其佛國；精進是菩薩淨土，菩薩將來成佛時，一定會有許多勤修淨行、功德具足的眾生來生其佛國；禪定是菩薩淨土，菩薩將來成佛時，一定會有許多定力高深的眾生來生其佛國；智慧是菩薩淨土，菩薩將來成佛時，一定會有許多已悟大法、已得正定的眾生來生其佛國；慈、悲、喜、捨『四無量心』即是菩薩淨土，菩薩將來成佛時，一定會有許多修習實踐此『四無量心』的眾生來生其佛國；布施、愛語、利行、同事『四攝法』是菩薩淨土，菩薩將來成佛時，一定會有許多被此『四攝法』所攝化的眾生來生其佛國；方便是菩薩淨土，菩薩將來成佛時，一定會有許多修習方便法門、於一切法通達無礙的眾生來生其佛國；『三十七道品』是菩薩淨土，菩薩將來成佛時，一定會有許多修習『四念處』、『四正勤』、『四神足』、『五根』、『五力』、『七覺支』和『八正道』的眾生來生其佛國；回向心是菩薩淨土，菩薩將來成佛時，其國土一定一切功德具足；說消除五苦八難是菩薩淨土，菩薩將來成佛時，其國土沒有三惡道及生老病死等種種苦難；自己戒行清淨嚴謹且不譏諷他人犯戒是菩薩淨土，菩薩將來成佛時，其國土將不會有犯戒之人乃至沒有犯戒之說；十善行是菩薩淨土，菩薩將來成佛時，其國土之人將都長壽富有、行爲清淨、爲人誠實、話語柔和、合家和睦、親朋友善、言多益人、不嫉不恚，舉凡具有正見衆生都爭相來生其國。

「正如上面所說的，寶積，菩薩因其心地質直，則能發願實行；隨其願行，則得深厚堅固的道心；隨其有深厚堅固的道心，則能調伏其意念；隨著意念的調伏，則能如佛法所說而行；既能如佛法所說而行，則能萌發回向之心；隨其回向心的產生，則會有種種方便法門；隨其種種方便法門，則能濟度成就無量衆生；隨著無量衆生的得度，則佛土自然清淨；隨著佛土的清淨，則所說法自然是清淨；隨著所說法的清淨，則清淨智慧自然產生；隨著清淨智慧的產生，則其心境自然清淨；隨著心境的清淨，則一切功德自然清淨。所以，寶積，如果菩薩想要得到淨土，首先當淨其心，隨其心淨，則佛土自然清淨。」

其時，舍利弗聽了佛陀的這一番話後，心裏就產生了這樣一個疑問：如果菩薩心淨則佛土淨，那麼我佛世尊當初爲菩薩時，難道其心境意念也有不淨嗎？要不然爲什麼我們居住的這個世界怎會如此的汚濁不堪？

佛陀憑借其神力，當即知道了舍利弗心中的疑問，便對舍利弗說：「舍利弗，你認爲怎麼樣呢？日月難道不明淨嗎？但是對於瞎子來說，一切都看不見。」

舍利弗回答說：「不是的，世尊，日月並非不明淨，只是瞎子看不見罷了。」

佛陀接著便說：「說得對，舍利弗，所以看不到如來國土莊嚴清淨，那完全是衆生被煩惱業障所蓋覆的緣故，並不是佛陀的國土自身不莊嚴清淨。舍利弗，我的國土本是莊嚴清淨的，但你卻看不見，這就像瞎子看不見明淨的日月一樣。」

當時，螺髻梵王對舍利弗說：「舍利弗，不該產生佛所居住的世界是汚濁不堪的念頭。爲什麼呢？因爲我所看到的佛陀國土清澈明淨得如自在天宮一般。」

舍利弗說：「不對啊！我明明看見這個世界上到處是荆棘沙礫、坑坑窪窪、汚穢不堪。」

螺髻梵王說：「那是因爲你自己尚不具有佛的智慧，心裏還存有高下淨染等種種分別的緣故，所以在你的眼裏此國土是那樣的高低不平、汚穢不堪。舍利弗，菩薩依佛的智慧，對於一切衆生，都懷著平等之心，無人我怨親之區別，如果能以平等清淨之心去看世界，則能夠看到這個世界是十分明淨莊嚴的。」

當螺髻梵王說完這些話後，佛陀即以足指按地，頓時由無以計數的奇珍異寶裝飾起來的三千大千世界便顯現在大家的眼前，極是富麗莊嚴，有如以無量的功德寶裝飾起來的莊嚴佛土，當時，一切與會大衆都讚歎不已，並發現自己都端坐於蓮花寶座之上。

這時，佛陀便對舍利弗說：「舍利弗，你看看這佛國土是不是很莊嚴清淨？」舍利弗回答說：「是的，世尊，這佛陀國土確實十分莊嚴清淨，這樣莊嚴清淨的佛國土眞是我前所未見、前所未聞的。」

佛陀又對舍利弗說：「我佛國土，從來都是這麼莊嚴清淨的，只是爲了濟度那些劣質鈍根衆生，才方便示現種種汚穢不淨的現象，這有如諸天人同在一寶器中飲食，但因各人的智慧功德的差別而所看到飯色卻各不相同一樣。舍利弗，看國土的清淨與否也是一樣，如果人的心清淨，他所看到的諸佛國土一定功德具足、莊嚴清淨。」

當佛陀示現此莊嚴國土時，寶積所率領的五百長者子都同時獲得證悟諸法不生不滅的智慧；同時，與會的八萬四千人，也都萌發了無上道心。其時，佛陀又把剛才按地之神足縮了回來，一時間，方才顯現的三千大千世界頓時消失，眼前又恢復了原貌。當時，與會的三萬二千小乘衆、諸天及人，了悟一切有生滅的有爲法都是變化無常的，並都當下斷除了一切煩惱惑障，得清淨法眼，證得聖果；另外，與會的八千比丘，也都捨去了一切執著，斷除一切煩惱惑障而證得羅漢果。

原典

彼時，佛與無量百千之衆，恭敬圍遶，而爲說法。譬如須彌山王，顯於大海，安處衆寶師子之座，蔽於一切諸來大衆。

爾時，毗耶離城有長者子，名曰寶積，與五百長者子，俱持七寶蓋，來詣佛所，頭面禮足，各以其蓋，共供養佛。佛之威神令諸寶蓋❶，合成一蓋，遍覆三千大千世界❷。而此世界廣長之相，悉於中現。又此三千大千世界，諸須彌山、雪山、目眞鄰陀山、摩訶目眞鄰陀山、香山、黑山、鐵圍山、大鐵圍山、大海江河、川流泉源，及日月星辰、天宮、龍宮、諸尊神宮，悉現於寶蓋中。又十方❸諸佛，諸佛說法，亦現於寶蓋中。爾時，一切大衆睹佛神力，歎未曾有，合掌禮佛，瞻仰尊顏，目不暫捨。長者子寶積，即於佛前，以偈頌曰：

目淨修廣如青蓮，心淨已度諸禪定；

久積淨業稱無量，導衆以寂故稽首。
既見大聖以神變❹，普現十方無量土；
其中諸佛演說法，於是一切悉見聞。
法王法力超群生，常以法財施❺一切；
能善分別諸法相，於第一義❻而不動。
已於諸法得自在，是故稽首此法王❼；
說法不有亦不無，以因緣故諸法生。
無我無造無受者，善惡之業亦不亡；
始在佛樹力降魔，得甘露滅覺道成。
已無心意無受行，而悉摧伏諸外道；
三轉法輪於大千，其輪本來常清淨。
大人得道此為證，三寶於是現世間；
以斯妙法濟群生，一受不退常寂然。
度老病死大醫王❽，當禮法海德無邊；

毀譽不動如須彌，於善不善等以慈。
心行平等如虛空，孰聞人寶不敬承；
今奉世尊此微蓋，於中現我三千界。
諸天龍神所居宮，乾闥婆等及夜叉；
悉見世間諸所有，十力哀現是化變。
眾睹希有皆歎佛，今我稽首三界尊⑨；
大聖法王眾所歸，淨心觀佛靡不欣。
各見世尊在其前，斯則神力不共法；
佛以一音演說法，眾生隨類各得解。
皆謂世尊同其語，斯則神力不共法；
佛以一音演說法，眾生各各隨所解。
普得受行獲其利，斯則神力不共法；
佛以一音演說法，或有恐畏或歡喜。
或生厭離或斷疑，斯則神力不共法；

稽首十力大精進，稽首已得無所畏。

稽首住於不共法，稽首一切大導師；

稽首能斷衆結縛⑩，稽首已到於彼岸⑪。

稽首能度諸世間，稽首永離生死道；

悉知衆生來去相，善於諸法得解脫。

不著世間如蓮華，常善入於空寂行；

達諸法相無罣礙，稽首如空無所依。

爾時，長者子寶積說此偈已，白佛言：「世尊，是五百長者子，皆已發阿耨多羅三藐三菩提⑫心，願聞得佛國土清淨，唯願世尊，說諸菩薩淨土之行。」

佛言：「善哉，寶積！乃能爲諸菩薩，問於如來淨土之行，諦聽，諦聽！善思念之，當爲汝說。」於是寶積及五百長者子，受教而聽。

佛言：「寶積，衆生之類，是菩薩佛土。所以者何？菩薩隨所化衆生，而取佛土；隨所調伏衆生，而取佛土；隨諸衆生，應以何國入佛智慧，而取佛土；隨諸衆生，應以何國起菩薩根，而取佛土。所以者何？菩薩取於淨國，皆爲饒益諸衆生故。譬如有人，欲於空地，造立宮室，隨意無礙；若於虛空，終不能成。菩薩如是，爲成就衆生故，願取佛國；願取佛國者，非於空也。

「寶積，當知直心⓭是菩薩淨土，菩薩成佛時，不諂衆生來生其國；深心⓮是菩薩淨土，菩薩成佛時，具足功德衆生來生其國；菩提心⓯是菩薩淨土，菩薩成佛時，大乘衆生來生其國；布施是菩薩淨土，菩薩成佛時，一切能捨衆生來生其國；持戒是菩薩淨土，菩薩成佛時，行十善道滿願衆生來生其國；忍辱是菩薩淨土，菩薩成佛時，三十二相⓰莊嚴衆生來生其國；精進是菩薩淨土，菩薩成佛時，勤修一切功德衆生來生其國；禪定是菩薩淨土，菩薩成佛時，攝心不亂衆生來生其國；智慧是菩薩淨土，菩薩成佛時，正定衆生來生其國；四無量心⓱是菩薩淨土，菩薩成佛時，成就慈、悲、喜、捨衆生來生其國；四攝法⓲是菩薩淨土，菩薩成佛時，解脫所攝衆生來生其國；方便是菩薩淨土，菩薩成佛時，於一切法方便無礙衆生來生其國；三十七道品⓳是菩薩淨土，菩薩成佛時，念處、正勤、神足、根、力、覺、道⓴衆生來生其國；回向心㉑是菩薩淨土，菩薩成佛時，得一切具足功德國土；說除八難是菩薩淨土，菩薩成佛時，國土無有三惡八難㉒；自守戒行、不譏彼闕。是菩薩淨土，菩薩成佛時，國土無有犯禁之名；十善㉓是菩薩淨土，菩薩成佛時，命不中夭，大富梵行，所言誠諦，常以軟語，眷屬不離，善和諍訟，言必饒益，不嫉不恚，正見衆生來生其國。

「如是，寶積，菩薩隨其直心，則能發行；隨其發行，則得深心；隨其深心，則意調伏；隨其調伏，則如說行；隨如說行，則能回向；隨其回向，則有方便；隨其方便，則成就衆生；隨成就衆生，則佛土淨；隨佛土淨，則說法淨；隨說法淨，則智慧淨；隨智慧淨，則其心淨；隨其心淨，則一切功德淨。是故，寶積，若菩薩欲得淨土，當淨其心；隨其心淨，則佛土淨。」

爾時，舍利弗承佛威神作是念：若菩薩心淨，則佛土淨者，我世尊本爲菩薩時，意豈不淨，而是佛土不淨若此？

佛知其念，即告之言：「於意云何？日月豈不淨耶？而盲者不見。」

對曰：「不也，世尊，是盲者過，非日月咎。」

「舍利弗，衆生罪故，不見如來國土嚴淨，非如來咎。舍利弗，我此土淨，而汝不見。」

爾時，螺髻梵王語舍利弗：「勿作是念，謂此佛土以爲不淨。所以者何？我見釋迦牟尼佛土清淨，譬如自在天宮㉔。」

舍利弗言：「我見此土，丘陵坑坎，荊棘沙礫，土石諸山，穢惡充滿。」

螺髻梵王言：「仁者心有高下，不依佛慧，故見此土為不淨耳。舍利弗，菩薩於一切衆生悉皆平等，深心清淨，依佛智慧，則能見此佛土清淨。」

於是佛以足指按地，即時三千大千世界，若干百千珍寶嚴飾，譬如寶莊嚴佛無量功德寶莊嚴土，一切大衆歎未曾有，而皆自見坐寶蓮華。

佛告舍利弗：「汝且觀是佛土嚴淨。」舍利弗言：「唯然，世尊。本所不見，本所不聞，今佛國土嚴淨悉現。」

佛告舍利弗：「我佛國土，常淨若此，為欲度斯下劣人故，示是衆惡不淨土耳。譬如諸天，共寶器食，隨其福德，飯色有異。如是，舍利弗，若人心淨，便見此土功德莊嚴。」

當佛現此國土嚴淨之時，寶積所將五百長者子，皆得無生法忍；八萬四千人，皆發阿耨多羅三藐三菩提心。佛攝神足，於是世界還復如故。求聲聞乘㉕者三萬二千，諸天及人，知有為法皆悉無常，遠塵離垢，得法眼淨。八千比丘，不受諸法漏盡意解

㉖。

注釋

❶**寶蓋**：一種用珠寶裝飾而成的彩傘，懸於法會講座之頂上。

❷**三千大千世界**：按照佛教的說法，以須彌山爲中心，以七山八海爲環繞，以鐵圍山爲外廓，由此形成一小千世界；由一千個小千世界構成一中千世界；由一千個中千世界，構成一大千世界。統合此小千、中千、大千世界，則成「三千大千世界」。

❸**十方**：佛經以東、西、南、北、東南、西北、東北、西南、上、下爲十方。

❹**神變**：指佛菩薩以神通力變現各種不可思議之境象。

❺**法財施**：即「法施」與「財施」。「法施」亦稱「法供養」。「法施」多指對下宣講、開示佛法；「法供養」多爲對上之語。「財施」則是向人布施、施捨錢財。

❻**第一義**：即最究竟之眞理。

❼**法王**：即佛之異稱。佛於諸法自在，故稱法王。

❽**大醫王**：佛之異稱。佛以法藥利濟群生，醫治衆生的種種病患，故亦稱大醫王。

❾**三界尊**：「三界」指欲界、色界、無色界；佛爲三界中之最尊者，故名。

❿**結縛**：煩惱之異稱，喻其能繫縛人之身心不得解脫。

⓫**彼岸**：即涅槃之境界。在佛教中，生死之境界謂之此岸，煩惱業障稱爲中流，悟道證涅槃謂之至彼岸。

⓬**阿耨多羅三藐三菩提**：無上正等正覺，即遍知一切眞理之無上智慧，指佛智。

⓭**直心**：即正直、誠實而無虛假、諂曲之心。

⓮**深心**：指求法之心深而切，信法之心深而固。

⓯**菩提心**：即求無上菩提之心，亦稱道心。

⓰**三十二相**：指佛陀的三十二種祥瑞之相。

⓱**四無量心**：即「慈、悲、喜、捨」四梵行。「慈」能給人予樂，「悲」能救人於苦，「喜」見人離苦得樂而生喜悅之心，「捨」對於一切衆生，能捨怨捨親，怨親無別，心存平等。

⓲**四攝法**：一「布施攝」，即能惠施予人，包括法施與財施；二「愛語攝」，即能以愛心、愛語給人予歡愉、快樂；三「利行攝」，即能以各種善行給人予方便、利益

；四「同事攝」，即能根據各類衆生不同的根機、品性，隨機促其止惡增善。

⑲**三十七道品**：亦稱三十七菩提分、三十七覺支，即追求智慧、悟道成佛的三十七種修行方法。此三十七道品可進一步分爲四大類：一是四念處，即身念處、受念處、心念處、法念處；二是四正勤，即已生惡令永斷、未生惡令不生、未生善令善生、已生善令增長；三是四如意足，即欲如意足、精進如意足、念如意足、思惟如意足；四是五根，即信根、精進根、念根、定根、慧根；五是五力，即信力、精進力、念力、定力、慧力；六是七覺分，即擇法覺分、精進覺分、喜覺分、除覺分、捨覺分、定覺分、念覺分；七是「八正道」，即正見、正思惟、正語、正業、正命、正精進、正念、正定。

⑳**念處**、**正勤**、**神足**、**根**、**力**、**覺**、**道**：即四念處、四正勤、四神足、五根、五力、七覺分、八正道。

㉑**回向心**：回向心有三種：一是回己功德，普惠衆生；二是回己修行，上求菩提；三是回己智慧，但求實際。

㉒**三惡八難**：「三惡」即三惡道：地獄、餓鬼、畜生。「八難」即生於地獄、餓鬼、

畜生三惡道爲三難，四難爲生於佛前佛後而不得見佛聞法，五難爲生於長壽天而障於見佛聞法，六難爲生於北俱廬洲貪圖眼前的快樂而不喜聽聞佛法，七難爲身患盲聾瘖瘂諸根不具不能見佛聞法，八難爲生而極富世智辯聰卻喜外道邪書而不信佛道正法。

㉓**十善**：身口意所爲之十種惡行爲十惡，離十惡行則爲十善。十惡是殺生、偷盜、邪淫、妄語、兩舌、惡口、綺語、貪欲、瞋恚、邪見。離此十惡則爲十善。

㉔**自在天宮**：爲色界第四禪天主神自在天王之宮殿。

㉕**聲聞乘**：指聽聞佛之聲教而悟道得解脱之人，相對於佛乘、菩薩乘而言，它屬於小乘。

㉖**漏盡意解**：指斷盡一切煩惱而證得羅漢果。

方便品第二

譯文

當時，毗耶離城中有一長者名叫維摩詰，曾經供養過無量諸佛，培植了深厚堅固的善根，獲得了洞見諸法不生不滅的智慧，而且辯才無礙，以種種神通遊戲人間、濟度世人，掌握一切修持法門，獲得了佛菩薩才具有的四無所畏，能夠降伏魔怨惑障，深諳佛法眞諦，善於用智慧度化衆生，又善於用種種方便法門，隨機攝化，明了衆生因果趣向，善於分別衆生的根機利鈍，成就了教化、濟度衆生的大悲弘願。很早以來，就深入佛道，心智已極靈明純淨，堅定不移地遵循和弘揚大乘精神，言行十分嚴謹，威儀十分莊嚴，心胸寬闊如海，深受一切諸佛的印可和讚歎，也深受佛陀弟子、帝釋、梵天及世間君王的崇敬。爲了濟度世人，維摩詰才以居士的身分權宜客居於毗耶離城中，資財極是富足，常常資助當地窮人，自己的持戒嚴謹清淨，借此以影響示教那些犯戒之人；他具有極深的忍辱修養，並借此以攝化那些動輒瞋恚之衆生；他勤於修行，借此以警策攝化那些懈怠懶散之人；他具有極深的禪定功夫，借此以攝化那些心浮意躁的衆生；他常以無上智慧，攝化那些愚癡迷妄之世人。

他雖然身爲居士，但持戒嚴謹清淨；雖然在家，但不執著於塵俗世事；雖然有家小妻子，但常修清淨行；雖然也有六親眷屬，但不爲世俗煩惱所牽制；雖然身著華貴服飾，但更以相好莊嚴見稱；雖然也像常人一樣飲食吃飯，但更以禪悅爲食；雖然也常至賭場戲院，但以勸誡世人爲目的；雖然也常涉足外道異端，但從來不會影響其對佛法之純正信仰；雖然旁通世典外書，但對佛法最是精通和愛好。正因爲這樣，維摩詰居士深受一切衆生的崇敬和愛戴，是一切供養中最爲殊勝的。

維摩詰居士常以長者的身分評判處理世俗的事務，其恩惠澤及毗耶離城的男女老幼；他雖然也像世俗之人那樣從事謀生事業，且常常獲得十分可觀的利潤，但從來不會因此而沾沾自喜；他也經常走街串巷，但所到之處都以佛法饒益世人；他也經常參與管理世俗的事務，但都能秉公執法，扶持正義，利濟群生；每至講經說論的地方，總以大乘法教化衆生；每至學校講堂，總以眞知正見開導學童；他有時也出入於青樓妓院，那是爲了警示世人淫欲之過；偶爾也走進鬧市酒館，那是爲了教化那些醉生夢死之徒；在長者賢達群中，他深受崇敬，並為這些長者賢達宣說殊勝法門；在居士群中，他也深受崇敬，並教示居士們如何斷除貪欲和執著；在貴族和武士階層中，他同樣深受崇敬，並教導這些貴族和武士應該如何培養忍辱精神；在古印度最為尊貴的婆羅門種姓中，他仍然深受崇敬，並教會這些婆羅門應該怎樣棄除自大和傲慢；在王公大臣中，他照樣極受崇敬，並教育這些王公大臣應該怎樣遵守正法；在諸王子中，他依然深受崇敬，並教示這些王子應該怎樣做到忠孝兩全；在帝王的內宮中，他更是深受崇敬，並教化衆宮女應該如何恪守本份；在平民百姓中，他也深受崇敬，並教育這些平民百姓如何培植福德善根；在諸梵天中，他同樣備受崇敬，並為諸梵天開啓殊勝智慧；在帝釋天中，他也深受崇敬，並向帝釋天示現三界無常的幻境及義理；在護法諸天神中，他同樣深受崇敬，並教導諸護法如何護持佛法及衆生。

維摩詰居士就是以上面說及的種種方便利益群生、濟度天人。現在，維摩詰居士又假借身患疾病來教化衆生。因為患病，國王大臣、長者居士、婆羅門及諸王子、百官臣僚等，數以千計人士都前去探視他，維摩詰居士則借此機會向衆多前去探視的人廣說大乘不可思議法門：

「諸位大德，我們這身血肉之軀，是不足依賴的，因爲它是五蘊和合而成的，因而是無自性的，變幻無常的，而且因爲這身血肉之軀，導致了衆多的疾病和苦惱，所以一切明智之士，都不注重這血肉之身。此血肉之身有如泡沫，不可搓摩，不會長久存在；此血肉之身，有如陽焰，是沙漠中渴極欲飲者所產生的幻覺；此血肉之身，有如芭蕉之幹，是沒有堅固的實體的；此血肉之身，有如幻影，因爲無明顚倒才產生的幻相；此血肉之身，有如夢中境象，是虛妄意識的產物；此血肉之身，有如影像，是過去業緣所感之果；此血肉之身，有如空中回蕩的音響，是各種條件湊合在一起的產物；此血肉之身，有如浮雲，瞬間即隨風飄逝；此血肉之身，有如閃電，一閃即逝；此血肉之身，既無主宰，也無自性；既無壽命，也無定體，是地、水、風、火四大臨時寄居之所，並無固定的實體；此血肉之身是空無自性的，並沒有一個眞我，其所屬的一切也不復存在；此血肉之身是不具知覺靈性的，有如草木瓦礫；此血肉之身是不具有自主性的，只會像落葉一樣隨風飄轉；此血肉之身是汚穢不淨的，有如一個臭皮囊，充滿惡臭；此血肉之身，是虛假不實的，雖然每天都給它飲食沐浴，但終歸是要死滅的；此血肉之身是諸多災禍的根源，病痛苦惱都是由它產生；此血肉之身如丘之將頹、井之將枯，總有一天會衰老的；此血肉之身是毫無定性的，終有一天是要走向死亡的，此血肉之身有如毒蛇，有如怨賊，有如空蕩蕩的聚落，並沒有自己恆常不變的實體，而是由『五蘊』、『六入』、『十八界』共同組合而成的假象幻影。

「各位大德，此血肉之身，著實令人厭惡，確實應該拋棄，只有那佛身，才是大家所應該追求的。爲什麼這麼說呢？所謂佛身，也就是法身。此法身是從無量功德智慧產生的，是從戒、定、慧三學產生的，是從斷除煩惱、解脫知見產生的，是從慈、悲、喜、捨『四無量心』產生的，是由布施、持戒、忍辱、柔和、勤行精進、禪定、解脫、三昧、多聞、智慧等修行方法中產生的；是從種種方便法門中產生的，是從『天眼通、天耳通、神足通、他心通、宿命通、漏盡通』產生的，是從『宿命明、天眼明、漏盡明』產生的，是從『三十七道品』產生的，是從止觀並重的修持中產生的，是從『十力』、『四無所畏』、『十八不共法』產生的，是從斷一切不善法集一切善法產生的，是從眞如實際產生的，是從精進修持而不放逸產生的，如來法身是從這一切無量清淨法產生的。

「諸位大德，如果想要修得佛身，斷除一切病患苦惱，應該發無上道心。」

維摩詰居士就這樣爲前去探視他的各色人等開示大乘不可思議法門，令數以千計聆聽者頓時都發無上道心。

原典

爾時，毗耶離大城中有長者，名維摩詰，已曾供養無量諸佛，深植善本，得無生忍；辯才無礙，遊戲神通❶；逮諸總持，獲無所畏；降魔勞怨，入深法門；善於智度，通達方便；大願成就，明了衆生心之所趣；又能分別諸根利鈍；久於佛道，心已純淑，決定大乘❷；諸有所作，能善思量；住佛威儀，心大如海；諸佛咨嗟，弟子、釋、梵、世主所敬；欲度人故，以善方便，居毗耶離；資財無量，攝諸貧民；奉戒清淨，攝諸毀禁；以忍調行，攝諸恚怒；以大精進，攝諸懈怠；一心禪寂，攝諸亂意；以決定慧，攝諸無智。

雖爲白衣❸，奉持沙門❹清淨律行；雖處居家，不著三界；示有妻子，常修梵行❺；現有眷屬，常樂遠離；雖服寶飾，而以相好嚴身；雖復飲食，而以禪悅爲味❻。若至博奕戲處，輒以度人；受諸異道，不毀正信；雖明世典❼，常樂佛法；一切見敬，爲供養中最。

執持正法，攝諸長幼；一切治生諧偶，雖獲俗利，不以喜悅；遊諸四衢❽，饒益眾生；入治正法，救護一切；入講論處，導以大乘；入諸學堂，誘開童蒙；入諸淫舍，示欲之過；入諸酒肆，能立其志。若在長者，長者中尊，爲說勝法。若在居士，居士中尊，斷其貪著；若在刹利❾，刹利中尊，教以忍辱；若在婆羅門❿，婆羅門中尊，除其我慢；若在大臣，大臣中尊，教以正法；若在王子，王子中尊，示以忠孝；若在內官，內官中尊，化正宮女；若在庶民，庶民中尊，令興福力；若在梵天⓫，梵天中尊，誨以勝慧；若在帝釋⓬，帝釋中尊，示現無常⓭；若在護世⓮，護世中尊，護諸眾生。

長者維摩詰，以如是等無量方便，饒益眾生。其以方便，現身有疾。以其疾故，國王、大臣、長者、居士、婆羅門等，及諸王子，並餘官屬，無數千人，皆往問疾。其往者，維摩詰因以身疾，廣爲說法：

「諸仁者，是身無常，無強、無力、無堅，速朽之法，不可信也。爲苦爲惱，眾病所集。諸仁者，如此身，明智者所不怙⓯。是身如聚沫，不可撮摩；是身如泡，不得久立；是身如燄，從渴愛生；是身如芭蕉，中無有堅；是身如幻，從顛倒起；是身如夢，爲虛妄見；是身如影，從業緣[16]現；是身如響，屬諸因緣；是身如浮雲，須臾變滅；是身如電，念念不住；是身無主，爲如地；是身無我，爲如火；是身無壽，爲如風；是身無人，爲如水；是身不實，四大[17]爲家；是身爲空，離我我所[18]；是身無知，如草木瓦礫；是身無作，風力所轉；是身不淨，穢惡充滿；是身爲虛僞，雖假以澡浴衣食，必歸磨滅；是身爲災，百一病惱；是身如丘井，爲老所逼；是身無定，爲要當死；是身如毒蛇，如怨賊，如空聚，陰界諸入[19]所共合成。

「諸仁者，此可患厭，當樂佛身。所以者何？佛身者，即法身[20]也。從無量功德智慧生，從戒、定、慧、解脫、解脫知見生，從慈、悲、喜、捨生，從布施、持戒、忍辱、柔和、勤行精進、禪定、解脫、三昧[21]、多聞、智慧諸波羅蜜[22]生；從方便生，從六通[23]生，從三明[24]生，從三十七道品生，從止觀[25]生，從十力、四無所畏、十八不共法生，從斷一切不善法、集一切善法生，從眞實生，從不放逸[26]生，從如是無量清淨法生如來身。

「諸仁者，欲得佛身，斷一切衆生病者，當發阿耨多羅三藐三菩提心。」

如是長者維摩詰爲諸問病者如應說法，令無數千人皆發阿耨多羅三藐三菩提心。

注釋

❶**遊戲神通**：神通指佛菩薩所具有的一種超人間的、不可思議的功能和力量，如天眼通、天耳通等「六神通」，此處是指維摩詰居士能借種種神通在世間幻化度人。

❷**大乘**：相對於聲聞、緣覺等小乘之菩薩乘、佛乘，其特點是不以自度爲目的，而把慈悲普度、成就佛道作爲最終目標。

❸**白衣**：指在家衆、俗人。通常稱出家之佛教徒爲緇衣，在家之俗人爲白衣。

❹**沙門**：又作桑門、喪門，息心、淨志之意，通常指出家修道之人。

❺**梵行**：「梵」爲清淨義，「梵行」即清淨行。

❻**禪悅爲味**：即以禪定寂樂養諸身心。

❼**世典**：佛典之外的世俗的典籍。

❽**四衢**：即街市巷里。

❾**刹利**：全稱刹帝利，爲古印度四種姓之一（婆羅門、刹帝利、吠舍、首陀羅），是

印度古代之王族。

❿**婆羅門**：古印度四種姓之一，位居四姓之首，是信奉婆羅門教一族。

⓫**梵天**：即色界之初禪天。此天已離欲界之淫欲，寂然清淨，故名。

⓬**帝釋**：欲界「忉利天」（即三十三天）的主神，統領三十二天，是天界之領袖，亦稱釋提桓因。

⓭**無常**：指一切諸法都是因緣和合而成的，沒有恆常不變的實體，都處在不斷的生滅變化之中。

⓮**護世**：即護世四天王，亦作護國天王，它們分別爲護持東方之持國天王，護持南方的增長天王，護持西方的廣目天王，護持北方的多聞天王。據載此四天王居於須彌山之半腹，護持佛法和四天下，令諸惡魔惡鬼神不敢破壞佛法、侵擾衆生。

⓯**不怙**：怙爲依持義，不怙即不去依持。

⓰**業緣**：意爲一切衆生都是由一定的業力所緣起，善果爲善業所緣起，惡果爲惡業所緣起。

⓱**四大**：古代印度哲學認爲構成宇宙萬物有四個最基本的因素，即地、水、風、水。

⑱**我、我所**：我即自身；我所，即身外之事物，執之爲我所有。佛教認爲，一切衆生都是五蘊和合的產物，並沒有一個恆常不變的實體或主宰者，故倡「人無我」；同樣，自身之外的其他事物，也都是因緣湊合而成的，並不是恆常不變的，故倡「法無我」。

⑲**陰界諸入**：陰即五陰，或稱五蘊：色、受、想、行、識。佛教認爲衆生的身體都是此五蘊和合而成的；界即十八界，包括六識（能依之識）、六根（所依之根）、六境（所緣之境）。「六識」即眼識、耳識、鼻識、舌識、身識、意識；「六根」即眼、耳、鼻、舌、身、意；「六境」即色、聲、香、味、觸、法。

⑳**法身**：佛有法、化、報三身，此法身指以佛法成身或身具一切佛法，在佛教（特別在大乘佛教）學說中，此法身具有本體的意義。

㉑**三昧**：又作三摩地、三摩提，意譯爲定、正定，是一種把心定於一處，不令散亂的修行方法。

㉒**波羅蜜**：梵文音譯，意譯爲度、到彼岸，指把衆生從生死此岸度到涅槃彼岸的方法或途徑。

㉓**六通**：即佛菩薩所具有的六種神通：天眼通、天耳通、神足通、他心通、宿命通、漏盡通。

㉔**三明**：即宿命明（指明了我及一切衆生過去世之境遇及相狀的智慧）、天眼明（明了我及一切衆生未來世生死歸趣之種種相狀）、智證明（指明了我及一切衆生現在世種種苦難並證悟佛法斷除一切煩惱的智慧）。

㉕**止觀**：止即禪定，觀即智慧，佛教兩種最基本的修行方法。

㉖**放逸**：指放縱欲望而不能勤修善法。

弟子品第三

譯文

其時，維摩詰居士私下思忖：我今示病在身，慈悲心切的世尊難道會不派人來探視我嗎？正當維摩詰出現這一念頭時，佛陀即知其意，就對素有「智慧第一」之稱的舍利弗說：「你前去探視一下維摩詰居士吧。」

舍利弗一聽這話，趕忙回答說：「世尊，去探視維摩詰居士之事我恐怕不能勝任。爲什麼呢？記得過去曾有一次，當時我在樹林裏打坐，正好維摩詰居士路過那裏，他便對我說：『喂，舍利弗！眞正的坐禪不必像你這樣，所謂禪坐，不必拘泥於形式上的靜坐，甚至連打坐的念頭也不應該有，這才是眞正的禪坐；不必刻意追求靜坐入定，眞正的禪坐應該是心無罣礙、行住坐臥都在定境；禪坐也不必有別百姓日用，只要遵循佛法，運水搬柴都是禪坐；所謂禪坐，應該是內不著邪念、外不著境相，這才是眞正的禪坐；在各種邪見干擾的情況下不起心動念而能專心致志於修行三十七道品，這才是眞正的禪坐；不是企圖斷盡一切煩惱入於涅槃，而能了悟煩惱即是涅槃，這才是眞正的禪坐。舍利弗，這樣的禪坐才是佛陀所認可的。』世尊！我當時聽了維摩詰居士的這些話後，目瞪口呆，啞然無對，我與維摩詰居士的境界確實相差太遠了，所以，世尊，探視維摩詰居士的事，我恐怕不能勝任。」

佛聽了舍利弗這番話後，轉而對素有「神通第一」之稱的目犍連說：「目犍連，你去探視一下維摩詰居士吧。」

目犍連趕忙回答說：「世尊，我恐怕也不能勝任去探視維摩詰居士。爲什麼呢？記得過去曾有一次，我來到毗耶離城，在一里弄內爲一批白衣居士說法，當時維摩詰居士路過那裏，他便對我說：『喂，目犍連！對這些白衣居士說法，不能像你剛才那樣說，爲什麼呢？演說佛法，應當與佛法的眞諦相符合，佛法的本質，是不著衆生相，因爲它遠離一切衆生顚倒妄想；佛法的本質，是不著自我之相，因爲它遠離一切對於自我的虛妄執著；佛法本質也沒有壽命之相，因爲它遠離一切生死煩惱；佛法的本質也沒有與自我相對的人相，因爲它不存在自他的相對和前後的相續可言；佛法的本質是恆常寂靜的，因爲它是沒有生滅之相的；佛法的本質所以是遠離一切生滅之相，因爲它並非因緣所生；佛法也沒有名字可稱呼，因爲它是遠離一切語言文字的；佛法所以是不可言說的，因爲它是不可以心量思慮觀察的；佛法的本質是無形無相的，因爲它情同虛空；佛法也不是可以隨心所欲妄加評論的，因爲它是畢竟空寂的；佛法也非我之所屬、我之所有，因爲它遠離屬於我的一切客觀存在；佛法是不可妄加分別的，因爲它遠離一切心識了別；佛法的本質也不可以相互比對，因爲它是無所對待的；佛法的本質是遠離一切因果的，因爲它不是緣起法的範圍；佛法的本質與法性是沒有任何差別的，因爲它遍及一切諸法；佛法只隨應不生不滅的眞如，此外它無所隨應；佛法住於湛然常寂的眞如實際，因爲它是不生不滅的；佛法不爲一切現象所動搖，因爲不依著於現象界的色、聲、香、味、觸、法等六塵；佛法是無來無去的，因爲它既遍於諸法而又不住於具體的現象；佛法順應虛空，既無形相，亦無造作；既無好醜，亦無增減；無生無滅，無所歸趣；它超越了眼耳鼻舌身意諸根的感覺範圍，無有高下，常住不動，超越一切感觀和行爲的局限。目犍連，佛法之性相就是這樣，又怎麼能講說呢？所以，所謂說法，實乃無說無示；其聽法者，亦無所聽聞和所得。如果一定要有所說的話，就應把它看成如魔術師對所變化出來的幻人講說一樣；同時，應該了知衆生根機之利鈍，善於闡發自己的眞知灼見，無所滯礙，要以同體大悲之心，讚頌宣揚大乘法門，本著報答佛陀的感恩之心，弘揚佛教，使三寶永不斷絕。目犍連，應該具備這些起碼的認識，然後才談得上宣說佛法。』當維摩詰居士說完這些話時，在場的八百名居士頓時萌發了無上道心。我不具備這樣的辯才和見識，所以探視維摩詰的事，我恐怕不能勝任。」

佛陀又對有「苦行第一」之稱的大迦葉說：「大迦葉，你去探視一下維摩詰居士吧。」

大迦葉趕忙回答說：「世尊，此事恐怕我不能勝任。爲什麼呢？記得我過去常往貧苦百姓家行乞，當時維摩詰居士就對我說：『喂，大迦葉！行乞乃慈悲心的體現，但你卻不能普施於衆人，總是捨富就貧，這樣做是很不妥當的。大迦葉，眞正的佛法應該是平等一如的，所以行乞亦應該不分貧富貴賤，次第而乞；實際上，乞食並不是爲了養活這身血肉之軀，而取摶食則是爲了破壞和合之色身，接受布施是爲了不受後有的生死之身；而入於村莊聚落更要作入無何有之鄉的念頭。不要以所見形色爲實，它與盲人之一無所見並沒有什麼區別；所聽到的種種聲音，實際上都是一種空谷回音；也不要把所嗅到的種種香味與清風區別開來，對於所吃的食物也不要作甜酸苦辣等分別，對於身體五官所接觸到外在境物毫不動心，應知一切諸法都是一種假相幻影，都是既無自性，又無他性的，本來就不是一種眞實的存在，因而也無所謂死滅。迦葉，如果不能摒棄八邪而入於八種解脫，從而以邪相入於正法；能以一食遍施一切衆生、供養十方諸佛及衆聖賢，若能做到這樣，你就可以進食了。如果能夠以這樣心境乞食、進食，就能夠做到既無煩惱，又不離充滿煩惱的世間；既無入定之念，又無出定之意；既不像衆生住於生死輪迴，又不像二乘衆住於涅槃。至於那些供養你的施主，既不會因爲其供養豐厚而得到大的福報，也不因其供養的薄寡而福報變小；不應因供養之多寡厚薄而產生福報有增益或減損的想法。大迦葉，若能如此，才是正入佛法的大乘道而非聲聞道。大迦葉，如果能這樣乞食、進食，才不會辜負衆施主的布施。』世尊！維摩詰居士的這些話，我眞是前所未聞，聽後眞是大開眼界，對大乘道及一切大乘菩薩隨即產生深深的敬意，同時私下在想：維摩詰雖然是一位在家居士，但卻有這般出衆之智慧和無礙之辯才，誰人聽了他的說教之後，會不速發無上道心呢？我從那個時候以後，就再也不勸人修習聲聞、緣覺之小乘道了。世尊，像我這樣的境界，怎能勝任去探視維摩詰的重任呢？」

原典

爾時，長者維摩詰自念：寢疾於床，世尊大慈，寧不垂愍？佛知其意，即告舍利弗❶：「汝行詣維摩詰問疾。」

舍利弗白佛言：「世尊，我不堪任詣彼問疾。所以者何？憶念我昔，曾於林中，宴坐❷樹下，時維摩詰來謂我言：『唯，舍利弗！不必是坐，爲宴坐也！夫宴坐者，不於三界現身意，是爲宴坐；不起滅定而現諸威儀，是爲宴坐；不捨道法而現凡夫事，是爲宴坐；心不住內，亦不在外，是爲宴坐；於諸見不動，而修行三十七品，是爲宴坐；不斷煩惱而入涅槃，是爲宴坐；若能如是坐者，佛所印可❸。』時我，世尊！聞說是語，默然而止，不能加報，故我不任詣彼問疾。」

佛告大目犍連❹：「汝行詣維摩詰問疾。」

目連白佛言：「世尊，我不堪任詣彼問疾。所以者何？憶念我昔，入毗耶離大城，於里巷中，爲諸居士說法，時維摩詰來謂我言：『唯，大目連！爲白衣居士說法，不當如仁者所說。夫說法者，當如法說。法無衆生，離衆生垢故；法無有我，離我垢故；法無壽命，離生死故；法無有人，前後際斷故；法常寂然，滅諸相故；法離於相，無所緣故；法無名字，言語斷故；法無有說，離覺觀故；法無形相，如虛空故；法無戲論❺，畢竟空❻故；法無我所，離我所故；法無分別，離諸識故；法無有比，無相待故；法不屬因，不在緣故；法同法性❼，入諸法故；法隨於如❽，無所隨故；法住實際❾，諸邊不動故；法無動搖，不依六塵故；法無去來，常不住故；法順空，隨無相❿，應無作⓫。法離好醜，法無增損，法無生滅，法無所歸，法過眼耳鼻舌身心；法無高下，法常住不動，法離一切觀行。唯，大目連！法相如是，豈可說乎？夫說法者，無說無示；其聽法者，無聞無得。譬如幻士爲幻人說法，當建是意，而爲說法；當了衆生根有利鈍，善於知見，無所罣礙，以大悲心，讚於大乘，念報佛恩，不斷三寶，然後說法。』維摩詰說是法時，八百居士發阿耨多羅三藐三菩提心。我無此辯，是故不任詣彼問疾。」

佛告大迦葉⓬：「汝行詣維摩詰問疾。」

迦葉白佛言：「世尊，我不堪任詣彼問疾。所以者何？憶念我昔，於貧里而行乞，時維摩詰來謂我言：『唯，大迦葉！有慈悲心而不能普，捨豪富從貧乞。迦葉，住平等法，應次行乞食。爲不食故，應行乞食；爲壞和合相故，應取摶食⑬；爲不受故，應受彼食；以空聚想，入於聚落。所見色，與盲等；所聞聲，與響等；所齅香，與風等；所食味，不分別。受諸觸，如智證；知諸法，如幻相；無自性，無他性，本自不然，今則無滅。迦葉，若能不捨八邪⑭，入八解脫⑮，以邪相入正法，以一食施一切，供養諸佛，及衆賢聖，然後可食。如是食者，非有煩惱，非離煩惱；非入定意，非起定意；非住世間，非住涅槃。其有施者，無大福，無小福；不爲益，不爲損；是爲正入佛道，不依聲聞。迦葉，若如是食，爲不空食人之施也。』時我，世尊！聞說是語，得未曾有，即於一切菩薩，深起敬心，復作是念：斯有家名，辯才智慧乃能如是，其誰不發阿耨多羅三藐三菩提心！我從是來，不復勸人以聲聞、辟支佛⑯行。是故不任詣彼問疾。」

注釋

❶**舍利弗**：佛陀的十大弟子之一，因聰慧出衆，在佛弟子中被譽爲「智慧第一」。

❷**宴坐**：安心正坐之意，即坐禪。

❸**印可**：即印證認可，指弟子修道成就時，其師對其道行、境界予以承認或肯定。

❹**大目犍連**：又作目連，佛陀的十大弟子之一，有「神足第一」之譽。

❺**戲論**：指那種言不及義的妄說或與眞理相去甚遠的言論。

❻**畢竟空**：即以空破除諸法，乃至於不執著於一物。

❼**法性**：與眞如、實相等同義，指諸法之體性或本體。

❽**如**：亦即眞如，指諸法之體性或本體。

❾**實際**：指超越一切差別的眞如理體。

❿**無相**：指一切諸法本性皆空，無實際之形相可得，謂之無相。

⓫**無作**：指心無造作、執著於物。

⓬**大迦葉**：佛陀的十大弟子之一，以苦行著稱，在佛弟子中被譽爲「頭陀第一」。

⓭**摶食**：亦作團食，即把食物搓成團而食之。

⓮**八邪**：是與八正道正好相反的八種謬誤，指邪見、邪思惟、邪語、邪業、邪命、邪精進、邪念、邪定。

⑮**八解脫**：又作八背捨，指依靠八種禪觀之力，捨棄對各種色與無色的貪欲和執著：一是內有色想觀外色解脫，二是內無色想觀外色解脫，三是淨解脫身作證具足住，四是空無邊處解脫，五是識無邊處解脫，六是無所有處解脫，七是非想非非想處解脫，八是滅盡定解脫。

⑯**辟支佛**：又作緣覺、獨覺，指那些觀悟「十二因緣」之理而自覺得道者，屬小乘。

譯文

佛又對有「解空第一」之稱的須菩提說：「須菩提，你去探視一下維摩詰居士吧。」

須菩提隨即回答道：「世尊，此事恐怕我也不能勝任。爲什麼呢？記得過去曾有一次，我至維摩詰家去乞食，當時維摩詰接過我的鉢子並盛滿飯後，對我說：『喂，須菩提！如果你能以平等之心進行乞食，那麼，對一切諸法就不會產生分別想；反之，如果你能以平等之心看待一切諸法，那麼你在乞食中也肯定能做到一視同仁。須菩提，如果你能如此行乞，就可以心無愧疚地從我手中取食。須菩提，如果能夠不斷淫欲、瞋怒和愚癡，同時又不會爲這些煩惱所纏縛，如果能夠既看到自身的存在而又體悟到諸法乃是平等一相，如果能夠在不全然消滅愚癡愛欲的同時而獲得解脫，甚至能夠以五逆重罪之身而獲得解脫，同時也沒有罪孽和解脫的念頭；既沒有對苦集滅道的刻意追求，同時又對四聖諦有眞切的證悟；既不刻意去追求道果，但又能夠證道得果；既不刻意追求離凡脫俗，又不混同一般的凡夫俗子；既非刻意追求成聖成佛，又能夠達到賢聖的境界；既能成就一切諸法，又能不於諸法取相著念。須菩提，如果能夠達到這樣的境界，就可以從我手中取食。須菩提，如果你不曾遇到佛，亦不曾聽聞佛法，而是跟從六師外道——富蘭那迦葉、末迦梨拘賒梨子、刪闍夜毗羅胝子、阿耆多翅舍欽婆羅、迦羅鳩馱迦旃延、尼犍陀若提子等出家，拜他們爲師，那麼，當他們墮入地獄時，你亦跟從他們墮入地獄，這樣，你就可以從我手中取食了。須菩提，如果你能捨棄小乘衆的斷除煩惱方能獲得解脫、了脫生死方能證入涅槃的偏見，不是執著於追求彼岸，而能入諸邪見而取正見；住於八難而得無難，不離煩惱而得解脫；你得無諍三昧，一切衆生亦得此種無諍之定；對於那些向你布施的人，不作種福田想；甚至於有些供養你的人因其有福報之貪求而可能墮入三惡道中，不要以爲親近佛道則遠諸魔障，應該知道佛之與魔，一如無二，你與衆魔乃至諸煩惱塵勞，也沒有什麼根本的差別；對衆生心存怨心，這就是謗佛、毀法，因爲佛與衆生沒有什麼根本的差別，佛法乃在衆生中求，若不入於衆生，親近敎化，多所饒益，最終將無法求取滅度。須菩提，如果你能達到這樣視諸法皆如如平等的境界，那你就可以從我手中取食了。』世尊，當我聽了維摩詰居士的這些話後，眞是目瞪口呆、茫然不知所措，不知道應該怎樣回答他，便想收起鉢離開維摩詰居士的家，當時維摩詰居士又對我說：『喂，須菩提！趕快接住鉢子，不用恐懼，你心裏是怎麼想的呢？如果是如來神力所創造出來的化人，對於這樣的詰問，難道會感到恐懼嗎？』我說：『當然不會。』維摩詰居士又說：『一切諸法，都是幻化之假相，你根本用不著恐懼。爲什麼這麼說呢？一切言說，都只是假名，有智慧的人，是不會執著於言說文字的，所以不必爲我剛才的那些說法而感到恐懼。應該知道，一切語言文字既無自性，是則空性，了悟一切諸法乃至語言文字實乃空無自性，這就獲得了解脫了。此解脫相，也就是我所說的諸法實相。』當維摩詰說完這些話時，二百位天人同時獲得淸淨無礙的法眼。世尊，因我的境界離維摩詰居士著實太遠了，所以我不堪擔負探視維摩詰居士的重任。」

聽完須菩提的話後，佛便對有「說法第一」之稱的富樓那彌多羅尼子說：「富樓那，你去探視一下維摩詰居士。」

富樓那趕忙回答道：「世尊，此事我恐怕不能勝任。爲什麼呢？記得過去有一次，我在森林中的一棵大樹底下爲一群剛出家不久的比丘講說佛教義理，當時維摩詰居士正好從那裏經過，他便走過來對我說：『喂，富樓那！你應該先入定，觀察一下這些人的根機，然後再說法。千萬不要把那種不乾不淨的食物放進名貴的寶器之中，你應該先了解這些比丘心中所想所要的是什麼；千萬不要把琉璃寶與水晶球混爲一談，你既然不了解這些比丘的根機智慧，就不要向他們宣說那種小乘法。他們的身心本來是健全的，不要反而給他們添加創傷；他們都是一些大乘根器，不要向他們灌輸那種小乘法；不要企圖把大海水裝進牛蹄印中，更不要把日光等同於螢火。富樓那，這些比丘在很早以前就都已萌發大乘道心，只是由於某種因緣，暫時忘了罷，你怎能用小乘法去教導他們呢？依我看，小乘法智慧淺薄，有如盲人，不善於分別一切衆生根機之利鈍。』當維摩詰居士說完這些話後，就迅速入定，借助其神通力令這些比丘回憶起各自於過去世之種種因緣際遇，原來他們都曾在過去五百佛住世時廣積善德，並將這些功德回向成就無上道心。衆比丘經維摩詰居士如此一點撥，頓時豁然開朗，又恢復了本有的無上道心，衆比丘都無量歡欣，向維摩詰居士頂禮、致敬，維摩詰居士又向衆比丘宣講了大乘法要，因此之故，衆比丘都獲得永不退轉之無上正等正覺。世尊，像我們這等小乘衆，不懂得衆生根機智慧之優劣利鈍，看來是不應該再妄加說法了，所以，探視維摩詰居士的事，恐怕我是不能勝任的。」

佛又對有「論議第一」之稱的摩訶迦旃延說：「迦旃延，你去探視一下維摩詰居士。」

迦旃延也趕忙回答說：「世尊，此事我恐怕也不能勝任。爲什麼呢？記得過去有一次，當佛爲衆比丘說過佛法大要後，我隨即對這些佛法大要進行了一些闡釋，其中談到了『無常』、『苦』、『空』、『無我』、『寂滅』等義，當時，維摩詰居士也正好在場，他聽了我的闡釋之後，就對我說：『喂，迦旃延！你可不能以生滅義去談實相法。迦旃延，一切諸法不生不滅，這才是無常的眞實義；洞達五蘊原本是空從無所起，這才是苦之眞實義；一切諸法畢竟無所有，這才是空的眞實義；我與無我一而不二，這才是無我之眞實義；諸法本來沒有生起，現也無所謂散滅，這才是寂滅之眞實義。』經維摩詰居士這麼一點撥後，在座的諸比丘頓時茅塞頓開，獲得了解脫，因與維摩詰居士的境界相去太遠，去探視他的事我恐怕不能勝任。」

佛又對有「天眼第一」之稱的阿那律說：「阿那律，你去探視一下維摩詰居士吧。」

阿那律也趕忙回答道：「世尊，探視維摩詰居士之事，我恐怕也不能勝任。爲什麼呢？記得過去有一次我正在一個道場附近經行時，有一位名叫嚴淨的梵天王，與數以千計的天衆一起來到我面前，他們都身放光芒，並向我稽首問道：『阿那律尊者，你的天眼能看得多遠呢？』我隨即回答道：『諸位長者，我觀此釋迦牟尼佛住世的國土及三千大千世界，如同觀看手中之菴摩勒果一般分明、清晰。』維摩詰居士聽了我這話後，即對我說：『喂，阿那律！天眼所能見到的，究竟是有生滅造作之景象呢？還是無生滅造作之景象？如果是有生滅造作之景象，那與外道五通中之天眼通就沒有什麼區別了；如果是無生滅造作之景象，那就是無爲法，而既然是無爲法，那是不可能被看見的。』世尊，我聽維摩詰的這些話後，頓時語塞，不知道該如何回答，而在座的梵天及諸天衆聽了維摩詰居士這些話後，都覺得大開了眼界，隨即向維摩詰作禮並問他：『世上可有得眞天眼者？』維摩詰居士即說：『釋迦牟尼佛，就是得眞天眼者，他常在定中，卻能洞察十方世界、諸佛國土，而他所見者，是離卻有無、生滅的。』受維摩詰這些話的啓發，當時嚴淨梵天王及其眷屬五百天衆，都萌發了無上道心，在向維摩詰居士恭敬頂禮後，就忽然消失了。想來我與維摩詰居士的境界相差太遠了，故去探視他老人家的事我恐怕不能勝任。」

佛又對有「持戒第一」之稱的優波離說：「優波離，你去探視一下維摩詰居士吧。」

優波離趕忙回答道：「世尊，此事恐怕我也不能勝任。爲什麼呢？記得過去曾有一次，有兩個比丘犯了戒律，他們自感到羞恥，不敢去問佛陀應該怎樣悔過消罪，便來問我，對我說：『優波離尊者，我倆犯了戒律，自感十分羞愧，不敢去向佛陀請教應該怎樣悔過消罪，你能告訴我們應該怎麼做嗎？』我隨即按佛教經律有關規定向他倆說了應該怎樣悔過消罪。當時維摩詰居士正好在場，他聽了我的解說後，就對我說：『喂，優波離！不要再給這兩位比丘增添罪過了，應該直接消除他們的罪惡感，而不要再去擾亂他們的心。爲什麼這麼說呢？他們所犯罪過的本質既不在心內，也不在心外，同時也不在中間，這有如佛陀所說的，心中有垢染了，衆生才有罪垢，心中清淨了，衆生也就清淨無垢了。心的本質同樣既不在內，也不在外，同時又不在內外之間，罪的本質與心的本質是一樣的，是既非內亦非外，同時不在內外之間，不但罪的本質與心的本質是這樣，一切諸法的本質也都是這樣，都無非是眞如的體現。就拿你優波離來說吧，如果你的內心清淨無垢了，那你還會有垢染嗎？』我趕忙回答說：『不會再有垢染了。』維摩詰居士接著便說：『一切衆生心淨與罪淨的關係也是這樣。優波離，應該懂得，妄想是汚垢，無妄想是清淨；顚倒是汚垢，無顚倒是清淨；執著於我相是汚垢，不執著於我相是清淨。優波離，一切諸法生生不息、念念不住，有如同幻影、閃電，如同夢境，如同陽焰，如同水中月、鏡中像，都是人們虛妄分別的產物，能夠懂得這個道理的，就是最好的奉戒持律；能夠說清楚這個道理的，就是最善於解釋佛教戒律者。』那兩位比丘聽了維摩詰居士的這番話後，都異口同聲地說：『長者是上上智慧啊，優波離實在是比不上，他持律雖是無懈可擊的，但卻說不出這種高深的道理。』我隨即回答說：『除了如來佛之外，沒有哪一個聲聞衆或大乘菩薩，能夠與維摩詰居士的無礙辯才相抗衡，其智慧辯才已達到出神入化之境界了。』聽了維摩詰居士的話後，那兩個比丘隨即如釋重負，並迅即萌發了無上道心。他倆還立下誓願：『願一切衆生都能得維摩詰居士那般的無礙辯才。』世尊，想來我與維摩詰居士的境界相去太遠了，所以去探視他老人家的事，恐怕我是不能勝任的。」

佛又對有「密行第一」之稱的羅睺羅說：「羅睺羅，你去探視一下維摩詰居士吧。」

羅睺羅趕忙回答道：「世尊，此事恐怕我也不能勝任。爲什麼呢？記得過去有一次，毗耶離城的許多長者子來到我住的地方，向我作禮道：『羅睺羅，你是佛陀的兒子，放棄了當轉輪聖王之王位，出家修道，請問，出家修道究竟有什麼好處呢？』我即依佛法爲他們做解釋，說了出家修道的許多功德利益，維摩詰居士聽了我說的那些話後，便對我說：『喂，羅睺羅！不應該說出家修道的功德利益。爲什麼呢？不求功德利益，這才是出家的本意。舉凡有爲法，即有功德利益可言，而出家即是無爲法，無爲法無所謂功德利益。羅睺羅，舉凡出家者，即遠離六十二邪見，既不貪著此境，亦不貪圖彼岸，又不滯留於彼此之間，順其自然地進入涅槃境界，這即是一切智者所受持和奉行的出家之道。這種出家人，能夠降伏衆魔，超度五道衆生，得淸淨五眼（

肉眼、天眼、慧眼、法眼、佛眼），獲信、精進、念、定、慧五力並樹立與此五力相應之五根，不為世間的煩惱所纏縛，遠離一切惡念惡行，能夠摧毀一切外道邪說，超越一切假名設施，出污泥而不染，不繫著一切境相，放棄了對一切主客觀的執著，心境自然平靜，不為外界所擾亂，內心懷著無限歡喜，恆順衆生，隨緣任運，遠離一切過失，行住坐臥皆在定中，若能做到這樣，才是眞正的出家。』

「隨後，維摩詰居士對諸長者子說：『你等正値佛住世的正法時期，應該一起出家修道。為什麼呢？佛世難値，機不可失。』衆長者子趁機問維摩詰居士：『佛陀曾經教導過大家，如果未經父母同意，不得出家，這話應該如何理解？』維摩詰居士回答道：『確實是這樣，但是並非離家修道才叫作出家，如果能發無上道心，也就是出家，具足出家律行。』當時，三十二位長者子皆萌發了無上道心。世尊，想來我與維摩詰居士的境界相差確實太遠了，所以探視他老人家的事，我恐怕不能勝任。」

佛又對有「多聞第一」之稱的阿難說：「阿難，你去探視一下維摩詰居士吧。」

阿難趕忙回答道：「世尊，此事恐怕我也不能勝任。為什麼呢？記得過去有一次，世尊身患小疾，必須飲用牛乳，我即拿著鉢到一個婆羅門家門口去化緣，當時維摩詰居士正好路過那裏，他便問我：『喂，阿難！為什麼一大早就拿著鉢站在這裏？』我回答道：『居士，世尊身有小疾，須飲用牛乳，故我一大早就來此化緣。』維摩詰居士聽了這話以後，立即說道：『阿難，快別這麼說，世尊如來乃是金剛不壞之身，諸惡斷盡，衆善普會，哪來的疾病和煩惱呢？趕快閉上你的嘴回去，阿難，不要毀謗如來，不要讓其他人聽到你剛才說的那種話，不要讓具大威德之諸天及他方淨土來的衆菩薩聽到這種話。阿難，轉輪聖王與世尊如來比，其威德要少得多，他們尚且不會患病，何況如來身具無量福德，超過一切賢聖！趕快回去，阿難，不要讓我們蒙受這種恥辱。如果這種話讓外道梵志們聽到了，他們一定會想：這算什麼世間導師呀，自己有病尚且不能自救，又怎能去普度衆生呢？趕快悄悄地回去，不要讓人知道這件事。應該知道，諸如來身，即是法身，並非凡俗之思欲身。釋迦牟尼佛身為世尊，超過三界中一切天人賢聖，其身早已沒有一切煩惱病患。佛陀之身，乃是無為之法，不會墮入生死道中，這樣的身體，還會有什麼疾病呢？』世尊！我聽了維摩詰居士的這些話後，眞感到無地自容，難道是我平時隨侍佛陀時聽錯了話嗎？其時，突然聽到空中響起一個聲音，曰：『阿難，維摩詰居士說得對，只是因為佛陀現身於五濁惡世中，爲了方便救度衆生，才隨緣示疾的，你盡可取乳回去，不必自感慚愧。』世尊，維摩詰居士之智慧、辯才如此之高深，我與他相比眞有天淵之別，所以，去探視他老人家的事，我恐怕不能勝任。」

當時在座的五百大弟子，都先後向佛陀敍說了自己過去的一些經歷，十分讚歎維摩詰居士的智慧和辯才，都說了自己不堪勝任去探視他老人家之原因。

原典

佛告須菩提❶：「汝行詣維摩詰問疾。」

須菩提白佛言：「世尊，我不堪任詣彼問疾。所以者何？憶念我昔，入其舍從乞食，時維摩詰取我鉢，盛滿飯，謂我言：『唯，須菩提！若能於食等者，諸法亦等；諸法等者，於食亦等。如是行乞，乃可取食。若須菩提不斷淫怒癡，亦不與俱；不壞於身，而隨一相；不滅癡愛，起於解脫；以五逆❷相，而得解脫，亦不解不縛。不見四諦，非不見諦；非得果，非不得果；非凡夫，非離凡夫法；非聖人，非不聖人；雖成就一切法，而離諸法相，乃可取食。若須菩提不見佛，不聞法，彼外道六師❸：富蘭那迦葉、末伽梨拘賒梨子、刪闍夜毗羅胝子、阿耆多翅舍欽婆羅、迦羅鳩馱迦旃延、尼犍陀若提子等，是汝之師，因其出家，彼師所墮，汝亦隨墮，乃可取食。若須菩提入諸邪見，不到彼岸；住於八難，不得無難；同於煩惱，離淸淨法；汝得無諍三昧❹，一切衆生亦得是定；其施汝者，不名福田❺；供養汝者，墮三惡道；爲與衆魔共一手，作諸勞侶；汝與衆魔及諸塵勞❻，等無有異；於一切衆生而有怨心，謗諸佛，毀於法，不入衆數，終不得滅度。汝若如是，乃可取食。』時我，世尊！聞此茫然，不識是何言，不知以何答，便置鉢欲出其舍。維摩詰言：『唯，須菩提！取鉢勿懼，於意云何？如來所作化人❼，若以是事詰，寧有懼不？』我言：『不也。』維摩詰言：『一切諸法，如幻化相，汝今不應有所懼也。所以者何？一切言說，不離是相。至於智者，不著文字，故無所懼。何以故？文字性離。無有文字，是則解脫。解脫相者，則諸法也。』維摩詰說是法時，二百天子，得法眼淨❽。故我不任詣彼問疾。」

佛告富樓那彌多羅尼子❾：「汝行詣維摩詰問疾。」

富樓那白佛言：「世尊，我不堪任詣彼問疾。所以者何？憶念我昔，於大林中，在一樹下，爲諸新學比丘說法，時維摩詰來謂我言：『唯，富樓那！先當入定，觀此人心，然後說法。無以穢食置於寶器，當知是比丘心之所念；無以琉璃同彼水精，汝不能知衆生根源，無得發起以小乘⑩法。彼自無瘡，勿傷之也！欲行大道，莫示小徑！無以大海內於牛跡，無以日光等彼螢火。富樓那，此比丘久發大乘心，中忘此意，如何以小乘法而教導之？我觀小乘，智慧微淺，猶如盲人，不能分別一切衆生根之利鈍。』時維摩詰即入三昧，令此比丘自識宿命；曾於五百佛所植衆德本，回向阿耨多羅三藐三菩提。即時豁然，還得本心。於是諸比丘，稽首禮維摩詰足。時維摩詰因爲說法，於阿耨多羅三藐三菩提不復退轉。我念聲聞不觀人根，不應說法，是故不任詣彼問疾。」

佛告摩訶迦旃延⑪：「汝行詣維摩詰問疾。」

迦旃延白佛言：「世尊，我不堪任詣彼問疾。所以者何？憶念昔者，佛爲諸比丘略說法要，我即於後敷演其義，謂無常義、苦義、空義、無我義、寂滅義。時維摩詰來謂我言：『唯，迦旃延！無以生滅心行，說實相法。迦旃延，諸法畢竟不生不滅，是無常義；五受陰⑫洞達空無所起，是苦義；諸法究竟無所有，是空義；於我無我而不二，是無我義；法本不然，今則無滅，是寂滅義。』說是法時，彼諸比丘心得解脫，故我不任詣彼問疾。」

佛告阿那律⓭：「汝行詣維摩詰問疾。」

阿那律白佛言：「世尊，我不堪任詣彼問疾。所以者何？憶念我昔，於一處經行，時有梵王，名曰嚴淨，與萬梵俱，放淨光明，來詣我所，稽首作禮問我言：『幾何？阿那律天眼⓮所見。』我即答言：『仁者，吾見此釋迦牟尼佛土，三千大千世界，如觀掌中菴摩勒果。』時維摩詰來謂我言：『唯，阿那律！天眼所見，爲作相耶？無作相耶？假使作相，則與外道五通⓯等；若無作相，即是無爲⓰，不應有見。』世尊，我時默然，彼諸梵聞其言，得未曾有，即爲作禮而問曰：『世孰有眞天眼者？』維摩詰言：『有佛世尊，得眞天眼，常在三昧，悉見諸佛國，不以二相。』於是嚴淨梵王，及其眷屬五百梵天，皆發阿耨多羅三藐三菩提心，禮維摩詰足已，忽然不現。故我不任詣彼問疾。」

佛告優波離⓱：「汝行詣維摩詰問疾。」

優波離白佛言：「世尊，我不堪任詣彼問疾。所以者何？憶念昔者，有二比丘犯律行，以爲恥，不敢問佛，來問我言：『唯，優波離！我等犯律，誠以爲恥，不敢問佛，願解疑悔，得免斯咎。』我即爲其如法解說。時維摩詰來謂我言：『唯，優波離！無重增此二比丘罪，當直除滅，勿擾其心。所以者何？彼罪性不在內，不在外，不在中間，如佛所說：心垢故衆生垢，心淨故衆生淨。心亦不在內，不在外，不在中間。如其心然，罪垢亦然；諸法亦然，不出於如。如優波離以心相得解脫時，寧有垢不？』我言：『不也。』維摩詰言：『一切衆生心相無垢，亦復如是。唯，優波離！妄想是垢，無妄想是淨；顚倒是垢，無顚倒是淨；取我是垢，不取我是淨。優波離，一切法生滅不住，如幻如電，諸法不相待，乃至一念不住，諸法皆妄見：如夢、如燄、如水中月、如鏡中像，以妄想生。其知此者，是名奉律。其知此者，是名善解。』於是二比丘言：『上智哉，是優波離所不能及，持律之上而不能說。』我答言：『自捨如來，未有聲聞及菩薩，能制其樂說之辯。其智慧明達爲若此也。』時二比丘，疑悔即除，發阿耨多羅三藐三菩提心，作是願言：『令一切衆生，皆得是辯。』故我不任詣彼問疾。」

佛告羅睺羅⑱：「汝行詣維摩詰問疾。」

羅睺羅白佛言：「世尊，我不堪任詣彼問疾。所以者何？憶念昔時，毗耶離諸長者子，來詣我所，稽首作禮，問我言：『唯，羅睺羅，汝佛之子，捨轉輪王[19]位，出家爲道。其出家者，有何等利？』我即如法爲說出家功德之利。時維摩詰來謂我言：『唯，羅睺羅！不應說出家功德之利。所以者何？無利無功德，是爲出家。有爲法[20]者，可說有利有功德；夫出家者，爲無爲法，無爲法中，無利無功德。羅睺羅，夫出家者，無彼無此，亦無中間，離六十二見[21]，處於涅槃，智者所受，聖所行處，降伏衆魔，度五道[22]，淨五眼[23]，得五力[24]，立五根[25]，不惱於彼，離衆雜惡，摧諸外道，超越假名，出淤泥，無繫著，無我所，無所受，無擾亂，內懷喜，護彼意，隨禪定，離衆過，若能如是，是眞出家。』

「於是維摩詰語諸長者子：『汝等於正法中，宜共出家。所以者何？佛世難值。』諸長者子言：『居士，我聞佛言，父母不聽，不得出家。』維摩詰言：『然。汝等便發阿耨多羅三藐三菩提心，是即出家，是即具足。』爾時，三十二長者子皆發阿耨多羅三藐三菩提心，故我不任詣彼問疾。」

佛告阿難[26]：「汝行詣維摩詰問疾。」

阿難白佛言：「世尊，我不堪任詣彼問疾。所以者何？憶念昔時，世尊身小有疾，當用牛乳，我即持鉢，詣大婆羅門家門下立，時維摩詰來謂我言：『唯，阿難！何為晨朝持鉢住此？』我言：『居士，世尊身小有疾，當用牛乳，故來至此。』維摩詰言：『止，止，阿難！莫作是語。如來身者，金剛之體，諸惡已斷，衆善普會，當有何疾？當有何惱？默往，阿難！勿謗如來，莫使異人聞此粗言，無令大威德諸天及他方淨土諸來菩薩得聞斯語。阿難，轉輪聖王，以少福故，尚得無病，豈況如來無量福會，普勝者哉！行矣，阿難！勿使我等受斯恥也。外道梵志㉗若聞此語，當作是念：何名為師，自疾不能救，而能救諸疾人？可密速去，勿使人聞。當知，阿難！諸如來身，即是法身，非思欲身㉘。佛為世尊，過於三界；佛身無漏㉙，諸漏已盡；佛身無為，不墮諸數㉚。如此之身，當有何疾？』時我，世尊！實懷慚愧，得無近佛而謬聽耶？即聞空中聲曰：『阿難，如居士言，但為佛出五濁惡世㉛，現行斯法，度脫衆生。行矣，阿難！取乳勿慚。』世尊，維摩詰智慧、辯才為若此也，是故不任詣彼問疾。」

如是五百大弟子，各各向佛說其本緣，稱述維摩詰所言，皆曰不任詣彼問疾。

注釋

❶**須菩提**：佛陀十大弟子之一，善解般若空理，故有「解空第一」之譽。

❷**五逆**：五種極逆於理之重罪，又作五無間業，一般指殺父、殺母、殺阿羅漢（殺已證阿羅漢果之聖者）、出佛身血（指毀壞佛像等）、破和合僧（指破壞僧團）。

❸**外道六師**：亦稱「六師外道」，指佛陀時代中印度勢力較大的六個反對婆羅門正統思想的派別及其代表人物，即倡懷疑論之刪闍夜毗羅胝子，主張無因無緣論的富蘭那迦葉，否認善惡果報的末伽梨拘賒梨子，主張人由四大構成，具有唯物論傾向的阿耆多翅舍欽婆羅，主張無因論的感覺論者迦羅鳩馱迦旃延，主張罪福皆由前生決定，被認爲是耆那教始祖的尼犍陀若提子。

❹**無諍三昧**：既解空理，物我俱忘，達到與世無諍境界的禪定。

❺**福田**：指能生福德之善舉，此如農人耕田，日後必有收穫，故名。

❻**塵勞**：煩惱之異名。塵指污染，勞謂惱累，即能惱亂身心之煩惱。

❼**化人**：指由佛之神通變化顯現之人。

❽**法眼淨**：又作「淨法眼」，即能了了洞見眞理之眼，此處指二百天子所得的一種智慧境界。

❾**富樓那彌多羅尼子**：佛陀十大弟子之一，擅長義理，善於說法，故有「說法第一」之譽。

❿**小乘**：相對於大乘而言，大、小乘的最主要區別是：大乘倡慈悲普度，小乘重自我解脫；大乘以成佛爲最終目標，小乘追求阿羅漢果、辟支佛果。

⓫**迦旃延**：佛陀十大弟子之一，擅長論議，稱「論議第一」。

⓬**五受陰**：亦作「五蘊」，指色、受、想、行、識五蘊，佛教認爲一切衆生的身體都是由五蘊和合而成的。

⓭**阿那律**：佛陀十大弟子之一，因曾在佛說法時睡覺，受佛呵斥，遂立誓不眠，而致眼睛失明，後精進修行，心眼漸開，能見天上地下六道衆生，故有「天眼第一」之譽。

⓮**天眼**：五眼之一，爲色界天人因修禪定而得能知遠近粗細一切諸色之眼。

⓯**外道五通**：古印度外道常有修有漏禪定而得到的五種神通，即神足通、天眼通、天

耳通、他心通、宿命通。

⑯**無爲**：即非由因緣所造作、離生滅、無來去之法。

⑰**優波離**：佛陀十大弟子之一，精於戒律，修持嚴謹，故有「持律第一」之譽。

⑱**羅睺羅**：佛陀之子，亦是佛之十大弟子之一，素稱「密行第一」。

⑲**轉輪王**：亦作「轉輪聖王」，意爲轉輪寶以伏四方。據説佛陀若不出家，當做金輪王，統四天下，羅睺羅若不出家，當做鐵輪王，統一天下。

⑳**有爲法**：相對於無爲法言，指那種有生滅變異之現象。

㉑**六十二見**：指古印度外道所持的六十二種見解。

㉒**五道**：指地獄道、餓鬼道、畜生道、人道、天道。

㉓**五眼**：指肉眼（肉身所具之眼）、天眼（天人修禪定所得之眼）、慧眼（二乘人能洞見眞空無相之眼）、法眼（菩薩所具能洞見一切法門之眼）、佛眼（具佛之一切種智，能洞察一切，無所不見之眼）。

㉔**五力**：指五種能維持修行、達到解脱之力：即信力、精進力、念力、定力、慧力。

㉕**五根**：指信根、精進根、念根、定根、慧根。

㉖**阿難**：佛陀十大弟子之一，是佛陀的堂弟，因多聞善記，故有「多聞第一」之譽。

㉗**梵志**：古印度習梵天之法，志求生梵天之婆羅門。

㉘**思欲身**：三界中有形之身。

㉙**無漏**：「漏」即煩惱，「無漏」乃離煩惱得清淨之意。

㉚**數**：指有分別、有限量之世界。

㉛**五濁惡世**：指人類壽命逐漸減少之時代所起的五種滓濁，即劫濁、見濁、煩惱濁、衆生濁、命濁。

菩薩品第四

譯文

於是，佛便對彌勒菩薩說：「彌勒，你去探視一下維摩詰居士吧。」

彌勒菩薩回稟佛陀說：「世尊，此事我恐怕也不能勝任。爲什麼呢？記得過去我在兜率天宮爲兜率天王及其眷屬說修習到得不退轉法時，維摩詰居士對我說：『彌勒，佛世尊曾爲你授記，說你再過一生即可得無上正等正覺，不知你所受記的是哪一生？是過去生？未來生？還是現在生呢？如果是過去生，過去生已過去了；若未來生，未來生還未到；如果是現在生，現在生實乃無生。正如佛陀所說的，比丘，你現在之每一刻都處於亦生亦老亦滅的過程中，如果是以無生得受記，無生本身即是正位，既已處於正位，何用受記！何用再得無上正等正覺，怎麼說彌勒菩薩曾受記一生得成無上正等正覺呢？再說，所謂受記，是從眞如生而得呢？還是從眞如滅而得？如果是從眞如生而得，眞如本無有生；若從眞如滅而得，眞如本無有滅。一切衆生都是眞如的體現，一切諸法也都是眞如的體現，一切賢聖也都是眞如的體現，彌勒菩薩也是眞如的體現。如果說彌勒菩薩得受記，一切衆生亦得受記。爲什麼這麼說呢？因爲眞如是不二不異的，如果彌勒菩薩獲得無上正等正覺，一切衆生亦應獲得正等正覺。爲什麼這麼說呢？一切衆生本身即具菩提相。如果彌勒菩薩得滅度，一切衆生也得滅度。爲什麼這麼說呢？諸佛知道一切衆生終歸都將證入涅槃，本身具涅槃相，旣本身具涅槃相，就無所謂再入滅。所以，你彌勒菩薩不要以所謂修至得不退轉法去引誘衆天人，實際上，並沒有什麼發無上道心的人，也沒有退道心的人。彌勒菩薩，應該讓在座的衆天神放棄所謂是否覺悟、是否得道的分別見。爲什麼要這樣呢？所謂道，並不是人們的身、心所能得到的。寂滅即是菩提，因爲它冥滅了諸相的差別；不觀即是菩提，因爲它遠離一切因緣對待；不行即是菩提，因爲它摒棄一切心思憶念；斷即是菩提，因爲它捨棄一切邪見；離即是菩提，因爲它離棄一切的妄想雜念；障即是菩提，因爲它能遮障一切願求意欲；不入是菩提，因爲它放棄一切貪求執著；順即是菩提，因爲它隨順於眞如；住即是菩提，因爲它安住於萬法的眞性；至即是菩提，因爲它直達於眞如實際；不二即是菩提，因爲它能捨棄一切對待；等即是菩提，因爲它如同虛空遍滿一切；無爲即是菩提，因爲它遠離生住異滅；知即是菩提，因爲它了知一切衆生的心行；不會即是菩提，因爲它與內外十二處均不接觸；不合即是菩提，因爲它遠離一切煩惱習氣；無處即是菩提，因爲它已沒有一切形色質礙；假名即是菩提，因爲它是空無自性的；如化即是菩提，因爲它已無所取；無亂即是菩提，因爲它是恆常寂靜的；善寂即是菩提，因爲它自性常清淨；無取即是菩提，因爲它已遠離一切攀緣；無異即是菩提，因爲它已與一切諸法等無差異；無比即是菩提，因爲它已與一切諸法等齊，無可比喩；微妙即是菩提，因爲一切諸法原本就是微妙不可思議的。』世尊，當維摩詰居士如是說法時，在座的二百天神都同時證入無生法忍的境界。維摩詰居士的智慧辯才實是深不可測，我與他境界實是相差太遠了，故探視他老人家的事我恐怕不能勝任。」

佛又對光嚴童子說：「你去探視一下維摩詰居士吧。」

光嚴童子趕忙回稟佛陀說：「世尊，此事恐怕我也不能勝任。爲什麼呢？記得過去有一次，我剛要走出毗耶離城城門，那時維摩詰居士正好要入城，我即向他施禮並問他道：『維摩詰居士，你剛從哪裏來呢？』維摩詰居士順口答道：『我剛從道場來。』我又問他所指的是什麼樣的道場？他回答道：『直心是道場，因爲它質直而不虛假；發行是道場，因爲只有發心修行，才能成就大事；深心是道場，因爲只有深厚堅固的信仰心，功德才能不斷增長；菩提心是道場，因爲心既已覺悟，即不會再有謬誤；布施是道場，因爲眞正的布施是不企望回報的；持戒是道場，因爲持戒清淨一切誓願均得具足；忍辱是道場，因爲它悲憐衆生爲愚癡所縛故能心無罣礙；精進是道場，因爲它能精進修行永不懈怠；禪定是道場，因爲它能調伏妄心使其柔順；智慧是道場，因爲它洞見一切諸法眞實相狀；慈是道場，因爲它能對一切衆生一視同仁；悲是道場，因爲它能拔除衆生的煩惱苦難；喜是道場，因爲它一見衆生行善則心生喜樂；捨是道場，因爲它已捨棄一切恩怨情愛；神通是道場，因爲它能成就天眼、天耳等六種神通；解脫是道場，因爲它已捨棄一切煩惱業障，一切惡行已不復生；方便是道場，因爲它能隨機攝化、普度衆生；四攝是道場，因爲它能攝化一切衆生；多聞是道場，因爲它多聞博記且能如法修行；伏心是道場，因爲它能攝伏妄心、正觀諸法；三十七道品是道場，因爲它能捨棄一切有爲之法；四諦是道場，因爲它能顯示世間眞相及證道得解脫；緣起是道場，因爲它能明了無明至老死都是無盡緣起的；諸煩惱是道場，因爲它能知曉煩惱也是眞如實相的體現；衆生是道場，因爲借助它能了知一切衆生乃是五蘊之假和合；一切法是道場，因爲通過它能了知一切諸法都是空無自性的；降魔是道場，因爲通過它能顯示道心之不可動搖；三界是道場，因爲成道非於三界外而另有所趣；師子吼是道場，因爲它是無所畏懼的；力、無畏、不共法是道場，因爲它已遠離一切煩惱和過失；三明是道場，因爲它已斷除一切煩惱、掃除一切障礙；一念知一切法是道場，因爲它已一念了知一切法都空無自性、如如平等，成就佛智。若能這樣，善男子，菩薩如果能夠依據六波羅蜜敎化衆生，那麼其一切作爲，行住坐臥，舉手下足則都無不是道場，都安住於佛法之中。』當維摩詰居士說這一番法語時，在座的五百天人都萌發了無上道心。世尊，維摩詰居士的智慧和辯才確實遠在我之上，故去探視他老人家的事我恐怕不能勝任。」

佛又對持世菩薩說：「持世菩薩，你去探視一下維摩詰居士吧。」

持世菩薩趕忙回稟佛陀道：「世尊，此事恐怕我也不能勝任。爲什麼呢？記得過去有一次，我在靜室裏打坐入定，當時魔王波旬帶著一萬二千名天女，其情景極是壯觀，就像帝釋天出巡一般，當他們伴隨著鼓樂弦歌來到我的靜室之後，魔王波旬就領著其眷屬向我稽首頂禮，隨後雙手合十。十分恭敬地站在一旁。當時我以爲他是帝釋天王，就對他說：『歡迎你，憍尸迦！你雖然福報很大，而且福有應得，但你也不該如此奢靡自恣啊！應該知道，聲色等欲望是無常如幻的，因此應該常修佛法，廣積善行，以作爲修習出世間法身、慧命、法財三堅法之根本。』魔王波旬卻對我說：『正士，這一萬二千名天女就留在你這裏吧，供你使喚，侍奉左右。』我趕忙說：『憍尸迦，不要讓我這沙門釋子接受這違反佛法的事，這對我是不適宜的。』話音未落，維摩詰居士突然出現並對我說：『他不是帝釋天王，而是魔王波旬，是來擾亂你身心的。』接著，維摩詰居士又對魔王波旬說：『這些天女，可以都給我，我統統收下來。』魔王波旬一聽這話，十分恐懼，心裏在想：這維摩詰不會是故意來與我作對的吧？就想隱身逃走，但儘管他使出渾身解數，也無法隱身。此時，聽到空中響起一個聲音：『波旬，把天女給維摩詰居士，你才能從這裏逃離。』魔王波旬驚恐萬分，就十分恭敬地把那些天女送予維摩詰居士了。此時，維摩詰居士就對那些天女說：『魔王波旬把你們給了我，你等都應當發無上道心才是。』隨即根據這些天女的不同根機爲她們說法，令她們皆發求道之意。接著，維摩詰居士又對她們說：『你們已經都萌發了求道之意了，在佛法裏，自有法樂之娛，你們不可再耽著於五欲之樂。』那些天女便問什麼是法樂，維摩詰居士回答道：『所謂法樂，就是以終生信奉佛法爲樂，以聽聞佛法爲樂，以供養出家僧衆爲樂，以遠離聲色五欲爲樂，以視五蘊身如臭皮囊爲樂，以視四大如毒蛇爲樂，以內觀眼耳鼻舌身意等感觀如荒村曠野爲樂，以時時刻刻呵護道心使其不失爲樂，以利益衆生爲樂，以恭敬供養師長爲樂，以廣行布施爲樂，以堅持戒律不懈爲樂，以忍辱柔和爲樂，以勤植善根、廣積善行爲樂，以禪定攝心令心意不亂爲樂，以遠離垢染開發智慧爲樂，以廣發道心引度衆生爲樂，以降伏魔障爲樂，以斷除一切煩惱惑障爲樂，以成就清淨佛土爲樂，以成就相好莊嚴爲樂，以廣修各種功德善行爲樂，以莊嚴道場爲樂，以聽聞精深微妙佛法而心不生畏懼爲樂，以修三解脫門爲樂，以不滿足於臨時解脫，以親近修學同道爲樂，又能以平等心對待非修學同道，以親近善知識爲樂，又能以幫助惡知識爲樂，以喜愛清淨爲樂，以修習種種證入佛道的法門爲樂，凡此諸樂，即是菩薩法樂。』此時，魔王波旬對那些女子說：『你們同我一起返回天宮吧。』諸天女說：『我們能同這位居士在一起同享法樂，我們都感到十分高興，不想再回天宮去享受那聲色等五欲樂了。』魔王波旬一聽這話，就對維摩詰居士說：『居士，你能否放棄這些天女？若能把一切都慷慨地施予他人，這才稱得上菩薩啊！』維摩詰居士說：『我已經放棄啦！你可以帶她們走了，但願一切衆生得法之願都能夠得到滿足。』

「此時，諸天女便問維摩詰居士：『我們今後在魔宮中應該怎樣生活和修道呢？』維摩詰對諸天女說：『各位姐妹們，有一種法門叫無盡燈法門，你們可以學，此種法門譬如燈燈相照，以一燈點亮百千盞燈，一切冥暗之處都被照亮，但它本身的亮光永遠不會終盡。姐妹們，菩薩教化衆生也是這樣，一菩薩開導了百千衆生，令他們都發無上道心，而菩薩之道慧非但無所損減，而且會隨著其說法弘道而不斷增益一切善法，這就叫做無盡燈。你等雖然住在魔宮，以修這種無盡燈法門可以讓無數天神、天女都發無上道心，如此既報答了佛恩，又能饒益一切衆生。』這些天女聽了維摩詰居士這番話後都十分高興，她們頂禮膜拜過維摩詰居士後，就隨魔王回去魔宮，片刻之間無踪無影了。世尊，維摩詰居士之智慧辯才實在了得，我與他之境界相去太遠，故探視他老人家的事，恐怕不能勝任。」

佛又對長者之子善德說：「你去探視一下維摩詰居士吧。」

善德趕忙回稟佛陀道：「世尊，此事恐怕我也不能勝任。爲什麼呢？記得過去我曾在家父之居所設了一個布施大會，供養出家之比丘、婆羅門及諸外道，還有許多下層的貧苦大衆及孤獨的人或乞丐等，當七日期滿時，維摩詰居士來到布施大會上，他對我說：『喂，長者子，設布施大會，不應當像你這樣做法，布施大會應該主要是法施，布施、弘揚佛法，怎麼能把它辦成以財施爲主的大會呢？』我當時就問他：『居士，什麼叫法施大會呀？』維摩詰居士說：『所謂法施大會，就是以佛法同時布施一切衆生。』『這話怎麼講呢？』『也就是說，菩薩應以慈無量心，開啓衆生之覺悟；應以悲無量心，救度衆生之苦難；應以喜無量心，扶持佛教正法；應以捨無量心，開啓衆生之平等智慧；以布施波羅蜜，攝化衆生的吝嗇和貪欲；以持戒波羅蜜，教化犯戒的衆生；以忍辱波羅蜜，開啓衆生明了無我之義理，從而消除瞋恨之心；以精進波羅蜜，勸導衆生拋棄過分的自愛從而避免懈怠；以禪定波羅蜜，教化衆生由定發慧；以般若波羅蜜，開啓衆生的對般若空理的認識；以空解脫門，來教化度脫衆生；以無相解脫門，教導衆生明了解脫不離世間；以無作解脫門，教導衆生處處受生、處處解脫；以種種方便，護持和弘揚佛法；以布施攝、愛語攝、利行攝、同事攝四攝法，來教化度脫衆生；以消除貢高我慢，達到恭敬一切人，成就一切事；以法身、慧命、法財三堅法，消除對世俗身命財的貪求和執著；於念佛、念法、念僧、念施、念戒、念天之六念中，摒除邪念，生起正念；於修習身和同住、口和無諍、意和同事、戒和同修、見和同解、利和同均的六和敬中，生起質直誠實之心；於正當的謀生方式中，廣行衆善，棄除諸惡；以清淨歡喜之心，生起親近賢聖之意念；以悲憫之心調伏邪惡之人，而不嫌棄他們；以對佛法的深切信仰，肯定出家離世求解脫；以博學多聞佛法爲前提，按佛之教導如實修行；常居於清靜空閑之處所，力求做到與世無爭；以禪定調伏虛妄心念，漸漸趣向佛之智慧；以提高自己的道行爲基礎，努力爲衆生解除纏縛；以廣大之福德善業，招致莊嚴法相及清淨佛土之果報；以不斷地修習佛教智慧，做到了知衆生之根機悟性，從而隨機攝化一切衆生；以不斷修習般若智慧，做到了知一切諸法本性皆空，於現象界不取不捨，入於諸法一相而無相法門；廣修一切善業，斷除一切煩惱惑障及一切惡法；以修習助成佛道之種種法門，得一切智慧，成就一切善業。善男子，如能這樣去做，就是舉辦了一次法施大會，如果菩薩能主持這樣的法施大會，就可以說是一個大施主了，也能爲世間衆生廣植福田。』

「世尊，在維摩詰居士如此說法時，其時在場的二百個婆羅門衆，都發了無上道心，我之心地也頓時覺得清淨異常，讚歎之餘，就向維摩詰居士頂禮致拜，並把自己佩帶價值千金之瓔珞項鍊獻上給他，但維摩詰居士卻不肯收下。我就對他說：『居士，此項鍊請您老務必收下，之後隨您老的心意處置就是了。』經我這麼一說，維摩詰居士才把項鍊收下，並隨即把它分成二分，把其中一分給了當時在場的一位最貧賤的乞丐，另一分奉獻給難勝如來。當時與會的大衆，都親眼看到這位從光明國土來的難勝如來，又見到那掛在難勝如來頸上的項鍊，頓時變成由四根柱樑支撐著的寶台，寶台四周都裝飾得十分莊嚴美麗，各種裝飾物層層迭迭，非但不互相遮蔽，而且還交相輝映，煞是壯觀。維摩詰居士示現神通變化之後，便又說道：『如果施主以平等心向最下層的貧賤乞丐進行布施，其福德與供養如來並沒有什麼兩樣。以平等不二的大悲心作布施，不企求福報，這就叫做具足法施。』城中那些最貧賤之乞丐聽了維摩詰居士這些話後，都萌發了無上道心。維摩詰居士之智慧辯才確實了得，我與他老人家之境界相差太遠了，所以探視他老人家的事，我恐怕不能勝任。」

當時在座的各位菩薩都如此這般地向佛陀稟報了自己得遇維摩詰居士的經過及維

摩詰居士所表現出來的高深智慧和無礙辯才，都說自己不堪勝任去探視他老人家。

原典

於是佛告彌勒❶菩薩：「汝行詣維摩詰問疾。」

彌勒白佛言：「世尊，我不堪任詣彼問疾。所以者何？憶念我昔，爲兜率天❷王及其眷屬說不退轉地之行，時維摩詰來謂我言：『彌勒，世尊授仁者記，一生當得阿耨多羅三藐三菩提。爲用何生得受記❸乎？過去耶？未來耶？現在耶？若過去生，過去生已滅；若未來生，未來生未至；若現在生，現在生無住。如佛所說：比丘，汝今即時，亦生、亦老、亦滅。若以無生得受記者，無生即是正位，於正位中，亦無受記，亦無得阿耨多羅三藐三菩提。云何彌勒受一生記乎？爲從如生得受記耶？爲從如滅得受記耶？若以如生得受記者，如無有生；若以如滅得受記者，如無有滅。一切衆生皆如也，一切法亦如也，衆聖賢亦如也，至於彌勒亦如也。若彌勒得受記者，一切衆生亦應受記。所以者何？夫如者，不二不異。若彌勒得阿耨多羅三藐三菩提者，一切衆生皆亦應得。所以者何？一切衆生，即菩提相。若彌勒得滅度者，一切衆生亦當滅度。所以者何？諸佛知一切衆生畢竟寂滅，即涅槃相，不復更滅。是故，彌勒無以此法誘諸天子，實無發阿耨多羅三藐三菩提心者，亦無退者。彌勒，當令此諸天子❹，捨於分別菩提之見。所以者何？菩提者，不可以身得，不可以心得，寂滅是菩提❺，滅諸相故；不觀是菩提，離諸緣故；不行是菩提，無憶念故；斷是菩提，捨諸見故；離是菩提，離諸妄想故；障是菩提，障諸願故；不入是菩提，無貪著故；順是菩提，順於如故；住是菩提，住法性故；至是菩提，至實際故；不二是菩提，離意法故；等是菩提，等虛空故；無爲是菩提，無生住滅故；知是菩提，了衆生心行故；不會是菩提，諸入不會故；不合是菩提，離煩惱習故；無處是菩提，無形色故；假名是菩提，名字空故；如化是菩提，無取捨故；無亂是菩提，常自靜故；善寂是菩提，性清淨故；無取是菩提，離攀緣故；無異是菩提，諸法等故；無比是菩提，無可喻故；微妙是菩提，諸法難知故。』世尊，維摩詰說是法時，二百天子得無生法忍，故我不任詣彼問疾。」

佛告光嚴童子：「汝行詣維摩詰問疾。」

光嚴白佛言：「世尊，我不堪任詣彼問疾。所以者何？憶念我昔，出毗耶離大城，時維摩詰方入城，我即爲作禮而問言：『居士，從何所來？』答我言：『吾從道場❻來。』我問：『道場者何所是？』答曰：『直心是道場，無虛假故；發行是道場，能辦事故；深心是道場，增益功德故；菩提心是道場，無錯謬故；布施是道場，不望報故；持戒是道場，得願具故；忍辱是道場，於諸衆生心無礙故；精進是道場，不懈怠故；禪定是道場，心調柔故；智慧是道場，現見諸法故；慈是道場，等衆生故；悲是道場，忍疲苦故；喜是道場，悅樂法故；捨是道場，憎愛斷故；神通是道場，成就六通❼故；解脱是道場，能背捨❽故；方便是道場，教化衆生故；四攝❾是道場，攝衆生故；多聞是道場，如聞行故；伏心是道場，正觀諸法故；三十七品是道場，捨有爲法故；四諦❿是道場，不誑世間故；緣起⓫是道場，無明乃至老死⓬皆無盡故；諸煩惱是道場，知如實故；衆生是道場，知無我故；一切法是道場，知諸法空故；降魔是道場，不傾動故；三界是道場，無所趣故；師子吼是道場，無所畏故；力、無畏、不共法是道場，無諸過故；三明是道場，無餘礙故；一念知一切法是道場，成就一切智故。如是善男子，菩薩若應諸波羅蜜教化衆生，諸有所作，舉足下足，當知皆從道場來，住於佛法矣。』說是法時，五百天人，皆發阿耨多羅三藐三菩提心，故我不任詣彼問疾。」

佛告持世菩薩：「汝行詣維摩詰問疾。」

持世白佛言：「世尊，我不堪任詣彼問疾。所以者何？憶念我昔，住於靜室，時魔波旬[13]，從萬二千天女[14]，狀如帝釋[15]，鼓樂絃歌，來詣我所。與其眷屬，稽首我足，合掌恭敬於一面立。我意謂是帝釋，而語之言：『善來，憍尸迦[16]！雖福應有，不當自恣，當觀五欲[17]無常，以求善本，於身命財而修堅法。』即語我言：『正士[18]，受是萬二千天女，可備掃灑。』我言：『憍尸迦，無以此非法之物，要我沙門釋子[19]，此非我宜。』所言未訖，時維摩詰來謂我言：『非帝釋也，是爲魔來，嬈固汝耳。』即語魔言：『是諸女等，可以與我，如我應受。』魔即驚懼，念維摩詰，將無惱我？欲隱形去，而不能隱，盡其神力，亦不得去。即聞空中聲曰：『波旬，以女與之，乃可得去。』魔以畏故，俛仰[20]而與。爾時，維摩詰語諸女言：『魔以汝等與我，今汝皆當發阿耨多羅三藐三菩提心。』即隨所應而爲說法，令發道意[21]。復言：『汝等已發道意，有法樂[22]可以自娛，不應復樂五欲樂[23]也。』天女即問：『何爲法樂？』答言：『樂常信佛，樂欲聽法，樂供養眾，樂離五欲，樂觀五陰如怨賊，樂觀四大如毒蛇，樂觀內入如空聚，樂隨護道意，樂饒益衆生，樂敬養師，樂廣行施，樂堅持戒，樂忍辱、柔和，樂勤集善根，樂禪定不亂，樂離垢明慧，樂廣菩提心，樂降伏衆魔，樂斷諸煩惱，樂淨佛國土，樂成就相好故，修諸功德，樂莊嚴道場，樂聞深法不畏，樂三脫門㉔，不樂非時，樂近同學㉕，樂於非同學中，心無恚礙，樂將護惡知識㉖，樂親近善知識，樂心喜清淨，樂修無量道品之法，是爲菩薩法樂。』於是波旬告諸女言：『我欲與汝，俱還天宮。』諸女言：『以我等與此居士，有法樂，我等甚樂，不復樂五欲樂也。』魔言：『居士，可捨此女，一切所有施於彼者，是爲菩薩。』維摩詰言：『我已捨矣，汝便將去，令一切衆生，得法願具足。』

「於是諸女問維摩詰：『我等云何止於魔宮？』維摩詰言：『諸姊，有法門名無盡燈㉗，汝等當學。無盡燈者，譬如一燈然百千燈，冥者皆明，明終不盡，如是諸姊。夫一菩薩開導百千衆生，令發阿耨多羅三藐三菩提心，於其道意，亦不滅盡；隨所說法，而自增益一切善法，是名無盡燈也。汝等雖住魔宮，以是無盡燈令無數天子天女，發阿耨多羅三藐三菩提心者，爲報佛恩，亦大饒益一切衆生。』爾時，天女頭面禮維摩詰足，隨魔還宮，忽然不現。世尊，維摩詰有如是自在神力、智慧、辯才，故我不任詣彼問疾。」

佛告長者子善德：「汝行詣維摩詰問疾。」

善德白佛言：「世尊，我不堪任詣彼問疾。所以者何？憶念我昔，自於父舍設大施會㉘，供養一切沙門、婆羅門及諸外道、貧窮、下賤、孤獨、乞人，期滿七日，時維摩詰來入會中，謂我言：『長者子，夫大施會不當如汝所設，當爲法施㉙之會，何用是財施會爲？』我言：『居士，何謂法施之會？』『法施會者，無前無後，一時供養一切衆生，是名法施之會。』曰：『何謂也？』『謂以菩提，起於慈心；以救衆生，起大悲心；以持正法，起於喜心；以攝智慧，行於捨心；以攝慳貪，起檀波羅蜜㉚；以化犯戒，起尸羅波羅蜜㉛；以無我法，起羼提波羅蜜㉜；以離身心相，起毗梨耶波羅蜜㉝；以菩提相，起禪波羅蜜㉞；以一切智，起般若波羅蜜㉟。教化衆生，而起於空；不捨有爲法，而起無相；示現受生，而起無作；護持正法，起方便力；以度衆生，起四攝法；以敬事一切，起除慢法；於身命財，起三堅法㊱；於六念㊲中，起思念法；於六和敬㊳，起質直心㊴；正行善法，起於淨命㊵；心淨歡喜，起近賢聖；不憎惡人，起調伏心㊶；以出家法，起於深心；以如說行，起於多聞；以無諍法，起空閒處；趣向佛慧，起於宴坐；解衆生縛，起修行地；以具相好及淨佛土，起福德業㊷；知一切衆生心念，如應說法起於智業㊸；知一切法不取不捨，入一相門，起於慧業㊹；斷一切煩惱，一切障礙，一切不善法，起一切善業；以得一切智慧㊺，一切善法，起於一切助佛道法。如是善男子，是爲法施之會。若菩薩住是法施會者，爲大施主，亦爲一切世間福田。』

「世尊，維摩詰說是法時，婆羅門衆中二百人，皆發阿耨多羅三藐三菩提心。我時心得清淨，歎未曾有，稽首禮維摩詰足，即解瓔珞，價值百千，以上之。不肯取。我言：『居士，願必納受，隨意所與。』維摩詰乃受瓔珞，分作二分，持一分，施此會中一最下乞人；持一分，奉彼難勝如來。一切衆會，皆見光明國土難勝如來。又見珠瓔在彼佛上，變成四柱寶臺，四面嚴飾，不相障蔽。時維摩詰現神變已，又作是言：『若施主等心施一最下乞人，猶如如來福田之相，無所分別，等於大悲，不求果報，是則名曰具足法施。』城中一最下乞人，見是神力，聞其所說，皆發阿耨多羅三藐三菩提心。故我不任詣彼問疾。」

如是諸菩薩各各向佛說其本緣稱述維摩詰所言，皆曰不任詣彼問疾。

注釋

❶**彌勒**：據載，彌勒生於古印度一婆羅門家，後爲佛弟子，先佛入滅，住於兜率天，當其壽四千歲（相當於人間五十七億六千萬年）時，將下生此世界，成佛於龍華樹下，故亦稱「未來佛」。

❷**兜率天**：爲欲界六天之第四天，乃彌勒菩薩居處，修兜率淨土者，日後便能往生兜率天。

❸**受記**：指未來證果或成佛之預言、記別。

❹**天子**：指諸天之天人。

❺**菩提**：意爲覺悟，指眞正的覺悟當悟得生死、涅槃無別而同相，如果卑生死而尊菩提，則生分別見而非眞覺悟。

❻**道場**：原指釋迦牟尼佛成道之處，後泛指修習佛法的場所。

❼**六通**：即六神通：天眼通、天耳通、宿命通、神足通、他心通、漏盡通。

❽**背捨**：意謂捨去貪著與煩惱，亦即解脫。

❾**四攝**：亦稱四攝法，即布施攝、愛語攝、利行攝、同事攝。

❿**四諦**：眞理義。小乘佛教講四諦，即苦、集、滅、道；大乘佛教重諸法實相，認爲眞如實相不二不異，故稱稱一諦一如。

⓫**緣起**：緣即條件，起即生起，佛教認爲一切有爲法都是因一定的條件而生起、變化和散滅的。

⓬**無明乃至老死**：即「十二因緣」，佛教認爲衆生都是一個不斷流轉的過程，其間有十二個環節，即無明、行、識、名色、六處、觸、受、愛、取、有、生、老死。

⓭**魔波旬**：亦作波旬，波旬是惡魔之名字，指魔王。魔意譯爲殺者、奪命者、障礙。

⓮**天女**：指欲界天之女衆。

⓯**帝釋**：即帝釋天主，忉利天之主神。

⓰**憍尸迦**：帝釋天之姓氏。

⓱**五欲**：指對色、聲、香、味、觸五境之貪著、欲求。

⓲**正士**：指追求、弘揚正法之大士，如菩薩。

⓳**釋子**：指佛門弟子。

⑳**俛仰**：「俛」低頭義，「仰」即舉首，「俛仰」意爲恭敬。

㉑**道意**：追求正道之意願。

㉒**法樂**：指修持正法及行善積德所得之樂。

㉓**五欲樂**：指世欲之從色、聲、香、味、觸五境中所得之樂。

㉔**三脫門**：亦作三解脫門，即三種解脫生死、證入涅槃之法門，即空解脫門、無相解脫門、無願解脫門。

㉕**同學**：指一起修習佛法的道友。

㉖**惡知識**：「知識」爲朋友之異稱，「惡知識」即壞朋友的意思。

㉗**無盡燈**：燈喻佛法，師師相傳，燈燈相續，永不斷絕。

㉘**大施會**：一種不分對象、廣行布施的大會。

㉙**法施**：布施分三種：一是財施（施捨錢財、物品），二是無畏施（使人離開種種恐怖，以慈心等給人以歡樂），三是法施（傳授、弘揚佛法）。

㉚**檀波羅蜜**：六度之一，即布施度。有財施、法施、無畏施三種，能對治慳貪，消除貧窮。

㉛**尸羅波羅蜜**：六度之一，即持戒度。指持守戒律，並常自省，能對治惡業，使身心清涼。

㉜**羼提波羅蜜**：六度之一，即忍辱度。忍耐迫害，能對治瞋恚，使心安住。

㉝**毗梨耶波羅蜜**：六度之一，即精進度。實踐其他五德目時，上進不懈，不屈不撓，能對治懈怠，生長善法。

㉞**禪波羅蜜**：六度之一，即禪定度。修習禪定，能對治亂意，使心安定。

㉟**般若波羅蜜**：六度之一，即智慧度。能對治愚癡，開眞實之智慧，即可把握生命的眞諦。

㊱**三堅法**：指忘身捨財而修道，以得無極之身、無窮之命、無盡之財。

㊲**六念**：即念佛、念法、念僧、念戒、念施、念天。若能常持此六念，即能使人具足善的功德。

㊳**六和敬**：僧伽本身具有和合之義。所謂「六和敬」即是僧伽團體處理人際關係六條基本準則：一是身和同住，二是口和無諍，三是意和同事，四是戒和同修，五是見和同解，六是利和同均。

㊴**質直心**：質即樸實，直即正直，亦即正直誠實之心。

㊵**淨命**：依法乞食以自活。

㊶**調伏心**：此處指以教化令惡人棄惡從善之心。

㊷**福德業**：指能生福德之善行，如六度中之布施、忍辱、持戒三度。

㊸**智業**：依假諦而分別諸法謂之智，根據衆生的不同根機而隨機說法謂之智業。

㊹**慧業**：依般若智慧了知諸法平等一如，依此而行謂之慧業。

㊺**一切智慧**：即既知空、又知假，且一切諸法都空與假統一的一切種智。

2卷中

文殊師利問疾品第五

譯文

其時，佛便對文殊菩薩說：「既然這樣，你就到維摩詰居士那裏去看望他吧。」

文殊菩薩回稟佛說：「世尊，與那維摩詰居士酬答應對確實很不容易，因爲他洞達諸法實相，而且善於講說佛法精義，其辯才無礙且智慧高深，了知一切菩薩法門，諸佛寶藏無不遍入，能夠降伏一切外道衆魔，常以各種神通遊戲人間，其對智慧和方便法門之運用，均已達到出神入化的程度。雖然這樣，我還是願意秉承佛陀的旨意，前去探視他老人家。」

一聽文殊菩薩這話，在座的衆菩薩、佛陀的大弟子、帝釋、大梵天、四天王等，都這麼想：好啦！這次文殊菩薩與維摩詰居士這兩位高人要在一起對談佛法，必定會有很精彩的有關佛教精深義理的對論。其時八千位菩薩、五百位羅漢及衆多的天人都想隨文殊菩薩前往。於是文殊菩薩和衆多菩薩、佛大弟子及諸天人等，恭敬圍繞佛座，頂禮膜拜佛陀之後，就前往毗耶離城維摩詰住處。

那時，維摩詰居士心裏在想：過一會兒，文殊菩薩與諸大衆都要到這裏來，我得給他們騰出一些空間來。於是就運用其神力，把室中所有的東西及侍從全部搬走，只留下一張床，自己躺在床上養病。

文殊菩薩進入維摩詰居室後，見室中空空蕩蕩的，只有維摩詰居士獨自躺在床上。維摩詰居士一見到文殊菩薩，就口露機鋒，說：「歡迎你，文殊菩薩，你這次是以不來之相來到這裏，以不見相而來見我了。」文殊菩薩答道：「是的，居士，如果是以形相而來，既來過了，就不會再來了；如果是以形相而去，既已去了，就不會再去了。爲什麼這麼說呢？來的並沒有來處，去者也沒有去處，一切世俗眼光所能見到的，都是念念不住，剎那而滅的。暫不談這些吧，先說說你的病吧，病苦還可以忍吧？療治過病情是否好轉一些？不至於病情加重吧？世尊對你的病很關心，特派我來問候你，不知居士的病是因何而起的？已經病了多長時間了？又應該怎療治才會好？」

維摩詰居士答道：「我的病是從無明而起的，因爲無明故產生愛欲，因爲愛欲而生起了病患。因爲衆生多從無明生愛欲遭罹病患，我也是一樣；如果一切衆生能夠滅除無明愛欲從而去除了病患的根源，那我的病也就好了。爲什麼這麼說呢？菩薩爲了救度衆生脫離苦海而進入生死道中，既有了生死，便會患病。如果衆生能夠脫離煩惱病患，則菩薩就不會再患病了。這有如慈祥的長者，只有一個兒子，當他的孩子得病時，做爲父母親的肯定會憂愁成疾；如果孩子的病痊癒了，做父母親的也就如釋重負了。菩薩也是這樣，其對一切衆生愛之若子，一旦衆生得病，則菩薩就很難過；一旦衆生的病痊癒了，菩薩也就沒有憂患了。至於說我的疾病是因何生起的，就像是菩薩生病，都是從大悲心生起的。」

文殊菩薩又問道：「居士，你此室中爲何空空，竟沒有一個侍者？」

維摩詰答道：「諸佛國土不也是空空如也嗎？」

文殊菩薩又問道：「此空以什麼爲依據呢？」

維摩詰答道：「此空以無自性爲依據。」

又問：「空怎麼還須憑借無自性呢？」

答道：「無自性亦即無分別，故空。」

又問：「空本身可以加以分別嗎？」

答道：「分別本身也是空。」

又問：「此空當於何處尋求？」

答道：「應當於六十二種邪見中尋求。」

又問：「六十二種邪見又應當於何處尋求？」

答道：「應當於諸佛解脫中尋求。」

又問：「諸佛解脫應當於何處尋求？」

答道：「應當於衆生遷流不息的心念中去尋求。再者，你剛才問及爲何此室中空無侍者，實際上，一切魔鬼外道都是我的侍者。爲什麼這麼說呢？舉凡魔鬼都熱衷於生死輪迴，而大悲菩薩也是永不離於生死道中；諸外道都十分熱衷於種種邪見妄說，而菩薩不會爲邪見妄說所動。」

又問：「居士，你的病有什麼症狀？」

答道：「我的病並沒有什麼可以看得見的症狀。」

又問：「你的病是屬於生理方面的？還是屬於心理方面的？」

答道：「既非生理方面，因爲五蘊和合的肉身並沒有實體存在，也非心理的，因爲心是刹那生滅的，如同幻影一般。」

又問：「地、水、火、風四大中，你的病屬於哪一大之病？」

答道：「既非地大之病，也離不開地大；水、火、風三大也是一樣，既非水、火、風三大之病，也離不開水、火、風三大。一切衆生的病，都是從四大不調而起的，所以我的病也是從四大不調生起的。」

其時，文殊菩薩又問維摩詰居士：「作爲一位菩薩，應該如何去慰問、開導生了病的菩薩？」

維摩詰答道：「應該談談身體是變化無常的，不宜再談厭離此身等話；應該談談既有身體就有病苦諸患，而不宜再談厭離此苦去追求涅槃之樂；應該談談身體是衆緣之和合，並沒有實在的『我』，但不宜由此得出結論說空無衆生，就放棄教化濟度衆生；應該談談身體是空的，但不宜再談追求畢竟寂滅的話；說說現在已悔罪就可以了，不宜再由此及彼，追溯到以往的罪業；應該由自己的疾病，悲憫及他人之病，應當認識在未修道前所經歷之無數劫之苦，由此念及應教化、利益一切衆生；應當憶念如何堅持正確的生活方式以及由此所修成的功德福田；不應由疾病而生煩惱，而應不斷精進修習；應當立志做一個救治世人的醫生，經常療治衆生的各種病患；作爲一個菩薩應該這樣去安慰、開導患了病之菩薩，使其身心快樂。」

文殊菩薩又問道：「居士，對於已患疾病的菩薩，應當如何調伏其心？」

維摩詰答道：「已患疾病的菩薩，應當這樣想：我今所患之病，都是由前世顛倒妄想等煩惱業所致，並沒有什麼眞正的實體在患病。爲什麼這樣說呢？因爲人的身體乃是四大之和合，假名爲身體罷了，四大中並沒有主宰者，因此這身體也沒有一個眞正的自我存在；又，此病之所以產生，都是衆生把此四大和合之假名執爲自我，所以，對於這色身不應該有所執著。既然已經認識到生病的根源，就應該摒除『我』及『衆生』的虛妄執見，而應當生起法想，亦即應該這樣思考：我現在這個身體是衆緣和合而成的，其產生乃是衆緣和合的產物，其消失也只是衆緣離散的結果；而且諸法之間並沒有什麼內在的關聯，生起時是自然而然地生起，失滅時也是自然而然地失滅。「另外，如果那些患病之菩薩想要消除諸法實有之念頭，應該這樣去思考：把諸法視爲眞實存在的想法本身就是一種顚倒妄想，而顚倒妄想就是一種病患，我應該遠離之。

「那麼，應該怎麼樣遠離顚倒妄想呢？就是應該放棄對自我及自我所有這二者的執著。應該怎樣放棄對自我及自我所有的執著呢？就是遠離相對的二法。應該怎樣遠離相對的二法？就是應該不執著於一切內外諸法，視內外一切諸法爲平等一如。應該怎樣做到視內外諸法爲平等一如呢？就是應該把自我與涅槃同等看待。爲什麼這麼說呢？自我與涅槃，二者本來都是空。爲什麼二者本來皆是空呢？因爲二者本來都是一種假名而非實有，都沒有自身的規定性。如果能夠以平等心看待這二者，就不會有什麼病患了，餘下的就是執著於空的病患了，對於這種空病，也應該空掉。所以患病的菩薩，應該以無所受而受的態度來對待生死病患諸苦，雖然尚未取得佛的果位，也不應刻意棄除平常人的種種感受去求取涅槃。患了疾病的菩薩，應該念及六道衆生中多有病患者在，應發起大悲心，既調伏自心，又調伏一切衆生的煩惱病患，調伏的方法，只是棄除其病疾苦患，而不是同時把他們的生理感受及外在諸法都棄除掉，其中尤爲重要的是應棄除掉其患病的根源。

「那麼，什麼是衆生患病的根源呢？就是對外界有所執著，此對於外界之執著則是病患之根源。所謂執著外界，就是視三界爲實有。那麼，如何放棄對外界的執著呢？就是應該對外界無所取、無所得，如果能無所取、無所得，那麼執著（攀緣）不除自除。什麼叫做對外界無所取、無所得呢？就是應該遠離『二見』。什麼叫做遠離『二見』呢？就是對內之心識和對外的境相都不執著。

「文殊師利，患疾的菩薩就應該這樣調伏其心，爲了斷除衆生的生老病死等苦患，爲了利他濟衆，這才是菩薩的覺悟之道。如果不是這樣，只是爲了自己的修行，那便不能利濟群生。這有如一個人，只有戰勝強敵，才稱得上『勇』，佛法也是這樣，只有做到兼除衆生病患，兼利群生，這才配得上菩薩的稱號。

「那些患疾的菩薩，應該這樣思考：一切衆生的病，也如同我的病一樣，都是非眞非有的。當菩薩作這樣觀照時，如果又因大悲心而對衆生產生偏愛，也應該捨棄。爲什麼要這樣呢？菩薩的大悲，應以斷除一切外界之煩惱垢染爲前提，而如果對於衆生有所偏愛，久而久之，便會對生死世間有厭離之意，如果能夠捨棄偏愛之心，則永遠不會對生死世間產生厭離之意，無論在什麼地方，都能不爲愛欲偏見所蒙蔽。既然不會受蒙蔽、繫縛，就能為一切衆生說法，替他們解除纏縛。這有如佛陀所說的，如果自己有所繫縛，而想替他人解除繫縛，那是不可能的；如果自己無所繫縛，即能替他人解縛，所以說菩薩不應該為任何愛見所纏縛。

「那麼，什麼叫『纏縛』呢？什麼叫『解縛』呢？貪戀於禪定的愉悅，這就是一種『纏縛』；能夠隨緣示現，以種種方便法門濟度衆生，這就是『解縛』。此外，如果不能運用各種方便法門去濟度衆生，而僅有智慧，則是『纏縛』，如果既能運用種種方便法門，又具有智慧，則是『解縛』；反之，如果僅有方便法門，而無智慧，這也是『纏縛』，如果既有智慧，又能運用各種方便法門去濟度衆生，則是『解縛』。

「進而言之，什麼叫做『無方便慧縛』呢？就是說，如果菩薩以有所愛著之心，莊嚴佛土，濟度衆生，能夠於『空、無相、無作』三解脫門中自我調伏，這就叫做『無方便慧縛』。

「什麼叫做『有方便慧解』呢？就是說，如果菩薩以無所愛著之心莊嚴佛土，濟度衆生，能夠於『空、無相、無作』三解脫門中自我調伏，並且不對生死世間產生厭離之心，這就叫做『有方便慧解』。

「什麼叫做『無慧方便縛』呢？就是說，如果菩薩能夠在貪欲、瞋恚、邪見等煩惱界中遍行善事、廣植德本，這就叫做『無慧方便縛』。

「什麼叫做『有慧方便解』呢？就是說，如果菩薩能夠遠離貪欲、瞋恚、邪見等煩惱界中遍行善事、廣植德本，而且能夠把這些功德回向於無上正等正覺，這就叫做『有慧方便解』。

「文殊師利，那些患疾之菩薩應該這樣觀待一切諸法，同時，還應該如此去反觀自身，即此身無常、人生皆苦、一切諸法皆空無自性，若能這樣去觀察諸法乃至自身，這就叫做『慧』；如果自己雖然身已患疾，卻能在生死海中不厭倦地濟度、利益一切衆生，這就叫做『方便』。此外，如果能夠進一步去反觀自身與病乃是一而不二，身不離病，病不離身，身即是病，病即是身，身病一體，沒有先後，就沒有新故區別，便知身病一體即是實相，這就叫做『慧』。如果雖然身有疾患，而又不求脫離此生死海，並能在生死海中廣濟群生，這就叫做『方便』。

「文殊師利，有病之菩薩，應該這樣調伏其心，既不住於自心未經調伏狀態之中，也不住於已經調伏了的心境。爲什麼要這樣呢？因爲如果住於未經調伏的心態，則是凡夫愚人之作為；如果滿足於已經調伏的心境，那是聲聞乘境界。所以菩薩於調伏、未調伏二種心境都應當出離，若能這樣，才是眞正的菩薩行。此外，對於生死與涅槃亦然，菩薩雖住於生死世間卻不為世間之汚垢所染，雖然達到涅槃境界卻不永入於寂滅，這才是眞正的菩薩行；既不混同一般的凡夫俗子的行為，也不追求純淨至善的聖賢行，這才是眞正的菩薩行；既不胡作非為，又不一塵不染，這才是眞正的菩薩行；雖然出於攝化的需要，有過魔行魔事，又能示現摧伏衆魔之相，這才是眞正的菩薩行；既能堅持不懈追求佛智，又能不急於成佛，衆生未度盡，就決不成佛，這才是眞正的菩薩行；雖然已經達到證悟無生的境界，但不急於進入涅槃正位，這才是眞正的菩薩行；雖然能觀悟十二因緣依無明而起，又能不迴避種種邪見，這才是眞正的菩薩行；雖然以攝化度盡一切衆生為己任，但又能不對衆生產生偏愛之心，這才是眞正的菩薩行；雖然以遠離生死世間為最終目標，又能不追求自身的灰身滅智，這才是眞正的菩薩行；雖然出於大悲以身相示現三界，又能不破壞法性的湛然常寂，這才是眞正的菩薩行；雖然體悟空乃諸法之本，又能於世間廣植德本，這才是眞正的菩薩行；雖然深切洞達諸法本無形相，又能於世間廣開教示、普度群生，這才是眞正的菩薩行；

雖然已經體證無作解脫，又能爲濟度衆生受報於此生死世間，這才是眞正的菩薩行；雖然明了一切諸法本不生起，又能遍施一切善行，這才是眞正的菩薩行；雖然奉行修持六度法門，又能遍知衆生心心數法，以便隨機攝化，這才是眞正的菩薩行；雖然已具六種神通，又能顯示煩惱之相，這才是眞正的菩薩行；雖然已發慈悲喜捨四無量心，又能不貪求生於四禪天清淨境界，這才是眞正的菩薩行；雖然修行『四禪』、『八解脫』、『三三昧』，又能不貪求生於與禪定力相應之境界，這才是眞正的菩薩行；雖然修行『四念處』，又能不放棄身受心法而出離生死，這才是眞正的菩薩行；雖然修行『四正勤』，已得止惡生善之法，又能不放棄身心的精進修行，這才是眞正的菩薩行；雖然修行『四如意足』，但能妙契神穎任運自在，這才是眞正的菩薩行；雖然修行『五根』，又能善於分別衆生根機之利鈍，這才是眞正的菩薩行；雖然修行菩薩『五力』，而更樂於追求佛之『十力』，這才是眞正的菩薩行；雖然修行『七覺支』，但能調念分明，入佛之智慧，這才是眞正的菩薩行；雖然修行『八正道』，但更樂於踐行無量佛道，這才是眞正的菩薩行；雖然修行助進佛道的止觀法門，但能不墮入小乘的獨善寂滅，這才是眞正的菩薩行；雖已親證諸法不生不滅，又能以相好莊嚴其身，這才是眞正的菩薩行；雖然因教化需要示現聲聞、辟支佛小乘威儀，又能不放棄成佛之大乘法門，這才是眞正的菩薩行；雖然隨順諸法清淨實相，又能隨機隨緣示現其身，這才是眞正的菩薩行；雖然洞知諸佛國土永遠寂滅如同虛空，又能方便示現種種清淨佛土，這才是眞正的菩薩行；雖然已經證成佛果，轉大法輪，進入於涅槃境界，又能不捨棄慈悲度衆之菩薩道，這才是眞正的菩薩行。」當維摩詰居士宣說這些法語時，文殊菩薩所率領諸大衆中的八千位天人，都萌發了無上道心。

原典

爾時，佛告文殊師利❶：「汝行詣維摩詰問疾。」

文殊師利白佛言：「世尊，彼上人者，難爲酬對，深達實相，善說法要，辯才無滯，智慧無礙，一切菩薩法式悉知，諸佛秘藏❷無不得入，降伏衆魔，遊戲神通❸，其慧方便，皆已得度。雖然，當承佛聖旨，詣彼問疾。」

於是衆中諸菩薩、大弟子、釋梵四天王❹，咸作是念：今二大士，文殊師利、維摩詰共談，必說妙法。即時八千菩薩、五百聲聞、百千天人，皆欲隨從。於是文殊師利，與諸菩薩大弟子衆，及諸天人，恭敬圍遶，入毗耶離大城。

爾時，長者維摩詰心念：今文殊師利，與大衆俱來。即以神力，空其室內，除去所有，及諸侍者，唯置一床，以疾而臥。

文殊師利既入其舍，見其室空，無諸所有，獨寢一床。時，維摩詰言：「善來，文殊師利！不來相而來，不見相而見。」文殊師利言：「如是，居士！若來已更不來，若去已更不去。所以者何？來者無所從來，去者無所至。所可見者，更不可見。且置是事。居士是疾，寧可忍不？療治有損？不至增乎？世尊慇懃，致問無量。居士是疾，何所因起？其生久如？當云何滅？」

維摩詰言：「從癡有愛，則我病生。以一切衆生病，是故我病。若一切衆生得不病者，則我病滅。所以者何？菩薩爲衆生故入生死；有生死，則有病。若衆生得離病者，則菩薩無復病。譬如長者，唯有一子，其子得病，父母亦病；若子病愈，父母亦愈。菩薩如是，於諸衆生，愛之若子。衆生病，則菩薩病；衆生病愈，菩薩亦愈。又言是疾何所因起？菩薩疾者，以大悲起。」

文殊師利言：「居士此室，何以空無侍者？」

維摩詰言：「諸佛國土，亦復皆空。」
又問：「以何爲空？」
答曰：「以空空。」
又問：「空何用空？」
答曰：「以無分別空故空。」
又問：「空可分別耶？」
答曰：「分別亦空。」
又問：「空當於何求？」
答曰：「當於六十二見中求。」
又問：「六十二見當於何求？」
答曰：「當於諸佛解脫中求。」
又問：「諸佛解脫當於何求？」
答曰：「當於一切衆生心行中求。又仁者所問何無侍者？一切衆魔及諸外道，皆吾侍也。所以者何？衆魔者，樂生死；菩薩於生死而不捨。外道者，樂諸見；菩薩於諸見而不動。」

文殊師利言：「居士所疾，爲何等相？」

維摩詰言：「我病無形不可見。」

又問：「此病身合耶？心合耶？」

答曰：「非身合，身相離故；亦非心合，心如幻故。」

又問：「地大、水大、火大、風大，於此四大，何大之病？」

答曰：「是病非地大，亦不離地大；水火風大，亦復如是。而衆生病從四大起。以其有病，是故我病。」

爾時，文殊師利問維摩詰言：「菩薩應云何慰喻有疾菩薩？」

維摩詰言：「說身無常，不說厭離於身；說身有苦，不說樂於涅槃；說身無我，而說教導衆生；說身空寂，不說畢竟寂滅；說悔先罪，而不說入於過去。以己之疾，愍於彼疾；當識宿世無數劫苦，當念饒益一切衆生，憶所修福，念於淨命，勿生憂惱，常起精進，當作醫王，療治衆病。菩薩應如是慰喻有疾菩薩，令其歡喜。」

文殊師利言：「居士，有疾菩薩，云何調伏其心？」

維摩詰言：「有疾菩薩，應作是念：今我此病，皆從前世妄想顛倒諸煩惱生，無有實法，誰受病者？所以者何？四大合故，假名爲身；四大無主，身亦無我。又此病起，皆由著我，是故於我不應生著。既知病本，即除我想及衆生想，當起法想。應作是念：但以衆法合成此身。起唯法起，滅唯法滅；又此法者，各不相知。起時不言我起，滅時不言我滅。

「彼有疾菩薩，爲滅法想，當作是念：此法想者，亦是顛倒。顛倒者，即是大患，我應離之。

「云何爲離？離我、我所。云何離我、我所？謂離二法❺。云何離二法？謂不念內外諸法，行於平等。云何平等？謂我等涅槃等。所以者何？我及涅槃，此二皆空。以何爲空？但以名字故空。如此二法，無決定性，得是平等，無有餘病，唯有空病。空病亦空。是有疾菩薩，以無所受而受諸受❻。未具佛法，亦不滅受而取證也。設身有苦，念惡趣衆生，起大悲心，我既調伏，亦當調伏一切衆生。但除其病，而不除法，爲斷病本而教導之。

「何謂病本？謂有攀緣❼；從有攀緣，則爲病本。何所攀緣？謂之三界。云何斷攀緣？以無所得；若無所得，則無攀緣。何謂無所得？謂離二見。何謂二見？謂內見、外見，是無所得。

「文殊師利，是爲有疾菩薩調伏其心。爲斷老病死苦，是菩薩菩提。若不如是，己所修治，爲無慧利。譬如勝怨❽，乃可爲勇。如是兼除老病死者，菩薩之謂也。

「彼有疾菩薩，應復作是念：如我此病，非眞非有；衆生病亦非眞非有。作是觀時，於諸衆生，若起愛見大悲，即應捨離。所以者何？菩薩斷除客塵煩惱❾而起大悲。愛見悲者，則於生死有疲厭心，若能離此，無有疲厭，在在所生不爲愛見之所覆也。所生無縛❿，能爲衆生說法解縛。如佛所說：『若自有縛，能解彼縛，無有是處；若自無縛，能解彼縛，斯有是處。』是故，菩薩不應起縛。

「何謂縛？何謂解？貪著禪味，是菩薩縛；以方便生，是菩薩解。又無方便慧⓫縛，有方便慧解；無慧方便縛，有慧方便解。

「何謂無方便慧縛？謂菩薩以愛見心莊嚴佛土，成就衆生，於空、無相、無作法中，而自調伏，是名無方便慧縛。

「何謂有方便慧解？謂不以愛見心莊嚴佛土，成就衆生，於空、無相、無作法中，以自調伏而不疲厭，是名有方便慧解。

「何謂無慧方便縛？謂菩薩住貪欲、瞋恚、邪見等諸煩惱，而植衆德本，是名無慧方便縛。

「何謂有慧方便解？謂離諸貪欲、瞋恚、邪見等諸煩惱，而植衆德本，回向阿耨多羅三藐三菩提，是名有慧方便解。

「文殊師利，彼有疾菩薩應如是觀諸法。又復觀身無常、苦、空、非我⑫，是名爲慧。雖身有疾，常在生死饒益一切，而不厭倦，是名方便。又復觀身，身不離病，病不離身，是病是身，非新非故，是名爲慧。設身有疾，而不永滅，是名方便。

「文殊師利，有疾菩薩應如是調伏其心：不住其中，亦復不住不調伏心。所以者何？若住不調伏心，是愚人法；若住調伏心，是聲聞法。是故，菩薩不當住於調伏、不調伏心。離此二法，是菩薩行⑬；在於生死不爲汙行，住於涅槃不永滅度，是菩薩行；非凡夫行，非賢聖行，是菩薩行；非垢行，非淨行，是菩薩行；雖過魔行，而現降伏衆魔，是菩薩行；求一切智，無非時求，是菩薩行；雖觀諸法不生，而不入正位，是菩薩行；雖觀十二緣起，而入諸邪見，是菩薩行；雖攝一切衆生，而不愛著，是菩薩行；雖樂遠離，而不依身心盡，是菩薩行；雖行三界，而不壞法性，是菩薩行；雖行於空，而植衆德本，是菩薩行；雖行無相，而度衆生，是菩薩行；雖行無作，而現受身，是菩薩行；雖行無起，而起一切善行，是菩薩行；雖行六波羅蜜，而遍知衆生心、心數法⑭，是菩薩行；雖行六通，而不盡漏，是菩薩行；雖行四無量心⑮，而不貪著，生於梵世，是菩薩行；雖行禪定解脫三昧，而不隨禪生，是菩薩行；雖行四念處⑯，不畢竟永離身受心法，是菩薩行；雖行四正勤⑰，而不捨身心精進，是菩薩行；雖行四如意足⑱，而得自在神通，是菩薩行；雖行五根，而分別衆生諸根利鈍，是菩薩行；雖行五力，而樂求佛十力，是菩薩行；雖行七覺分，而分別佛之智慧，是菩薩行；雖行八正道，而樂行無量佛道，是菩薩行；雖行止觀⑲助道之法，而不畢竟墮於寂滅，是菩薩行；雖行諸法不生不滅，而以相好莊嚴其身，是菩薩行；雖現聲聞、辟支佛威儀，而不捨佛法，是菩薩行；雖隨諸法究竟淨相，而隨所應爲現其身，是菩薩行；雖觀諸佛國土永寂如空，而現種種清淨佛土，是菩薩行；雖得佛道，轉於法輪，入於涅槃，而不捨於菩薩之道，是菩薩行。」說是語時，文殊師利所將大衆，其中八千天子，皆發阿耨多羅三藐三菩提心。

注釋

❶**文殊師利**：又作文殊、曼殊室利、妙吉祥，菩薩名，與普賢菩薩同爲如來之左右脅侍。文殊主「智」，普賢司「理」，故文殊在佛教中常作爲智慧的象徵。

❷**秘藏**：佛法妙義之所藏。

❸**遊戲神通**：以神通變化接引世人。

❹**四天王**：爲帝釋之外將。據佛經記載，須彌山之第四層，有一山名犍陀羅山，該山有四頭，四天王各居其一，各鎭護一天下，東面爲持國天王，南面爲增長天王，西面爲廣目天王，北面爲多聞天王。

❺**二法**：指把一切諸法分爲相對之二種，如色與心，生與滅，常與斷，淨與染，內與外等。

❻**諸受**：指對外界之領納，由之而生惑造業。

❼**攀緣**：心動而於外著境取相。

❽**勝怨**：怨即怨敵、怨結，勝怨即戰勝怨敵、化除怨結、惑障。

❾**客塵煩惱**：心於外著境取相而生之煩惱。

❿**縛**：煩惱的別名，因煩惱能纏縛衆生，不得解脫，故名。

⓫**方便慧**：方便是一種隨機善行，慧是了悟諸法實相的智慧。此是修道得解脫的兩種重要方法，缺一不可。

⓬**無常、苦、空、非我**：這是原始佛教的「四法印」，所謂諸行無常、諸法無我、一切皆苦、涅槃寂靜（空）。

⓭**菩薩行**：即菩薩的行爲、境界。指修行者爲成佛道而修六度之行。

⓮**心、心數法**：「心」即心王，「心數法」即心所法。心王是生命現象的主體，心所是相應於心王所起心理活動和精神現象。

⓯**四無量心**：即慈（與樂）、悲（拔苦）、喜（喜見人離苦得樂）、捨（捨怨親之分別）。

⓰**四念處**：又作四念住等，指集中心念於一處，防止雜念妄想生起以得解脫的四種修行方法，即身念住、受念住、心念住、法念住。

⓱**四正勤**：指斷惡生善的四種修行方法，即爲斷已生之惡而勤精進、爲使未生之惡不

生而勤精進、爲使未生之善能生而勤精進、爲使已生之善增長而勤精進。

⑱**四如意足**：又作四神足，即四種禪定：欲如意足、精進如意足、念如意足、思惟如意足。在三十七道品中，此四如意足是在四念處、四正勤之後的修行品目。僅修前者有慧多定少之嫌，再修此四如意足，有以定攝心、進而達到定慧雙修、定慧均等之功效。

⑲**止觀**：止即禪定，觀即智慧觀想。這是佛教的兩種最基本的修行方法。

不思議品第六

譯文

當時，舍利弗見室中空空蕩蕩，無一坐床，心裏在想：這麼多菩薩及大弟子們，該坐在哪裏呢？維摩詰居士立即知道了舍利弗的心事，就對舍利弗說：「舍利弗，你是為聽佛法而來的，還是為了座位而來？」舍利弗答道：「我是為了聽你與文殊菩薩講論佛法而來的，不是為座位而來。」

維摩詰說：「喂，舍利弗！為了求法，應該做到不惜身命，何況座位呢！眞正的求法者，不應該有色、受、想、行、識五蘊之求，也不應該有十二處、十八界之求，不應該有欲界、色界、無色界三界欲樂之求。舍利弗，眞正的求法者，應該既不貪著於佛相，也不貪著於法相，又不貪著於僧相。眞正的求法者，不應該存有世間皆苦而希圖出離之心，不應該存有要斷盡煩惱得解脫之念，不應該存有修道入滅之意。為什麼應該這樣呢？因為佛法是至眞之道，如果存有我欲離苦、我欲斷惑、我欲修道入滅之念頭，這就是戲論，並非求法。

「喂，舍利弗！佛法是湛然寂靜的，如果心存生滅的偏見，那是求生滅之法，不是求佛法；佛法是無有垢染的，如果對世間法仍有所執著，乃至對涅槃有所執著，那是貪著染垢，而非求佛法；又，佛法是不著心行處所的，如果心念對境相有所攀緣，那是心所法外行，而非求法；佛法是不能有所取捨的，如果對世間諸法有所取捨，那是取捨諸法，而非求佛法；佛法是無所依止的，如果依止於某一處所，那是尋求處所而非求法；佛法是無有形相的，如果追逐於事物的形相，那是求相而非求法；佛法是不住於任何具體事物的，如果停住於具體的事物，那是住世間法而非求佛法；佛法是不可見聞覺知的，如果欲見聞覺知，那是追求感觀之感受和及心之意識，而不是求佛法；佛法是不生不滅的無爲法，如果只著眼於生滅界，那是追求有爲法，而非求佛法。所以，舍利弗，如果要求佛法，應該對一切諸法都無所著、無所求。」當維摩詰居士說這些話時，在場的五百位天人，都得清淨法眼。

其時，維摩詰居士問文殊菩薩，說：「你曾經到過十方佛土、無量世界，請問哪一方佛土有最爲莊嚴、最能成就種種功德的獅子座呢？」文殊菩薩答道：「居士，由此向東越過三十六個恆河沙數國度，有一個世界名叫須彌相，該世界之佛的名號叫須彌燈王，其身高達八萬四千由旬，其獅子座也高達八萬四千由旬，最是莊嚴富麗。」

聽了文殊菩薩這番話後，維摩詰居士便運用其神通力，請那須彌燈王立即把三萬二千個獅子座送至維摩詰室中。這些獅子座之高大寬闊，都是在座的諸菩薩及衆大弟子前所未見，那時維摩詰的居室也頓時變得十分寬敞，此三萬二千個獅子座盡放其中一點也不覺得局促，同時，也沒有使毗耶離城及閻浮提四天下變得窄小，整個世界一如原樣。

隨後，維摩詰居士就請文殊菩薩在獅子座上就坐，與會的諸菩薩也先後入座。當時維摩詰居士吩咐大家應該把自己的身體伸長至與獅子座相應的高度，那些已得神通之菩薩的身體即時長高至四萬二千由旬，而那些新發意菩薩及諸大弟子，則都無法使自己的身體相應地長高變大。

其時，維摩詰居士請舍利弗就座，舍利弗說：「居士，此座椅太高大了，我無法上座。」維摩詰說：「喂，舍利弗！向須彌燈王頂禮，就可以上座了。」舍利弗、新發意菩薩及衆大弟子即向須彌燈王頂禮，於是都得以入座。

舍利弗又說：「居士，眞是前所未聞，如此小的居室，竟然可以容納這樣高廣寬大之寶座，而且對毗耶離城毫無妨礙，閻浮提中諸城邑村落乃至四天下、衆龍王鬼神宮殿也不會因此顯得窄小和局促。」

維摩詰說：「舍利弗，諸佛菩薩，有一種不可思議解脫法門，如果菩薩住於這種解脫境界，把須彌山納入芥子之中，芥子也不會因此有所增大，須彌山也不會因此有所縮小，這是因爲須彌山本相如如的緣故，因此就連四天王、忉利天王等都不知不覺已入於芥子之中，只有那些借此神通而應該得度者才看得見須彌山入於芥子之中，這就是不可思議解脫法門。另外，把四大海之水倒入一毛孔中，也絲毫不妨礙那些海中生物如魚、鱉、鼉、鼂等在水中自由自在悠游，這是因爲大海之本性如如的緣故，所以就連那些龍、神、鬼、阿修羅等已不知不覺入於毛孔之中，毫不影響它們的嬉戲悠游。

「此外，舍利弗，住於不可思議解脫境界的菩薩，在廣闊無垠的宇宙中截取一個三千大千世界，好像製陶器的輪盤在陶匠手中靈活輪轉一般，置於右掌之中，然後將此三千大千世界擲出，使它飛到廣闊無垠的太空之中，而住於其中的衆生卻不知不覺，然後菩薩再把此三千大千世界擲回原處，住於其中之衆生也不會有飛來飛去的感覺，這是因爲這三千大千世界本相如如的緣故。

「另外，舍利弗，如果有這樣一些衆生，他們樂於久住世間，而他們又是應該得度者，菩薩便會運用把七日延長爲一劫的神通，使這些衆生覺得已經歷了一劫長的時間了；相反，如果有這樣一些衆生，他們不喜歡久住於世間，而他們又是應該得度者，菩薩也能夠運用神通，把一劫變爲七日，使他們覺得好像只過了七日時間。

「再者，舍利弗，住於不可思議境界的菩薩，能夠把一切佛土莊嚴飾物集中於某一佛土，把它展示給衆生看；同時，菩薩也能把一切佛土之衆生置於右掌之上，把他們抛至十方世界，而這些衆生自身也不知不覺。

「再者，舍利弗，菩薩能夠把十方世界衆生供養的一切莊嚴器物集中於一毛孔中，使衆生都看得見；同時也能把十方國土的所有日月星辰集中於一毛孔中，使衆生都看得見。

「再者，舍利弗，十方世界的所有大風，菩薩都能把它吸入腹中，而自己的身體不會因此而有所變形；而菩薩把這些風再吹向外界時，樹木也不會因此而受摧折。菩薩還能把十方世界壞劫末期之大火吸入腹中，火雖仍在腹中燃燒，但菩薩的身體不會因此而受到傷害。菩薩還能在處於下方的無量數國土中，任取一國土，像拿一枚針鋒頂舉一片棗葉一般向上把它舉過無量數世界，之間不會受到任何障礙。

「再者，舍利弗，位於不可思議境界的菩薩，能以神通現作佛身，或辟支佛身，或現聲聞身，或現帝釋身，或現梵王身，或現大自在天王身，或現轉輪聖王身。菩薩還能把十方世界中的各種聲音，都變成佛的聲音，都變成演講苦、空、無常、無我等佛教義理的聲音，使它連同十方世界一切諸佛所宣說之正法，都令衆生得以聽聞受益。舍利弗，我現在只是簡略地說一說位於不可思議境界菩薩之不可思議解脫力，如果要詳加細說，則雖無數劫也說不完。」

這時，大迦葉聽了維摩詰這番開示菩薩不可思議解脫法門的話後，十分讚歎這種法門實在是前所未聞的，之後，便對舍利弗說：「這譬如有人在盲者眼前示現各種色彩鮮艷的東西，而盲者則一無所見，聲聞乘人對於這種不可思議法門之一無所知，就與此相類似。而有智慧的人，聽到這種法門後，怎會不迅即萌發無上道心呢！我們這些小乘衆爲何這般缺乏大乘根器，對於大乘來說，我們眞有如永不發芽的敗種，一切聲聞衆聽到這種不可思議解脫法門後，都應該悲泣號啕，讓其聲音遠震三千大千世界；而一切菩薩聽到這種不可思議解脫法門，則都應該歡欣相慶，頂禮領受。如果有菩薩信解此不可思議解脫法門，一切魔王鬼衆都將無可奈他何。」當大迦葉說完這話時，有三萬二千天人，皆發無上道心。

其時，維摩詰居士對大迦葉說：「仁者，十方無量數世界中衆多示現爲魔王者，多是住不可思議解脫境界菩薩，爲了以其方便力敎化衆生，故現魔王身相。再者，大迦葉，十方世界如有人乞求布施手、足、耳朶、鼻子、頭、眼睛、腦髓、血肉、村莊、城池、妻子、奴婢、象車、馬車、金銀、琉璃、車磲、瑪瑙、珊瑚、琥珀、眞珠、珂貝、衣服、飲食等，這些乞者，多是住不可思議解脫境界的菩薩，以其方便力而故意試驗那些被乞求者，以堅固他們的慈悲心。爲什麼這樣呢？因爲住於不可思議解脫境界的菩薩，具有很強的威攝和感化力量，能夠威攝和感化衆生，而一般的凡夫俗子，不具有這種威攝和感化力，當然不可能像這些菩薩那樣去威攝和感化他人了，這有如龍與象之氣勢，絕非一般驢馬所可比擬的，這便是住不可思議解脫境界菩薩所開演之智慧、方便法門。」

原典

爾時，舍利弗見此室中無有床座，作是念：斯諸菩薩大弟子衆，當於何坐？長者維摩詰知其意，語舍利弗言：「云何，仁者爲法來耶？爲床座耶？」舍利弗言：「我爲法來，非爲床座。」

維摩詰言：「唯，舍利弗！夫求法者，不貪軀命，何況床座？夫求法者，非有色、受、想、行、識之求，非有界、入之求，非有欲、色、無色之求。唯，舍利弗！夫求法者，不著佛求，不著法求，不著衆求。夫求法者，無見苦求，無斷集求，無造盡證修道之求。所以者何？法無戲論。若言我當見苦、斷集、證滅、修道，是則戲論，非求法也。

「唯，舍利弗！法名寂滅，若行生滅，是求生滅，非求法也；法名無染，若染於法，乃至涅槃，是則染著，非求法也；法無行處，若行於法，是則行處，非求法也；法無取捨，若取捨法，是則取捨，非求法也；法無處所，若著處所，是則著處，非求法也；法名無相，若隨相識，是則求相，非求法也；法不可住，若住於法，是則住法，非求法也；法不可見聞覺知，若行見聞覺知，是則見聞覺知，非求法也；法名無爲，若行有爲，是求有爲，非求法也。是故，舍利弗若求法者，於一切法應無所求。」說是語時，五百天子，於諸法中得法眼淨。

爾時，長者維摩詰問文殊師利：「仁者遊於無量千萬億阿僧祇❶國，何等佛土，有好上妙功德成就師子之座❷？」文殊師利言：「居士，東方度三十六恆河沙❸國，有世界名須彌相，其佛號須彌燈王，今現在，彼佛身長八萬四千由旬❹，其師子座，高八萬四千由旬，嚴飾第一。」

於是，長者維摩詰現神通力，即時彼佛，遣三萬二千師子之座，高廣嚴淨，來入維摩詰室。諸菩薩、大弟子、釋梵四天王等，昔所未見。其室廣博，悉皆包容三萬二千師子座，無所妨礙。於毗耶離城及閻浮提❺四天下，亦不迫迮❻，悉見如故。

爾時，維摩詰語文殊師利就師子座，與諸菩薩上人俱坐。當自立身如彼座像。其得神通菩薩，即自變形爲四萬二千由旬，坐師子座；諸新發意菩薩及大弟子，皆不能昇。

爾時，維摩詰語舍利弗就師子座，舍利弗言：「居士，此座高廣，吾不能昇。」

維摩詰言：「唯，舍利弗！爲須彌燈王如來作禮，乃可得坐。」於是新發意菩薩及大弟子，即爲須彌燈王如來作禮，便得坐師子座。

舍利弗言：「居士，未曾有也，如是小室，乃容受此高廣之座，於毗耶離城，無所妨礙；又於閻浮提聚落城邑，及四天下諸天、龍王、鬼神宮殿，亦不迫迮。」

維摩詰言：「唯，舍利弗！諸佛菩薩，有解脫名不可思議，若菩薩住是解脫者，以須彌之高廣內❼芥子中，無所增減，須彌山王本相如故，而四天王、忉利諸天，不覺不知己之所入，唯應度者，乃見須彌入芥子中，是名不可思議解脫法門。又以四大海水入一毛孔，不嬈魚鼈黿鼉水性之屬，而彼大海本性如故。諸龍、鬼神、阿修羅等，不覺不知己之所入，於此衆生亦無所嬈。

「又，舍利弗，住不可思議解脫菩薩，斷取三千大千世界，如陶家輪，著右掌中，擲過恆沙世界之外，其中衆生不覺不知己之所往；又復還置本處，都不使人有往來想，而此世界本相如故。

「又，舍利弗，或有衆生樂久住世而可度者，菩薩即演七日以爲一劫，令彼衆生謂之一劫；或有衆生不樂久住而可度者，菩薩即促一劫以爲七日，令彼衆生謂之七日。

「又，舍利弗，住不可思議解脫菩薩，以一切佛土嚴飾之事，集在一國，示於衆生；又菩薩以一切佛土衆生置之右掌，飛到十方，遍示一切，而不動本處。

「又，舍利弗，十方衆生供養諸佛之具，菩薩於一毛孔，皆令得見；又十方國土所有日月星宿，於一毛孔普使見之。

「又，舍利弗，十方世界所有諸風，菩薩悉能吸著口中，而身無損；外諸樹木，亦不摧折。又十方世界劫盡燒時，以一切火內於腹中，火事如故，而不爲害。又於下方過恆河沙等諸佛世界，取一佛土，舉著上方，過恆河沙無數世界，如持針鋒舉一棗葉，而無所嬈。

「又，舍利弗，住不可思議解脫菩薩，能以神通現作佛身，或現辟支佛身，或現聲聞身，或現帝釋身，或現梵王身，或現世主身，或現轉輪聖王身。又十方世界所有衆聲，上中下音，皆能變之，令作佛聲，演出無常、苦、空、無我之音，及十方諸佛所說種種之法，皆於其中，普令得聞。舍利弗，我今略說菩薩不可思議解脫之力，若廣說者，窮劫不盡。」

是時，大迦葉聞說菩薩不可思議解脫法門，歎未曾有，謂舍利弗：「譬如有人，於盲者前現衆色像，非彼所見；一切聲聞，聞是不可思議解脫法門，不能解了，爲若此也。智者聞是，其誰不發阿耨多羅三藐三菩提心？我等何爲永絕其根？於此大乘，已如敗種。一切聲聞，聞是不可思議解脫法門，皆應號泣，聲震三千大千世界；一切菩薩，應大欣慶，頂受此法。若有菩薩信解不可思議解脫法門者，一切魔衆無如之何！」大迦葉說此語時，三萬二千天子，皆發阿耨多羅三藐三菩提心。

爾時，維摩詰語大迦葉：「仁者，十方無量阿僧祇世界中作魔王者，多是住不可思議解脫菩薩，以方便力故，教化衆生，現作魔王。又迦葉，十方無量菩薩，或有人從乞手足耳鼻、頭目髓腦、血肉皮骨、聚落城邑、妻子奴婢、象馬車乘、金銀琉璃、硨磲瑪瑙、珊瑚琥珀、眞珠珂貝、衣服飲食，如此乞者，多是住不可思議解脫菩薩，以方便力而往試之，令其堅固。所以者何？住不可思議解脫菩薩，有威德力，故行逼迫，示諸衆生，如是難事。凡夫下劣，無有力勢，不能如是逼迫菩薩。譬如龍象蹴踏，非驢所堪。是名住不可思議解脫菩薩智慧方便之門。」

注釋

❶**阿僧祇**：意譯爲無數、無量數，一阿僧祇等於一千萬萬萬萬萬萬萬兆。

❷**師子之座**：師子即獅子，佛爲獅子，故佛之座處稱爲獅子座，後泛指高僧說法時的莊嚴座席。

❸**恆河沙**：恆河爲印度之大河，恆河沙泛指無量數。

❹**由旬**：計算里程之單位，指一日行軍之里程，約四十里。

❺**閻浮提**：又稱贍部洲，位於須彌山之南部，即我們所居住的世界。

❻**迫迮**：「迮」，窄義；「迫迮」即狹窄的意思。

❼**內**：即納的意思。

觀衆生品第七

譯文

其時，文殊菩薩便問維摩詰居士：「菩薩應當如何觀於衆生？」

維摩詰居士說：「菩薩之觀於衆生，應該如幻化師觀於幻化人，如智者觀看水中之月、鏡中之像一樣，應該把衆生看成如沙漠中的陽焰蜃影，如聲音之回響，如空中之浮雲，如水中之聚沫，如水上之氣泡，如堅實的芭蕉之心，如久住於空中的閃電，如地水火風之外的第五大，如色受想行識外的第六陰，如六情外之第七情，如十二入之外的第十三入，如十八界之外之第十九界；菩薩應該這樣去觀於衆生，應該把衆生看成如無色界之色，如燒焦穀種所發之芽，如得須陀洹果者還有身見，如得阿那含果者還會再入胎，如得阿羅漢果者竟有貪瞋癡三毒，如已得無生法忍菩薩竟還會貪恚犯禁，如得佛果者還有煩惱習氣，如盲人能夠看見色彩，如已入滅定者還有出入息，如空中飛過的鳥竟留下了痕跡，如石女能夠生兒，如化生之人竟有煩惱，如夢中見到自已醒著，如已證涅槃者重又受身，如同無煙能夠冒出火來。菩薩應該這樣去觀於衆生。」

文殊菩薩又問道：「如果菩薩這樣去觀於衆生，那他們又應該怎樣對衆生行慈呢？」

維摩詰居士答道：「菩薩在如此觀於衆生後，應該這樣自念：我應當向衆生宣說這諸法皆空的義理，這就是行『眞實慈』。應當向衆生宣說一切諸法均無所生的義理，這就是行『寂滅慈』；爲衆生宣說斷煩惱得清涼的方法，這就是行『不熱慈』；爲衆生宣說三世本平等的思想，這就是行『平等慈』；向衆生宣說人我平等、不起我執的思想，這就是行『無諍慈』；向衆生宣說內外無別、平等無二的思想，這就是行『不二慈』；教化衆生以眞智照破一切煩惱惑障，體悟當體即是眞常，這就是行『不壞慈』；教化衆生心性不被煩惱惑障所破壞，使之固若金剛，這就是行『堅固慈』；教化衆生體悟諸法自性清淨、本不染垢，這就是行『清淨慈』；教化衆生體悟心如虛空、包容法界，這就是行『無邊慈』；教化衆生觀空斷惑、破除煩惱，這就是行『阿羅漢慈』；以衆生之安樂爲己任，這就是行『菩薩慈』；以諸法如如的思想教化衆生，這就是行『如來慈』；以佛法的眞理去覺悟衆生，這就是行『佛之慈』；教化衆生佛性乃本自具有、不從因得，這就是行『自然慈』；教化衆生諸法如如、平等一味，這就是行『菩提慈』；教化衆生斷除一切怨親差別、捨棄各種愛著，這就是行『無等慈』；勸導衆生信奉大乘教法，這就是行『大悲慈』；教化衆生觀悟諸法皆空、無人無我，這就是行『無厭慈』；盡自己所知，一無遺漏地教給衆生，這就是行『法施慈』；自己戒行清淨，制止毀禁犯戒，這就是行『持戒慈』；沒有人、我之執，止瞋忍辱，人我兩護，這就是行『忍辱慈』；以救度衆生出離生死爲己任，永不懈怠，這就是行『精進慈』；雖然自己已入定而不貪著於三昧之境，這就是行『禪定慈』；了知時宜及衆生根機，以無礙智慧教化衆生，這就是行『智慧慈』；隨緣示現，隨機攝化，這就是行『方便慈』；心無隱曲，直心清淨，這就是行『無隱慈』；心無雜念，信心堅固，直入佛法三昧之境，這就是行『深心慈』；以至誠眞實之心行菩薩道，這就是行『無誑慈』；欲使一切衆生都能進入佛的境界，與諸佛一樣安樂，這就是行『安樂慈』。菩薩之行慈，就應該是這樣。」

文殊菩薩又問：「那什麼叫做悲呢？」

維摩詰居士答道：「菩薩能夠把一切的功德、善行都與衆生分享，這就是悲。」

「那什麼叫做喜呢？」

答道：「舉凡有益衆生的一切事，都能十分歡喜無悔。」

「那什麼叫做捨呢？」

答道：「一切修行作爲，都不希求回報。」

文殊菩薩又問：「衆生處於生死道中，都是有所憂惱畏懼的，菩薩在生死道中，當以什麼爲依持呢？」

維摩詰居士答道：「菩薩在生死道中，應當以如來功德之力爲憑借和依靠。」

文殊菩薩又問道：「菩薩欲依持如來功德之力，其心將安住於何處呢？」

答道：「菩薩欲以如來功德力爲依持，當把心安住於濟度一切衆生上。」

文殊菩薩又問：「菩薩欲濟度一切衆生，應當除掉他們身上什麼東西呢？」

答道：「菩薩欲濟度衆生，應當除掉他們的煩惱。」

又問：「菩薩欲除掉衆生的煩惱，應當從何著手呢？」

答道：「應當從『正念』著手。」

又問：「如何才能做到『正念』呢？」
答道：「應當把心念繫於不生不滅之境界。」
又問：「什麼法不生？什麼法不滅呢？」
答道：「不善之法不生，善法不滅。」
又問：「善與不善以什麼爲根本呢？」
答道：「以五蘊身爲根本。」
又問：「五蘊身又以什麼爲根本呢？」
答道：「以貪欲爲根本。」
又問：「貪欲又以什麼爲根本呢？」
答道：「以虛妄分別爲根本。」
又問：「虛妄分別又以什麼爲根本呢？」
答道：「以顚倒妄想爲根本。」
又問：「顚倒妄想又以什麼爲本源呢？」
答道：「顚倒妄想以無所住著的本然如如爲本源。」

又問：「無所住著的本然如如又以什麼爲本源呢？」

答道：「無所住著的本然如如就再沒有什麼本源了。文殊師利，從無所住著的本然如如立一切法。」

當時，在維摩詰居室中，有一天女見衆天人都在聽聞維摩詰居士與文殊菩薩對談佛法，便現其身，並把許多天花散落於與會之諸菩薩及大弟子身上。當這些天花落至諸菩薩身上時，便紛紛墮落於地上，而當這些天花落至衆大弟子身上時，便都沾在他們的身上，而掉不下來，儘管這些衆大弟子們都用盡各種辦法想把這些天花抖落下來，但都做不到。此時，天女便問舍利弗：「你爲什麼要去掉此花？」

舍利弗答道：「我們這些出家沙門身上帶著這些花不太符合沙門的儀軌戒律，所以要去掉。」

天女說：「你不要說出家沙門身上帶著此花不符合沙門的儀軌戒律。爲什麼這麼說呢？身上有無此花本來是沒有區別的，是你自己妄生分別而已；如果嚴格按照佛教的義理說，心生分別妄想，這才是最不符合佛教的義理、儀軌的；只要心不生分別妄想，則是符合佛教的義理和儀軌。你可看看那些花一落到他們身上便掉地的菩薩們，就因爲他們都已經斷除一切分別妄想了。這有如人們一旦有所畏懼，那些鬼神便趁虛而入一樣，你們這些小乘衆因對生死輪迴等有畏懼心理，因此外界之色聲香味觸等便時時都在誘惑著你們；至於那些已經無所畏懼者，外界的五欲淫樂等都無可奈他何。舉凡煩惱結習未盡者，天花便著身不落，舉凡煩惱結已經盡除者，天花一落到他們身上便掉地了。」

舍利弗說：「你在此居室中，已待了多久啦？」

天女答道：「我在此居室的時間，同你老修解脫道的時間一樣長了。」

舍利弗道：「你在這裏待了這麼久啦？」

天女道：「你老得解脫的時間也不短啦。」

舍利弗聽後，無言以對。

天女說：「你老怎麼默不作聲啦，是不是因具大智慧而沈默不語啦？」

舍利弗道：「解脫這東西，是很難用言語來表達的，所以我不知說什麼才好。」

天女說：「語言文字，都具解脫相。爲什麼這麼說呢？所謂『解脫』，既不在內，也不在外，又不在內外之間，而文字也是這樣，既不在內，也不在外，又不在內外之間。所以，舍利弗，不能離開語言文字說解脫道相。為什麼這麼說呢？因為一切諸法都具解脫相。」

舍利弗說：「照這麼說，難道連不斷除貪瞋癡三毒者也算是解脫了。」

天女說：「佛為那種犯有自高自大之增上慢者說必須斷除貪瞋癡三毒者才得解脫，但對於那些不犯增上慢毛病者，佛說貪瞋癡三毒本身即具解脫相。」

舍利弗道：「善哉，天女，你因何修行，證得什麼道果，而具有這般辯才？」

天女道：「我因為無修無證，才得以有如此之辯才。為什麼這麼說呢？如果有所修證，那對於本性如如的佛法，恰好是犯了增上慢的毛病。」

舍利弗問天女：「你於三乘中，立志於哪一方面呢？」

天女道：「若遇到那些適於從聲聞法得度者，我即現身為聲聞；若遇那些適於從十二因緣法得度者，我即為辟支佛；若遇到那些適於從大乘法得度者，我即為大乘。舍利弗，這有如人們進入瞻蔔林中，只嗅到瞻蔔花之香，聞不到其他的香一樣，如果人們進入此居室，也只能聞到佛陀的功德香，而再也聞不到聲聞、辟支佛之功德香了。舍利弗，那帝釋天、梵四天王、諸天龍鬼神等，如有進入此居室者，聽聞維摩詰上人講說大乘正法，都唯喜樂佛陀之功德香，離開此室時，都已發無上道心。

「舍利弗，我來此居室已有十二年，從來未曾聽維摩詰居士講演過聲聞四諦法和辟支佛十二因緣法門，只是經常聽到維摩詰居士在宣講菩薩大慈大悲不可思議大乘佛法。

「舍利弗，此居室常有八種難得希有的法象。有哪八種呢？一者此室常有金光照耀，晝夜無異，不因日月所照而明；二者入此室者，均不再被世間的塵垢煩惱所侵擾；三者帝釋天王、梵天四天王及十方世界的衆多大菩薩常會聚於此；四者此室中經常演說六種波羅蜜及種種不退轉之法；五者此室常演奏天界人間第一美妙的音樂，常常充滿十分動聽的法化之音；六者此室有四大寶藏，積滿各種珍寶，並常用以周濟貧困衆生，源源不盡；七者十方世界諸佛，如釋迦牟尼佛、阿彌陀佛、阿閦佛、寶德佛、寶炎佛、寶月佛、寶嚴佛、難勝佛、師子響佛、一切利成佛等等，都會應此室主人維摩詰居士之心念前來示現說法，說法之後，重又離去；八者此室經常示現一切諸天美麗莊嚴的宮殿及十方諸佛淨土。舍利弗，此室常現此八種希有難得之法象，又有誰耳聞目睹過此等不可思議的法象之後，還再滿足於聲聞法呢！」

舍利弗便問那位天女，說：「那麼你為何不轉變女身而現男人之相呢？」

天女答道：「我十二年來，想看看原本之女人身相都找不到，又有什麼女人身可轉變呢！這有如魔術師變出了幻化之女人後，有人問他：『為什麼不把幻化女變為男人相？』你認為這樣問得對不對呢？」

舍利弗說：「不對，幻化之人本無定相，又怎麼轉女身為男身呢！」

天女說：「一切諸法，也都是這樣，本來都是幻化之物，本無定相，怎麼會問不轉女身為男身呢！」說完此話後，天女即運用神通之力，把舍利弗變為女身，而把自己變為舍利弗，並對舍利弗說：「你為何不轉變為男身呢？」

此時，舍利弗以天女之相作答道：「我現在甚至不知道怎麼會變成女人身的。」

天女說：「舍利弗，如果你現在能變為男人身相，那麼，天下的女人也都可以轉女人身為男人相。就像你舍利弗一樣，本來就不是女人，但眼下卻現女人之身，天底下的女人也都是這樣，雖然現女人身相，但並非女人。所以，佛說一切諸法，非男非女。」之後，天女又收回神力，舍利弗即刻恢復原來的身相。

天女問舍利弗：「你剛才所示現的天女身相，現在哪裏去了？」

舍利弗答道：「女人身相，既不存在又無所不在。」

天女說：「一切諸法也都是這樣，既不存在又無所不在。其實，一切諸法既不存在又無所不在，這正是佛陀的教導。」

舍利弗又問天女：「你此生結束之後，將往生何處？」

天女答道：「就像佛之化身那樣，隨類受生。」

舍利弗說：「佛之化生，並沒有死此生彼呀。」

天女說：「衆生也是這樣，並沒有死此生彼的現象。」

舍利弗又問：「你須再經過多長時間才能證得無上正等正覺？」

天女答道：「等到你舍利弗再變爲凡夫俗子時，我就能證得無上正等正覺了。」

舍利弗說：「我已證得阿羅漢果了，怎麼還會變爲凡夫呢？」

天女答道：「我證得無上正等正覺也是這樣，根本不可能。爲什麼這麼說呢？因爲無上正等正覺本身就不存在，所以也不可能有得無上正等正覺者在。」

舍利弗又問道：「十方世界已證得無上正等正覺之佛多如恆河之沙，這又怎麼說呢？」

天女答道：「這都是世人玩弄文字遊戲的結果，所以才有過去、現在、未來三世的說法，菩提哪有三世之分呢！」

天女又說：「舍利弗，你已經證得阿羅漢道了吧？」

舍利弗答道：「我因爲無所得乃證得阿羅漢道。」

天女說：「諸佛菩薩，也都是這樣，因無所得而證得菩提的。」

此時，維摩詰居士對舍利弗說：「這個天女已供養過九十二億十方諸佛，對於菩薩的神通她都能任運自然，其願行已滿，並已得無生法忍，住於不退轉之果位，因其濟度一切衆生的本願，故隨意示現於各界，以教化衆生。」

原典

爾時，文殊師利問維摩詰言：「菩薩云何觀於衆生？」

維摩詰言：「譬如幻師，見所幻人，菩薩觀衆生爲若此。如智者見水中月，如鏡中見其面像，如熱時餤，如呼聲響，如空中雲，如水聚沫，如水上泡，如芭蕉堅，如電久住，如第五大，如第六陰，如第七情，如十三入，如十九界❶，菩薩觀衆生爲若此。如無色界色，如焦穀芽，如須陀洹❷身見，如阿那含❸入胎，如阿羅漢❹三毒，如得忍菩薩❺貪恚毀禁，如佛煩惱習，如盲者見色，如入滅盡定❻出入息，如空中鳥跡，如石女兒，如化人煩惱，如夢所見已寤，如滅度者受身，如無煙之火，菩薩觀衆生爲若此。」

文殊師利言：「若菩薩作是觀者，云何行慈？」

維摩詰言：「菩薩作是觀已，自念：我當爲衆生說如斯法，是即眞實慈也。行寂滅慈，無所生故；行不熱慈，無煩惱故；行等之慈，等三世故；行無諍慈，無所起故；行不二慈，內外不合故；行不壞慈，畢竟盡故；行堅固慈，心無毀故；行清淨慈，諸法性淨故；行無邊慈，如虛空故；行阿羅漢慈，破結賊❼故；行菩薩慈，安衆生故；行如來慈，得如相故；行佛之慈，覺衆生故；行自然慈，無因得故；行菩提慈，等一味故；行無等慈，斷諸愛故；行大悲慈，導以大乘故；行無厭慈，觀空無我故；行法施慈，無遺惜故；行持戒慈，化毀禁故；行忍辱慈，護彼我故；行精進慈，荷負衆生故；行禪定慈，不受味故；行智慧慈，無不知時故；行方便慈，一切示現故；行無隱慈，直心清淨故；行深心慈，無雜行故；行無誑慈，不虛假故；行安樂慈，令得佛樂故。菩薩之慈，爲若此也。」

文殊師利又問：「何謂爲悲？」

答曰：「菩薩所作功德，皆與一切衆生共之。」

「何謂爲喜？」

答曰：「有所饒益，歡喜無悔。」

「何謂爲捨？」

答曰：「所作福祐，無所希望。」

文殊師利又問：「生死有畏，菩薩當何所依？」

維摩詰言：「菩薩於生死畏中，當依如來功德之力。」

文殊師利又問：「菩薩欲依如來功德之力，當於何住？」

答曰：「菩薩欲依如來功德力者，當住度脫一切衆生。」

又問：「欲度衆生，當何所除？」

答曰：「欲度衆生，除其煩惱。」

又問：「欲除煩惱，當何所行？」

答曰：「當行正念。」
又問：「云何行於正念？」
答曰：「當行不生不滅。」
又問：「何法不生？何法不滅？」
答曰：「不善不生，善法不滅。」
又問：「善不善，孰爲本？」
答曰：「身爲本。」
又問：「身孰爲本？」
答曰：「欲貪爲本。」
又問：「欲貪孰爲本？」
答曰：「虛妄分別爲本。」
又問：「虛妄分別孰爲本？」
答曰：「顚倒想爲本。」
又問：「顚倒想孰爲本？」

答曰：「無住❽爲本。」

又問：「無住孰爲本？」

答曰：「無住則無本。文殊師利，從無住本，立一切法。」

時，維摩詰室，有一天女，見諸天人聞所說法，便現其身，即以天華，散諸菩薩、大弟子上。華至諸菩薩，即皆墮落，至大弟子，便著不墮。一切弟子神力去華，不能令去。爾時，天問舍利弗：「何故去華？」

答曰：「此華不如法，是以去之。」

天曰：「勿謂此華爲不如法。所以者何？是華無所分別，仁者自生分別想耳。若於佛法出家，有所分別，爲不如法；若無所分別，是則如法。觀諸菩薩華不著者，已斷一切分別想故。譬如人畏時，非人得其便；如是弟子畏生死故，色聲香味觸得其便也；已離畏者，一切五欲無能爲也。結習未盡，華著身耳；結習❾盡者，華不著也。」

舍利弗言：「天止此室，其已久如？」

答曰：「我止此室，如耆年解脫。」

舍利弗言：「止此久耶？」

天曰：「耆年[10]解脫，亦何如久？」

舍利弗默然不答。

天曰：「如何耆舊，大智而默？」

答曰：「解脫者，無所言說，故吾於是不知所云。」

天曰：「言說文字，皆解脫相。所以者何？解脫者，不內不外，不在兩間；文字亦不內不外，不在兩間。是故，舍利弗，無離文字說解脫也。所以者何？一切諸法是解脫相。」

舍利弗言：「不復以離淫怒癡為解脫乎？」

天曰：「佛為增上慢[11]人，說離淫怒癡為解脫耳；若無增上慢者，佛說淫怒癡性，即是解脫。」

舍利弗言：「善哉！善哉！天女，汝何所得？以何為證？辯乃如是。」

天曰：「我無得無證，故辯如是。所以者何？若有得有證者，則於佛法為增上慢。」

舍利弗問天：「汝於三乘⑫為何志求？」

天曰：「以聲聞法化衆生故，我為聲聞；以因緣法化衆生故，我為辟支佛；以大悲法化衆生故，我為大乘。舍利弗，如人入瞻蔔林⑬，唯嗅瞻蔔，不嗅餘香。如是若入此室，但聞佛功德之香，不樂聞聲聞、辟支佛功德香也。舍利弗，其有釋梵四天王、諸天龍鬼神等，入此室者，聞斯上人講說正法，皆樂佛功德之香，發心而出。

「舍利弗，吾止此室十有二年，初不聞說聲聞、辟支佛法，但聞菩薩大慈大悲，不可思議諸佛之法。

「舍利弗，此室常現八未曾有難得之法。何等為八？此室常以金色光照，晝夜無異，不以日月所照為明，是為一未曾有難得之法；此室入者，不為諸垢之所惱也，是為二未曾有難得之法；此室常有釋梵四天王、他方菩薩來會不絕，是為三未曾有難得之法；此室常說六波羅蜜，不退轉法，是為四未曾有難得之法；此室常作天人第一之樂，絃出無量法化之聲，是為五未曾有難得之法；此室有四大藏，衆寶積滿，周窮濟乏，求得無盡，是為六未曾有難得之法；此室釋迦牟尼佛、阿彌陀佛、阿閦佛、寶德、寶炎、寶月、寶嚴、難勝、師子響、一切利成，如是等十方無量諸佛，是上人念時，即皆爲來，廣說諸佛秘要法藏，說已還去，是爲七未曾有難得之法；此室一切諸天嚴飾宮殿，諸佛淨土，皆於中現，是爲八未曾有難得之法。舍利弗，此室常現八未曾有難得之法，誰有見斯不思議事，而復樂於聲聞法乎？」

舍利弗言：「汝何以不轉女身？」

天曰：「我從十二年來，求女人相了不可得，當何所轉？譬如幻師化作幻女，若有人問：『何以不轉女身？』是人爲正問不？」

舍利弗言：「不也，幻無定相，當何所轉！」

天曰：「一切諸法，亦復如是，無有定相，云何乃問不轉女身？」即時天女以神通力，變舍利弗，令如天女；天自化身，如舍利弗，而問言：「何以不轉女身？」

舍利弗以天女像而答言：「我今不知何轉而變爲女身。」

天曰：「舍利弗，若能轉此女身，則一切女人亦當能轉。如舍利弗，非女而現女身，一切女人，亦復如是，雖現女身，而非女也。是故，佛說一切諸法，非男非女。」即時，天女還攝神力，舍利弗身還復如故。

天問舍利弗：「女身色相，今何所在？」

舍利弗言：「女身色相，無在無不在。」

天曰：「一切諸法，亦復如是，無在無不在。夫無在無不在者，佛所說也。」

舍利弗問天：「汝於此沒，當生何所？」

天曰：「佛化所生，吾如彼生。」

曰：「佛化所生，非沒生也。」

天曰：「衆生猶然，無沒生也。」

舍利弗問天：「汝久如當得阿耨多羅三藐三菩提？」

天曰：「如舍利弗還爲凡夫，我乃當成阿耨多羅三藐三菩提。」

舍利弗言：「我作凡夫，無有是處。」

天曰：「我得阿耨多羅三藐三菩提，亦無是處。所以者何？菩提無住處，是故無有得者。」

舍利弗言：「今諸佛得阿耨多羅三藐三菩提，已得當得，如恆河沙，皆謂何乎？」

天曰：「皆以世俗文字數故，說有三世，非謂菩提有去來今。」

天曰：「舍利弗，汝得阿羅漢道耶？」

曰：「無所得故而得。」

天曰：「諸佛菩薩，亦復如是，無所得故而得。」

爾時，維摩詰語舍利弗：「是天女已曾供養九十二億諸佛，已能遊戲菩薩神通，所願具足，得無生忍，住不退轉，以本願故，隨意能現，教化衆生。」

注釋

❶**如第五大等句**：世間只有四大、五陰、六情、十二入、十八界，所謂「第五大」、「第六陰」、「第七情」、「十三入」、「十九界」等，純屬子虛烏有。

❷**須陀洹**：聲聞乘四果之初位，意爲「預入聖流」。既已入聖，已斷見惑，故不復有身見。

❸**阿那含**：聲聞乘第三果位，意爲「不還」，即不再生於欲界，故不復有入胎之事。

❹**阿羅漢**：聲聞乘第四果位，意爲「不生」，已斷盡一切煩惱，不復有貪瞋癡三毒。

❺**得忍菩薩**：即已得無生法忍之菩薩，心結永除，已不復有貪恚。

❻**滅盡定**：又作「滅受想定」，指滅盡心、心所，已暫無出入息之禪定，故不復有出入息。

❼**結賊**：結是煩惱之異名，煩惱能纏縛、困擾人，故稱結賊。

❽**無住**：即無所執著之意。

❾**結習**：煩惱之異稱。

❿**耆年**：指六十歲以上的老人（在此則指舍利弗而言）。

⓫**增上慢**：道行未深卻起高傲自大之心。

⓬**三乘**：指聲聞乘、緣覺乘、菩薩乘。

⓭**瞻蔔林**：「瞻蔔」是樹名，即瞻蔔樹之林。

佛道品第八

譯文

其時，文殊師利菩薩問維摩詰居士：「菩薩應該怎樣才能進入佛的境地？」

維摩詰居士答道：「菩薩投身於非清淨道中，便是他們進入佛道的正確途徑。」

文殊菩薩又問：「菩薩應該怎樣投身於非清淨道中？」

維摩詰答道：「如果菩薩置身於五無間罪業中而毫無煩惱和瞋恚，置身於地獄之中，而毫無罪業和污垢；置身於畜生道中，而毫無無明、驕慢等過失；置身於餓鬼道中，而能具足一切功德；置身於色、無色界，而不以此爲滿足；置身於欲海之中，卻不爲各種貪欲所染垢；雖然示現瞋恚之相，但對衆生卻毫無瞋恨之意；雖然示現愚癡之相，卻能以智慧修養身心；雖然示現貪慳之相，卻能捨棄一切甚至於自己身家性命；雖然示現毀禁犯戒之相，卻能安住清淨律儀，乃至對於一點點小過失也惶怕不安；雖然示現瞋恚之相，卻能常懷慈心和忍讓；雖然示現懈怠之相，卻能勤修種種功德善行；雖然示現心煩意亂、六神無主之相，卻能住心於定境之中；雖然示現愚癡之相，卻能通達一切世間、出世間智慧；雖然示現諂僞之相，卻能以種種善巧方便體現佛經的眞實意義；雖然示現驕慢之相，卻能如路石橋樑一樣讓衆生踏著它進入佛道；雖然示現種種煩惱，內心卻清淨無垢；雖然示現入於魔道，實質上卻隨順於佛道，而不爲異端邪說所迷惑；雖然示現入於聲聞乘，卻能爲衆生說大乘法；雖然示現入於辟支佛乘，卻能成就大悲宏願，不斷教化、濟度十方衆生；雖然示現貧窮之相，卻有無盡財寶普濟群生；雖然示現殘疾之相，却具種種相好莊嚴；雖然示現下賤之相，卻生而具有佛之種性，具有佛的種種功德；雖然示現瘦弱醜陋之相，卻具有那羅延那樣強壯的身體，爲一切衆生所樂見；雖然示現衰老病患之相，卻已永斷病根，超越生死的畏懼；雖然示現有種種世間的資生產業，卻能念世間無常，一無所貪；雖然示現妻妾婇女成群，卻能常離五欲污泥；雖然示現遲鈍木訥之相，實際上卻辯才無礙，能統攝佛法大義；雖然示現爲用邪門左道救濟衆生，實際上卻完全合乎佛法正道；雖然示現爲遍入六道諸趣，實際上卻能了斷染緣；雖然示現入於涅槃之境，實際上卻能在生死輪迴道中救濟衆生。文殊師利，菩薩若能這樣置身於非清淨道中，就能通達於佛道。」

接著，維摩詰居士反問文殊菩薩道：「什麼叫做如來種呢？」

文殊菩薩答道：「色身即是如來種，無明愛欲即是如來種，貪瞋癡三毒即是如來種，執常樂我淨『四顚倒』即是如來種，貪、瞋、睡眠、掉悔、疑惑『五蓋』即是如來種，眼、耳、鼻、舌、身、意『六入』即是如來種，七種識住處即是如來種，八種邪法即是如來種，九種煩惱所在處即是如來種，十不善道即是如來種，要而言之，六十二種邪見及一切煩惱都是如來種。」

維摩詰居士又問道：「這又怎麼說呢？」

文殊菩薩答道：「若像小乘那樣見無爲理而入涅槃者，即不能再發無上道心了，這有如在高原陸地上不能長出蓮花一般，而只有在卑濕的汚泥中，才能長出蓮花。像小乘衆那樣見無爲理而入於涅槃正位者，終究不能再從佛法中出死入生，再去與衆生同流，而只有在充滿煩惱的衆生中，佛法才有落脚處。又如在空中播下種子，什麼也長不出來，而如果在糞壤之中播下種子，就能出芽生長。正因爲這樣，見無爲理而入於涅槃正位者，不能再生上妙的佛法，而那些我見執著如須彌山者，則能發起無上道心，生起上妙佛法。所以應當懂得，一切煩惱即是如來種，這有如若不親下大海，終難獲取寶珠，如果不入於煩惱大海，也不能獲取佛教的無上妙法。」

聽了文殊菩薩的這一番話後，大迦葉讚歎道：「善哉！善哉！文殊師利，你這一番話說得多麼的淋漓痛快啊，確實如你所說的，一切塵勞煩惱，即是如來種，我們這些小乘衆，再也不能發起無上道心了，而那些那怕是墮於五無間罪業者，尚能發意進入佛道，而我們這些聲聞衆卻不能，有如一株根已敗壞之枯樹，對於五欲等已不能再利用享受了。像我們這些聲聞衆雖然一切煩惱都已斷盡，但於佛法中卻不能再得利益，永遠失去了上求菩提、下化衆生的大悲誓願。所以，文殊師利，凡夫俗子對於佛法雖然有時煩惱纏身，但卻有進入佛道的希望，而我們這些聲聞衆卻永無進入佛道的希望了。爲什麼這麼說呢？凡夫俗子若經聽聞佛法，能夠發起無上道心，使佛法僧三寶不致於斷絕，而我們這些聲聞衆即使終身聽聞佛法，知曉佛有十力、四無所畏等大神通力，卻仍不能發心進入佛道。」

其時，與會者中有一名叫普現色身的菩薩便問維摩詰居士：「居士，您所謂的父母妻子、親戚眷屬、官吏平民、教師朋友等等，究竟是些什麼樣的人呢？還有，那奴僕婢女、象馬車乘等，又都在哪裏呢？」

於是，維摩詰居士便以偈頌回答他：

般若智慧即是菩薩之母，善巧方便即是菩薩之父；
一切世間、出世間的導師，都無非是由智慧和方便而生。
證悟佛法之喜樂是妻妾，大慈悲心是女兒；
善心誠實是我親生子，畢竟空便是我的居室。
世間的塵勞煩惱即是我的弟子，隨心所欲加以調伏；
三十七道品是我的教師，因他而成無上正覺。
六波羅蜜是我的朋友，四攝之法即是歌舞伎；
種種清音皆是法語，我以它為上等的音樂。
統攝一切法為園苑，無漏之法為林樹；
覺悟是美妙之花，解脫是智慧之果。
八解脫門是我洗澡之浴池，池中注滿清澈湛然禪定水；
七種蓮花布滿池中，入此浴則能身無垢染。
五種神通如象馬奔馳，大乘佛法是高廣之車；

御者駕車心一如入定，馳騁於八正道上。
三十二種瑞相莊嚴我容，八十種好美飾我身；
慚愧心是我漂亮的上服，深切道心是我美麗的花鬘。
具有信、戒、慚等七種法財，教化衆生以此為生計；
如我所說精進修行，回向衆生使其受大利。
四禪是我的坐床，一切道行都是從正當生活中產生；
多聞博學增長智慧，並以此作為自己覺悟的法音。
如甘露之法以為食，以解脫之法為瓊漿；
清淨心洗去我塵俗之污垢，清淨戒讓我飽受清香之薰陶。
摧滅種種煩惱結賊，勇猛剛健無以倫比；
障道四魔皆被我降伏，揚起旗幡建殊勝道場。
雖然知曉法本無生滅，為隨機示教故說有生；
以神通力示現各種國土，使它如日中天無人不見。
虔誠供養十方界，無量億數佛如來；

諸佛之身即己身，不於此中作分別想。
雖然深知諸佛國土及衆生，都是空無自相；
又能常修各種淨土，以此教化芸芸衆生。
三界一切有情衆生，音容笑貌威儀舉止各不相同；
具十力四無畏之菩薩，卻都能一一示現。
善知諸魔所作所為，且能任運隨其所行；
以種種善巧方便智，隨意隨機一一示現。
或者示現老病死諸相，以使衆生深切知曉人生皆苦；
了解人生乃至諸法如同幻化，這樣就能出離苦海通達法界。
或者示現劫末之熊熊大火，把天地燒得蕩然無存；
使那些對世間存有常態之想的人，了達一切諸法本是變幻無常的。
無量億數的衆生，都來禮請菩薩；
菩薩則以神通力分身到衆人家，使各類衆生都轉向佛道。
各類經書、禁語、咒術，還有諸般技巧都十分精通；

為了饒益各類衆生，一一現身於各行業之中。
世間的道法各異，菩薩常隨緣示現其中；
隨應所需解人之惑，但自己從不墮入外道邪見。
有時化身為日、月、諸天，有時化身為梵王、世界主；
有時化身為大地與海洋，有時化身為狂風與烈火。
世間劫難之時多疾疫，隨時示現各種治病之良藥；
若有衆生服此藥，諸病盡除得痊癒。
劫難之時多饑饉，隨機示現衆食物；
先以飲食救饑渴，再以法語來開示。
劫難之時多戰亂，菩薩為之起慈悲；
教化世間諸衆生，令得和解不爭鬥。
若遇兩軍佈戰陣，菩薩即以等持力；
再現無畏大威神，令化干戈為玉帛。
十方世界諸國土，還有無間地獄處；

菩薩隨機各示現，為其救苦解倒懸。
十方世界諸國土，若有畜生互相殘；
菩薩隨機各示現，使其離苦出惡道。
有時示現五欲樂，欲樂之境作禪堂；
令諸魔衆心憒亂，不能作惡逞其便。
大火之中生蓮花，可謂世間希罕事；
欲樂之境作禪堂，同為世間所罕有。
有時化身為妓女，引誘諸好色之徒；
先以淫欲來鈎牽，再令覺悟入佛智。
有時化身為官長，有時化身為商賈；
有時化身為大臣，皆為利益衆群生。
若遇貧困潦倒漢，即現財富以賑濟；
再以佛法以誘導，令其萌發菩提心。
若遇貢高驕慢者，即現無上大力士；

首先摧伏其傲氣，再引他修無上道。
若遇惶惶不安者，上前撫慰令心安；
進而加以無畏施，再令發無上道心。
有時示現斷淫欲，化作五通之仙人；
諄諄誘導諸衆生，令持戒忍發慈心。
若遇急需幫助者，即為化身為僮僕；
先使主人心歡喜，再令發無上道心。
隨順衆生之所需，逐一引之入佛道；
假以種種方便力，衆生之願皆滿足。
如是法門無限量，所積善緣廣無邊；
以無限量之佛智，濟度衆生無量億。
即便十方一切佛，歷盡無數億大劫；
稱頌讚歎其功德，猶恐難以全道完。
誰人聞了如是法，不即萌發菩提心；

除非確頑冥不肖，以及愚癡無智人。

原典

爾時，文殊師利問維摩詰言：「菩薩云何通達佛道？」

維摩詰言：「若菩薩行於非道，是爲通達佛道。」

又問：「云何菩薩行於非道？」

答曰：「若菩薩行五無間❶，而無惱恚；至於地獄，無諸罪垢；至於畜生，無有無明❷憍慢等過；至於餓鬼❸，而具足功德；行色、無色界道，不以爲勝；示行貪欲，離諸染著；示行瞋恚，於諸衆生無有恚礙；示行愚癡，而以智慧調伏其心；示行慳貪，而捨內外所有，不惜身命；示行毀禁，而安住淨戒，乃至小罪猶懷大懼；示行瞋恚，而常慈忍；示行懈怠，而勤修功德；示行亂意，而常念定；示行愚癡，而通達世間出世間慧；示行諂僞，而善方便隨諸經義；示行憍慢，而於衆生猶如橋梁；示行諸煩惱，而心常清淨；示入於魔，而順佛智慧，不隨他教；示入聲聞，而爲衆生說未聞法；示入辟支佛，而成就大悲，教化衆生；示入貧窮，而有寶手功德無盡；示入形殘，而具諸相好，以自莊嚴；示入下賤，而生佛種性中，具諸功德；示入羸劣醜陋，而得那羅延❹身，一切衆生之所樂見；示入老病，而永斷病根，超越死畏；示有資生，而恆觀無常，實無所貪；示有妻妾婇女，而常遠離五欲淤泥；現於訥鈍❺，而成就辯才，總持無失；示入邪濟，而以正濟度諸衆生；現遍入諸道，而斷其因緣；現於涅槃，而不斷生死。文殊師利菩薩，能如是行於非道，是爲通達佛道。」

於是，維摩詰問文殊師利：「何等爲如來種？」

文殊師利言：「有身爲種，無明有愛爲種，貪恚癡❻爲種，四顚倒❼爲種，五蓋❽爲種，六入爲種，七識處❾爲種，八邪法爲種，九惱處❿爲種，十不善道爲種，以要言之，六十二見及一切煩惱皆是佛種。」

曰：「何謂也？」

答曰：「若見無爲入正位者，不能復發阿耨多羅三藐三菩提心。譬如高原陸地，不生蓮華；卑濕淤泥，乃生此華。如是見無爲法入正位者，終不復能生於佛法；煩惱泥中，乃有衆生起佛法耳。又如植種於空，終不得生；糞壤之地，乃能滋茂。如是入無爲正位者，不生佛法；起於我見如須彌山，猶能發於阿耨多羅三藐三菩提心，生佛法矣。是故當知，一切煩惱，爲如來種，譬如不下巨海，不能得無價寶珠；如是不入煩惱大海，則不能得一切智寶。」

爾時，大迦葉歎言：「善哉！善哉！文殊師利，快說此語，誠如所言，塵勞[11]之儔，爲如來種。我等今者，不復堪任發阿耨多羅三藐三菩提心，乃至五無間罪，猶能發意，生於佛法。而今我等永不能發，譬如根敗[12]之士，其於五欲不能復利。如是聲聞諸結斷者，於佛法中，無所復益，永不志願。是故，文殊師利，凡夫於佛法有反復，而聲聞無也。所以者何？凡夫聞佛法，能起無上道心[13]，不斷三寶，正使聲聞終身聞佛法、力、無畏等，永不能發無上道意。」

爾時，會中有菩薩名普現色身，問維摩詰言：「居士，父母、妻子、親戚、眷屬、吏民、知識、悉爲是誰？奴婢、僮僕、象馬車乘，皆何所在？」於是，維摩詰以偈答曰：

智度菩薩母，方便以為父；
一切衆導師，無不由是生。
法喜以為妻，慈悲心為女；

善心誠實男，畢竟空寂舍。
弟子衆塵勞，隨意之所轉；
道品善知識，由是成正覺。
諸度法等侶，四攝為妓女；
歌詠誦法言，以此為音樂。
總持之園苑，無漏法林樹；
覺意淨妙華，解脫智慧果。
八解之浴池，定水湛然滿；
布以七淨華，浴此無垢人。
象馬五通馳，大乘以為車；
調御以一心，遊於八正路。
相具以嚴容，衆好飾其姿；
慚愧之上服，深心為華鬘。
富有七財寶，教授以滋息；

如所說修行，回向為大利。
四禪為床座，從於淨命生；
多聞增智慧，以為自覺音。
甘露法之食，解脫味為漿；
淨心以澡浴，戒品為塗香。
摧滅煩惱賊，勇健無能踰；
降伏四種魔，勝旛建道場。
雖知無起滅，示彼故有生；
悉現諸國土，如日無不見。
供養於十方，無量億如來；
諸佛及己身，無有分別想。
雖知諸佛國，及與衆生空；
而常修淨土，教化於群生。
諸有衆生類，形聲及威儀；

無畏力菩薩，一時能盡現。
覺知衆魔事，而示隨其行；
以善方便智，隨意皆能現。
或示老病死，成就諸群生；
了知如幻化，通達無有礙。
或現劫盡燒⑭，天地皆洞然；
衆人有常想，照令知無常。
無數億衆生，俱來請菩薩；
一時到其舍，化令向佛道。
經書禁咒術，工巧諸技藝；
盡現行此事，饒益諸群生。
世間衆道法，悉於中出家；
因以解人惑，而不墮邪見。
或作日月天，梵王世界主；

或時作地水，或復作風火。
劫中有疾疫，現作諸藥草；
若有服之者，除病消眾毒。
劫中有饑饉，現身作飲食；
先救彼飢渴，卻以法語人。
劫中有刀兵，為之起慈悲；
化彼諸眾生，令住無諍地。
若有大戰陣，立之以等力；
菩薩現威勢，降伏使和安。
一切國土中，諸有地獄處；
輒往到於彼，勉濟其苦惱。
一切國土中，畜生相食噉；
皆現生於彼，為之作利益。
示受於五欲，亦復現行禪；

令魔心憒亂，不能得其便。
火中生蓮華，是可謂希有；
在欲而行禪，希有亦如是。
或現作淫女，引諸好色者；
先以欲鉤牽，後令入佛智。
或為邑中主，或作商人導；
國師及大臣，以祐利衆生。
諸有貧窮者，現作無盡藏[15]；
因以勸導之，令發菩提心。
我心憍慢者，為現大力士；
消伏諸貢高[16]，令住無上道。
其有恐懼衆，居前而慰安；
先施以無畏，後令發道心。
或現離淫欲，為五通仙[17]人；

開導諸群生，令住戒忍慈。
見須供事者，現為作僮僕；
既悅可其意，乃發以道心。
隨彼之所須，得入於佛道；
以善方便力，皆能給足之。
如是道無量，所行無有涯；
智慧無邊際，度脫無數衆。
假令一切佛，於無數億劫；
讚歎其功德，猶尚不能盡。
誰聞如是法，不發菩提心；
除彼不肖人，癡冥無智者。

注釋

❶**五無間**：即阿鼻地獄，爲八大地獄之最苦處，衆生隨所造業墮此地獄，所受苦報永

無間斷。「五無間」指受苦無間、身形無間、罪器無間、衆類無間、時間無間。

❷**無明**：意爲不能明了事物的眞實相狀及不能通達眞理，爲煩惱之異稱。

❸**餓鬼**：三惡道之一。

❹**那羅延**：意譯爲人中力士，係古印度之大力神，在佛教典籍中，那羅延乃欲界中之天名，又稱毗紐天。

❺**訥鈍**：爲人木訥，反應遲鈍，不善言説之謂。

❻**貪恚癡**：即貪、瞋、癡三毒。

❼**四顚倒**：即四種顚倒妄見。在佛典中，有兩種四顚倒：一是凡夫四顚倒（亦稱有爲四顚倒），指世俗凡夫以無常爲常，以無我爲我，以不淨爲淨，以苦爲樂；二是二乘人之四顚倒（亦稱無爲四顚倒），指聲聞、緣覺二乘人把涅槃之「常、樂、我、淨」誤認爲「無常、無樂、無我、不淨」。

❽**五蓋**：能蓋覆人之心性使不生善的五種法：貪欲蓋、瞋恚蓋、睡眠蓋、掉悔蓋、疑惑蓋。

❾**七識處**：衆生受生三界，其識所依住的七個處所：一是欲界的五道，二是色界的初

禪天，三是色界的二禪天，四是色界的三禪天，五是無色界的空無邊處，六是無色界的識無邊處，七是無色界的無所有處。

❿**九惱處**：即九種令人煩惱之處。依羅什解釋，此九惱可分爲過去、現在、未來三世，各世均有三：愛我怨家（愛所不當愛之人）、憎我知識（憎本當敬重之人）、惱我己身（由自己之貪欲、過失所導致的苦惱），合三世則爲九惱處。

⓫**塵勞**：煩惱的別稱。

⓬**根敗**：指根性已壞死，難以救治。

⓭**無上道心**：即求無上正等正覺之心。

⓮**劫盡燒**：佛教分世界的生滅變化爲成、住、壞、空四劫，並認爲於壞劫之末必起火災，其時初禪天以下全爲劫火所燒，天地洞然。

⓯**無盡藏**：本爲寺院把信徒所供之錢財貸與他人，以其所得之利息等用作寺院之日常開支及救濟世人，此處可作不盡的財富解。

⓰**貢高**：自以爲是、自高自大的意思。

⓱**五通仙**：指得五種神通之仙人。

不二法門品第九

譯文

其時，維摩詰居士對衆菩薩說：「諸位大德，什麼是菩薩入不二法門呢？各位談談自己的看法。」

與會者中有位名叫法自在的菩薩首先發言，他說：「諸位大德，生與滅爲二，諸法本來不生，現也不滅，證得此諸法不生不滅之理者，就是入不二法門。」

德守菩薩接著說：「我與我之所有爲二，因爲執有實在之『我』，便產生了與之相對待之我之所有；如果能悟得自我並非眞實存在的，也就沒有我之所有了，這就是入不二法門。」

不眴菩薩又說：「對外境之領納與不領納爲二，若不領納諸外境，則諸法不可得，因其不可得，故無取無捨、無作無行，這就是入不二法門。」

德頂菩薩說：「清淨與垢染爲二，若能體悟垢染之性本空，也就不存在離垢得淨問題了，體悟了諸法無垢無淨的寂滅相，這就是入不二法門。」

善宿菩薩說：「惑心生起是動，心思運作是念，心意如不生起，也就不會有念，無念則無分別，體悟此中眞諦者，就是入不二法門。」

善眼菩薩說：「事物各有一相，但各種事物究其實際，都性空而無相，一相與無相相對而言爲二。如果懂得一相即是無相，同時也不執著無相，入於平等法門，這就是入不二法門。」

妙臂菩薩說：「菩薩心與聲聞心相對待爲二，如果懂得心相本空，如同幻化，即既無菩薩心，也無聲聞心，這就是入不二法門。」

弗沙菩薩說：「善與不善相對待爲二，如果懂得善與不善乃是妄心分別的結果，了達善與不善乃至一切諸法的實質都是空而無相，這就是入不二法門。」

師子菩薩說：「罪業與福報相對待爲二，如果懂得罪業的本性與福報的本性都是空的，以金剛智慧了達二者本無差異，從而懂得本無被縛者，也無解脫者，這就是入不二法門。」

師子意菩薩說：「有漏法與無漏法相對待爲二，若了達一切諸法平等一如，則不起漏與不漏的念頭，不著於漏無漏相，乃至不著於空無之相，這就是入不二法門。」

淨解菩薩說：「有爲法、無爲法相對待爲二，如果能夠棄除一切法數的差別相，則心如虛空，以清淨智慧觀察諸法，則一切如如平等無礙，這就是入不二法門。」

那羅延菩薩說：「世間、出世間相對待爲二，世間之本質乃空，即是出世間，於此二者不出不入，不增不減，這就是入不二法門。」

善意菩薩說：「生死與涅槃相對待爲二，若能洞見生死之性本空寂，既無生死之纏縛，也無涅槃之解脫，既不入生死道，也不入涅槃境，能如此觀察和對待生死與涅槃者，就是入不二法門。」

現見菩薩說：「煩惱盡與煩惱不盡相對待爲二，從究竟的意義上說，煩惱盡與煩惱不盡沒有什麼本質的差別，都具無盡之相。無盡相即是空，既是空，則沒有盡與不盡的差別。能夠這樣悟入者，就是入不二法門。」

普守菩薩說：「『我』與『無我』相對待爲二，『我』本來就是虛幻不實的，更沒有所謂『無我』，『我』之實性即是空性，能這樣理解者，就不會把『我』與『無我』對立起來，這就是入不二法門。」

電天菩薩說：「明與無明相對待爲二，無明實性即是空性，明的本性也是空，故二者平等一如，了無差別，能這樣悟入者，就是入不二法門。」

喜見菩薩說：「色與色空相對待爲二，色的本性即是空，並非色滅之後才是空，色的自性就是空，受、想、行、識也是這樣，識與識空相對待爲二，但識的本性即是空，並非識滅之後才是空。能夠這樣去觀察和看待色與空、受想行識與空的相互關係者，就是入不二法門。」

明相菩薩說：「地水火風與虛空相對待爲二，但四大本性即空，四大不管在產生前還是在散滅後，或者在產生與散滅之間，其本性都是空，若能這樣去觀察、看待四大，就是入不二法門。」

妙意菩薩說：「眼根之與色塵，相對待爲二，如果眼根不爲外界之色塵所染著、所煩擾、所迷惑，即稱爲寂滅。耳根與聲塵、鼻根與香塵、舌根與味塵、身根與觸塵、意根與法塵等也是這樣，既相對待爲二，但只要不爲後者所染著、所煩擾、所迷惑，即稱爲寂滅。能這樣去看待六根與六塵的關係，就是悟入不二法門。」

無盡意菩薩說：「布施與回向一切智雖相對待爲二，但布施的本質就是回向一切智。持戒、忍辱、精進、禪定、般若慧與一切智的關係也是這樣，都是二而一，一而二的，若能這樣去看待六度與一切智的關係，就是悟入不二法門。」

深慧菩薩說：「空、無相、無作雖各各相對待爲二，但空即是無相，即是無作。如果能了達空即是無相，即是無作，即是無作，就不會對心、意、識妄生分別，就能於任一解脫門，得三種解脫，具備這種認識的人，就是悟入不二法門。」

寂根菩薩說：「佛法僧三寶，雖各各相對待爲二，但佛即是法，法即是僧，此三寶皆空而無相，與虛空毫無二致，對於世間一切法若能都這樣去認識，即是悟入不二法門。」

心無礙菩薩說：「色身與入滅雖相對待爲二，但色身本具涅槃性。爲什麼這麼說呢？因爲如果能夠洞達色身之實相者，即不會生起色身及入滅之見，色身與入滅是無二無別的，對於生死與涅槃都能做到不憂不懼者，就是悟入不二法門。」

上善菩薩說：「身口意三業雖各各相對爲二，但三業都無造作相。身無造作相，即口無造作相，口無造作相，即意無造作相，所以三業均無造作相，三業均無造作相，即一切法均無造作相，能夠如此看待三業乃至一切諸法者，就是悟入不二法門。」

福田菩薩說：「福行、罪行、不動行雖各各相對待爲二，但三行之本性都是空，既是空，則無所謂福、罪及不動行之區分，對此三行能不起虛妄分別心者，就是入不二法門。」

華嚴菩薩說：「從我起二者，世間諸法，皆有對待，因爲有我見，就有彼我相對爲二。在『我』生起時，能反觀自照就是見我實相；實相無相，也無不相，所以不起二法。如果能常住實相，就不住二法；無二就不起分別，不起分別，就沒有識；沒有識，就入於不二法門。」

德藏菩薩說：「有所得與我相對待爲二，如果不虛妄分別我與我之所得，則不會有所取捨，既不會有所取捨，就是悟入了不二法門。」

月上菩薩說：「暗與明相對爲二，如果不存在暗，也無所謂明，從這個意義上說，暗與明本來無二。爲什麼呢？如果能證入無滅想定的境界，也就不會有暗與明的分別了，一切諸法，也是這樣，能夠平等一如地看待一切法，就是悟入了不二法門。」

寶印手菩薩說：「喜樂涅槃與不喜樂世間雖相對待爲二，但若能不樂涅槃不厭離世間，二者就無所分別是了。爲什麼這麼說呢？因爲有所繫縛，才有解脫一說；如果本來就無繫縛，哪來的解脫！既無繫縛與解脫存在，也就無所謂喜樂涅槃與厭離世間的分別了，能如此，則悟入不二法門。」

珠頂王菩薩說：「正道與邪道相對待為二，但如果能夠切實安住於正道，也就無所謂正道與邪道之分別了，拋棄對正道與邪道的虛妄分別，就是悟入不二法門。」

樂實菩薩說：「眞實與不眞實相對待為二，但所謂眞實者，它本來就不具有實性，而是虛幻不實的，眞實既是這樣，不眞實更不用說了。為什麼這麼說呢？所謂眞實，乃不是肉眼所能看得見的，而是慧眼才能看得見。而所謂慧眼，是既無所見又無所不見的，能夠這樣去認識，就是悟入不二法門。」

就這樣，各位菩薩都一一說了自己的看法，接著，維摩詰居士就問文殊菩薩：「那麼你說說看，究竟什麼是入不二法門？」

文殊菩薩說：「在我看來，對一切法都不妄加分別，不妄加言說，甚至於遠離一切問答，這就是入不二法門。」

接著，文殊菩薩對維摩詰居士說：「我們都分別對入不二法門談了自己的見解，你老不妨也談談自己對入不二法門的看法，如何？」

維摩詰居士聽了文殊菩薩的話後，卻默不作聲。文殊菩薩讚歎地說：「善哉！善哉！直至放棄一切語言文字，連不可說也不說，這才是眞正的入不二法門啊！」

就在這議論什麼是入不二法門的過程中，與會的五千位菩薩皆悟入了不二法門，達到了體證諸法不生不滅的境界。

原典

爾時，維摩詰謂衆菩薩言：「諸仁者，云何菩薩入不二法門❶？各隨所樂說之。」

會中有菩薩名法自在，說言：「諸仁者，生滅爲二，法本不生，今則無滅，得此無生法忍❷，是爲入不二法門。」

德守菩薩曰：「我、我所爲二，因有我故，便有我所；若無有我，則無我所，是爲入不二法門。」

不眴菩薩曰：「受、不受爲二，若法不受，則不可得；以不可得故，無取無捨，無作無行，是爲入不二法門。」

德頂菩薩曰：「垢淨爲二，見垢實性，則無淨相，順於滅相，是爲入不二法門。」

善宿菩薩曰：「是動是念爲二，不動則無念，無念即無分別，通達此者，是爲入不二法門。」

善眼菩薩曰：「一相、無相爲二，若知一相即是無相，亦不取無相，入於平等，是爲入不二法門。」

妙臂菩薩曰：「菩薩心、聲聞心爲二，觀心相空如幻化者，無菩薩心，無聲聞心，是爲入不二法門。」

弗沙菩薩曰：「善、不善爲二，若不起善不善，入無相際而通達者，是爲入不二法門。」

師子菩薩曰：「罪福爲二，若達罪性，則與福無異，以金剛慧❸，決了此相，無縛無解者，是爲入不二法門。」

師子意菩薩曰：「有漏無漏爲二，若得諸法等，則不起漏不漏想，不著於相，亦不住無相，是爲入不二法門。」

淨解菩薩曰：「有爲、無爲爲二，若離一切數，則心如虛空，以清淨慧，無所礙者，是爲入不二法門。」

那羅延菩薩曰：「世間、出世間爲二，世間性空，即是出世間，於其中不入不出，不溢不散，是爲入不二法門。」

善意菩薩曰：「生死、涅槃爲二，若見生死性，則無生死，無縛無解，不然不滅，如是解者，是爲入不二法門。」

現見菩薩曰：「盡不盡爲二，法若究竟，盡若不盡，皆是無盡相，無盡相即是空，空則無有盡不盡相，如是入者，是爲入不二法門。」

普守菩薩曰：「我、無我爲二，我尚不可得，非我何可得？見我實性者，不復起二，是爲入不二法門。」

電天菩薩曰：「明、無明爲二，無明實性即是明，明亦不可取，離一切數，於其中平等無二者，是爲入不二法門。」

喜見菩薩曰：「色、色空爲二，色即是空，非色滅空，色性自空；如是受、想、行、識，識空爲二，識即是空，非識滅空，識性自空；於其中而通達者，是爲入不二法門。」

明相菩薩曰：「四種異、空種異❹為二，四種性即是空種性，如前際後際空，故中際亦空，若能如是知諸種性者，是為入不二法門。」

妙意菩薩曰：「眼、色為二❺，若知眼性於色不貪、不恚、不癡，是名寂滅；如是耳聲、鼻香、舌味、身觸、意法為二；若知意性於法，不貪、不恚、不癡，是名寂滅，安住其中，是為入不二法門。」

無盡意菩薩曰：「布施、回向一切智為二，布施性即是回向一切智性，如是持戒、忍辱、精進、禪定、智慧回向一切智為二；智慧性即是回向一切智性，於其中入一相者，是為入不二法門。」

深慧菩薩曰：「是空，是無相，是無作為二，空即無相，無相即無作。若空無相無作，則無心意識❻，於一解脫門，即是三解脫門者，是為入不二法門。」

寂根菩薩曰：「佛、法、衆為二，佛即是法，法即是衆，是三寶皆無為相，與虛空等；一切去亦爾，能隨此行者，是為入不二法門。」

心無礙菩薩曰：「身、身滅為二，身即是身滅。所以者何？見身實相者，不起見身及見滅身，身與滅身，無二無分別，於其中不驚、不懼者，是爲入不二法門。」

上善菩薩曰：「身、口、意善爲二，是三業皆無作相。身無作相，即口無作相；口無作相，即意無作相；是三業無作相，即一切法無作相。能如是隨無作慧者，是爲入不二法門。」

福田菩薩曰：「福行、罪行、不動行爲二，三行實性即是空，空則無福行，無罪行，無不動行，於此三行而不起者，是爲入不二法門。」

華嚴菩薩曰：「從我起二❼爲二，見我實相者，不起二法。若不住二法，則無有識；無所識者，是爲入不二法門。」

德藏菩薩曰：「有所得相爲二，若無所得，則無取捨；無取捨者，是爲入不二法門。」

月上菩薩曰：「闇與明爲二，無闇無明，則無有二。所以者何？如入滅受想定，無闇無明。一切法相，亦復如是，於其中平等入者，是爲入不二法門。」

寶印手菩薩曰：「樂涅槃、不樂世間爲二，若不樂涅槃不厭世間，則無有二。所以者何？若有縛，則有解；若本無縛，其誰求解？無縛無解，則無樂厭，是爲入不二法門。」

珠頂王菩薩曰：「正道、邪道爲二，住正道者，則不分別是邪是正，離此二者，是爲入不二法門。」

樂實菩薩曰：「實、不實爲二，實見者尙不見實，何況非實？所以者何？非肉眼所見，慧眼❽乃能見；而此慧眼，無見無不見，是爲入不二法門。」

如是諸菩薩各各說已，問文殊師利：「何等是菩薩入不二法門？」

文殊師利曰：「如我意者，於一切法，無言無說，無示無識，離諸問答，是爲入不二法門。」

於是，文殊師利問維摩詰：「我等各自說已，仁者當說，何等是菩薩入不二法門？」

時，維摩詰默然無言。文殊師利歎曰：「善哉！善哉！乃至無有文字語言，是眞入不二法門。」

說是入不二法門品時，於此衆中五千菩薩皆入不二法門得無生法忍。

注釋

❶**不二法門**：指超越一切對待和差別的教法，由它能直了見性、直達聖境。

❷**無生法忍**：悟得諸法不生不滅之理，是爲無生法忍。

❸**金剛慧**：指通達實相之理而能破除諸相的智慧。

❹**四種異、空種異**：「四種異」即地、水、火、風四大種，此爲現象界之有；「空種異」即空性。四大與空二而不二。

❺**眼色爲二**：眼爲根，色爲境，根境合而識生。此二者既相對待，又是二而不二的。

❻**心意識**：「心」集起義，「意」思量義，「識」了別義，作用不同，其體則一。在唯識學中，「心」爲阿賴耶識，「意」爲末那識，「識」爲前六識（即眼識、耳識、鼻識、舌識、身識、意識）。

❼**從我起二**：因有我執，便有種種與我相對之物，故爲二。

❽**慧眼**：指智慧之眼，爲二乘所證之眼。了知諸法平等、性空之智慧，故稱慧眼。因其照見諸法眞相，故能度衆生至彼岸。

3 卷下

香積佛品第十

譯文

其時，舍利弗心裏在想：已經快到中午時間了，這麼多菩薩到哪裏吃飯呢？

維摩詰居士立即知道舍利弗心裏所想的，便對他說：「佛陀曾以八解脫法門教導你們，你們應該清心奉行才是，怎麼在聽聞佛法時一心想著世俗的飲食呢？如果眞想飲食，請再稍等一會兒，我可以讓你等吃到從來未吃過的東西。」接著，維摩詰居士便運用神通力，向與會大衆示現了上方世界的一番景象：在這世界過四十二恆河沙佛土的地方，有一佛國名衆香，其佛號香積，如今還在。其國之香氣比十方世界任一地方都殊勝。其佛國沒有聲聞、辟支佛，盡是些清淨大菩薩，佛在爲他們演說佛法。此佛國一切皆香，所有的樓閣都是以香木做成，菩薩們經行所到之處，都香氣四溢，他們的飲食香氣襲人，散發至十方無量世界。當時，香積佛正與諸菩薩一起進食，有許多稱爲香嚴的天人，都已經萌發了無上道心，在那裏供養著香積佛和衆菩薩，此一景象，當時與會的諸大衆都親眼目睹。

當時，維摩詰居士就問衆菩薩：「諸位大德，有哪位能前往彼佛國取一些飯食來此供大家享用。」因爲文殊菩薩在場，大家都爲其威神力所攝，默不作聲。

維摩詰居士便說：「這麼多的仁人大士，竟沒有人敢去香積佛國取飯食，這不是有些丟臉嗎？」

文殊菩薩聽維摩詰居士這麼一說，便回答道：「正如佛陀所說，不要輕視了那些初學者。」於是，維摩詰居士身不離座，就以神通力在與會大衆面前化現出一個法相莊嚴、光芒四射的菩薩來，並對他說：「你去吧，從這裏往上過四十二恆河沙佛土，有一國號名衆香，其佛號香積，現正在與諸菩薩進食，你到那裏之後，就這麼說：『維摩詰居士向你頂禮致敬，問候你的起居，祝你康泰吉祥，身心安樂。並希望世尊把你們吃剩下的飯食施捨一些給娑婆世界作佛事，讓那些本來耽於小乘的聲聞、辟支佛等，能夠轉歸大乘，也使世尊如來之名號遠播環宇。』」

當時，這位化身菩薩就在與會諸大衆面前騰空而起，諸大衆都親眼看見往上飛去。那位化身菩薩到了衆香國，頂禮佛足後，就對香積佛說：「維摩詰居士向世尊頂禮致敬，問候你的起居，並祝你康泰吉祥，身心安樂。他老人家希望世尊能把你們吃剩的飯食，施捨一些給娑婆世界做佛事，讓那些本來耽於小乘的聲聞、辟支佛等能轉歸大乘，也可使世尊之名號遠播環宇。」

當時，香積佛座前的諸大衆，見此化身菩薩，都不勝驚訝讚歎前所未見，說：「這位菩薩，是從哪裏來的？其所說的娑婆世界，究竟在什麼地方？怎麼會有喜樂小乘者？」他們就問香積佛，香積佛回答說：「從這往下過四十二恆河沙佛土，有一國土稱爲娑婆世界，其佛號釋迦牟尼，如今還在。他在那五濁惡世中以佛法教化那些喜樂小乘的衆生。在那世界裏，有一位居士名叫維摩詰，已經達到不可思議解脫境界，現正在爲衆菩薩說法，特地派遣這位化身菩薩前來稱揚我的名號，並讚頌我衆香佛土，以此使那裏的衆菩薩更增長信心與功德。」香積佛座前的菩薩又問道：「那位維摩詰居士是何許人也？竟變出這樣一位化身菩薩來到這麼遠的地方，其功德神通可眞不小哩！」香積佛說：「維摩詰居士之功德神通確實非同一般，十方世界一切國土，他都能往來無礙，他廣做各種佛事，以饒益救濟群生。」說完此話後，香積佛就以香鉢盛滿香飯，給了這位化身菩薩。當時在座的九百萬位菩薩齊聲說道：「我們也想前往娑婆世界去供養釋迦牟尼佛，並探望這位維摩詰居士及那裏的衆菩薩。」

香積佛說：「去吧！但必須暫時收斂一下你們身上的香氣，以免使這般的香氣迷住了那裏的衆生，使他們起迷戀之意；再者，也須稍稍變化一下你們的身相，以免使那裏求菩薩道的衆生，看到你們這等莊嚴法相而自慚形穢。同時，你們切不要對那裏的諸大衆有輕賤之意，以免妨礙你們的化導行爲。爲什麼這麼說呢？十方世界，一切國土，本如虛空，再者，那裏的佛陀釋迦牟尼爲了化導那些劣根的衆生及小根器者，並沒有盡其所能示現各種淨土的清淨、莊嚴。」

化身菩薩接受了香積佛贈與的飯食之後，與九百萬位衆香國的菩薩一起，承佛之威神及維摩詰的神通力，忽然從衆香國消失了，過了片刻，就到了維摩詰精舍。此時，維摩詰居士迅即以神通力變化出九百萬個獅子座。這些座席皆高廣富麗，諸菩薩都坐在上面。此時，化身菩薩把滿鉢子的香飯呈給了維摩詰居士。此飯其香無比，整個耶毗離城乃至整個三千大千世界，都聞到其香味。當時，毗耶離城的衆居士們，聞到此香味後，頓覺身心輕爽，舒適無限，十分讚歎這香氣實在是前所未有。其時長者主月蓋也領著八萬四千位大德，來到維摩詰精舍，只見維摩詰居室中已有許多菩薩，還有很多獅子座，都十分氣派，大家十分高興。他們向衆菩薩及大弟子致敬之後，就退到一旁；還有衆多地神、虛空神及欲界、色界諸天衆，聞到了香氣後，也先後來到了維摩詰居室。

此時，維摩詰居士便對舍利弗及衆多大弟子說：「諸位，請用飯吧。此飯乃是如來甘味飯，爲大悲力所薰染已久，請不要懷著限意之小器量食用此飯，不然會消受不了的。」當時，有些聲聞衆心裏就在嘀咕：飯就這麼一點點，而在座的諸菩薩等都要吃，這怎麼能夠吃呢？化身菩薩知曉這些聲聞的心事，就說：「千萬不要以聲聞的小德小智來看待如來的無量福慧，如果說四海也有其乾涸之時，那麼此飯無論什麼情況下也吃不完。即使天下人一齊來吃，每人取一團，每團都有須彌山那麼大，一直吃了一劫，也不能吃盡。爲什麼這樣呢？因爲此飯乃是衆香國那些具有無窮盡的『戒、定、慧、解脫、解脫知見』五分法身功德的大菩薩所吃剩下的香飯，所以無論多少人來吃也吃不完。」果然，那一鉢香飯，讓在座的衆菩薩及諸大德飽餐之後，仍有富餘。

所有吃過此飯的菩薩、聲聞及衆天人都感到十分輕爽快樂，就好像那些莊嚴佛國中的諸菩薩。另外，所有吃過此飯的諸大衆身上都發出妙香，就像衆香國中諸香樹發出的妙香一樣。

其時，維摩詰居士就問從衆香國來的菩薩，說：「香積如來平時是怎樣說法的？」衆菩薩回答道：「我土之香積佛向來不以文字說法，只是以衆香薰習大衆，使大衆依法持戒守律。菩薩各各坐於香樹之下，在樹香的薰習下，即可獲得具足一切功德的深厚定力。獲得此種定力者，菩薩的所有功德，全都具足。」那些菩薩回答了維摩詰居士的問話後，就反問維摩詰居士：「此娑婆世界的教主釋迦牟尼佛平時是怎麼說法的？」

維摩詰居士回答道：「因爲此娑婆世界的衆生桀驁不訓，剛強難化，所以釋迦牟尼佛就用剛烈強硬之法以調伏之。譬如說之以地獄、畜生、餓鬼等三惡道；說有衆生難生之處；說愚人日後將再生險惡之境；說身有邪行惡業，日後必得身邪行報；說口有邪行惡業，日後必得口邪行報；說意有邪行惡業，日後必得意邪行報。說今造殺生業，日後必有殺生應得的報應；說今造偷盜業，日後必有偷盜應得的報應；說今造邪淫惡業，日後必有邪淫應得的報應；說今造妄語業，日後必有妄語應得的報應；說今造兩舌業，日後必有兩舌應得的報應；說今造惡口業，日後必有惡口應得的報應；說今造綺語業，日後必有綺語應得的報應；說今犯貪嫉病，日後必有貪嫉應得的報應；說今犯瞋惱病，日後必有瞋惱應得的報應；說今犯邪見病，日後必有邪見應得的報應；說今犯慳吝病，日後必有慳吝應得的報應；今毀禁犯戒，日後必有犯戒應得的報應；說今犯瞋恚病，日後必有瞋恚應得的報應；說今犯懈怠病，日後必有懈怠應得的報應；說今犯亂意病，日後必有亂意應得的報應；說今犯愚癡病，日後必有愚癡應得的報應。說什麼是結戒，什麼是持戒，什麼是犯戒；說什麼是當作，什麼是不當作；說什麼是修道的障礙，什麼不障礙修道；說怎麼樣就會有罪業，怎麼就能消除罪業，說什麼是垢，什麼是淨；說什麼是有漏法，什麼是無漏法；說什麼是正道，什麼是邪道；說什麼是有為法，什麼是無為法；說什麼是世間，什麼是涅槃。說什麼樣的人難以教化，心猿意馬，所以設立種種法門，以調伏其心，這好比凶象與烈馬，桀驁不訓，只有重鞭毒打，使其有徹骨之痛，才能使其馴服。因為此間的衆生如此剛強難化，所以釋迦牟尼佛費盡苦心，用種種剛烈強硬之法及種種懇切的語言，使衆生都能走上學佛之路。」

那些從衆香國來的菩薩聽了維摩詰的這番話後，都十分讚歎地說：「這眞是前所未聞也！原來釋迦牟尼佛隱去自己許多自在神通力，以此間衆生所能接受的法門來調教度脫衆生。而此間的這些菩薩，也都任勞任怨，忍辱負重，以無量的大悲心，來生此娑婆世界，眞是可敬可佩！」

維摩詰居士說：「確實像你們所說的，此娑婆世界的菩薩，對於衆生都有十分深厚堅固之大悲心，他們所給衆生帶來的功德利益，比你們那個世界的多得多。爲什麼這麼說呢？此娑婆世界，有十種善法，是其他淨土世界所沒有的。是哪十種善法呢？一是以布施濟度貧窮，二是以清淨戒攝化毀禁犯戒的行爲，三是忍辱心化除瞋恚之心，四是以精進修行克服懈怠，五是以禪定止息亂意，六是以智慧攝化愚癡，七是以說消除災難的法門解除衆生的八種苦難，八以大乘法度化小乘衆，九是以慈善心性救度那些缺德者，十是常以四攝法成就一切衆生，這就是此娑婆世界的十種善法。」

衆香國來的菩薩說：「菩薩必須用哪些法門，在此世界修行度衆生，才能做到無所遺憾，並使衆生都往生淨土呢？」

維摩詰居士說：「菩薩必須用八種法門在此世界修行度衆生，才能做到無所遺憾，並讓衆生都往生淨土。是哪八種法門呢？一是饒益一切衆生而不企望回報；二是能夠代替一切衆生承受種種苦難，所做功德都回向布施給衆生；三是以平等心對待一切衆生，處處表現得謙恭自在；四是視諸菩薩如佛陀；五是自己所未曾聽聞的佛經，聽到時不產生懷疑；六是不與聲聞等小乘法相衝突；七是不嫉妒別人供養之豐盛，不眩耀自己的功德利益，不斷調伏自己的心念；八是經常反省自己的過失，不老是去議論指責別人的短處，一心一意地去做各種功德善行。這就是此間菩薩當修之八種法門。」

維摩詰居士與文殊菩薩在談論這些佛法的過程中，與會的百千位天人都萌發了無上道心，有數以萬計的菩薩獲得證悟諸法不生不滅的無上智慧。

原典

於是舍利弗心念：日時欲至，此諸菩薩當於何食？

時，維摩詰知其意而語言：「佛說八解脫，仁者受行，豈雜欲食而聞法乎？若欲食者，且待須臾，當令汝得未曾有食。」時，維摩詰即入三昧，以神通力，示諸大衆上方界分，過四十二恆河沙佛土，有國名衆香，佛號香積，今現在。其國香氣，比於十方諸佛世界人天之香，最爲第一。彼土無有聲聞、辟支佛名，唯有淸淨大菩薩衆，佛爲說法。其界一切，皆以香作樓閣，經行香地，苑園皆香。其食香氣周流十方無量世界。時，彼佛與諸菩薩，方共坐食。有諸天子，皆號香嚴，悉發阿耨多羅三藐三菩提心，供養彼佛，及諸菩薩。此諸大衆，莫不目見。

時，維摩詰問衆菩薩：「諸仁者，誰能致彼佛飯？」以文殊師利威神力故，咸皆默然。

維摩詰言：「仁此大衆，無乃可恥！」

文殊師利曰：「如佛所言，勿輕未學。」於是維摩詰不起於座，居衆會前，化作菩薩，相好光明，威德殊勝，蔽於衆會，而告之曰：「汝往上方界分，度如四十二恆河沙佛土，有國名衆香，佛號香積，與諸菩薩方共坐食，汝往到彼，如我詞曰：『維摩詰稽首世尊足下，致敬無量，問訊起居，少病少惱，氣力安不？願得世尊所食之餘，當於娑婆世界❶施作佛事，令此樂小法者，得弘大道，亦使如來名聲普聞。』」

時，化菩薩即於會前，昇於上方，舉衆皆見其去。到衆香界，禮彼佛足，又聞其言：「維摩詰稽首世尊足下，致敬無量，問訊起居，少病少惱，氣力安不？願得世尊所食之餘，欲於娑婆世界施作佛事，使此樂小法者，得弘大道，亦使如來名聲普聞。」

彼諸大士，見化菩薩，歎未曾有：「今此上人，從何所來？娑婆世界，爲在何許？云何名爲樂小法者？」即以問佛。佛告之曰：「下方度如四十二恆河沙佛土，有世界名娑婆，佛號釋迦牟尼，今現在。於五濁惡世，爲樂小法衆生，敷演道教❷。彼有菩薩，名維摩詰，住不可思議解脫，爲諸菩薩說法，故遣化來，稱揚我名，並讚此土，令彼菩薩增益功德。」彼菩薩言：「其人何如，乃作是化，德力無畏，神足若斯？」佛言：「甚大！一切十方，皆遣化往，施作佛事，饒益衆生。」於是香積如來，以衆香鉢，盛滿香飯，與化菩薩。時，彼九百萬菩薩俱發聲言：「我欲詣娑婆世界，供養釋迦牟尼佛，並欲見維摩詰等諸菩薩衆。」

佛言：「可往，攝汝身香，無令彼諸衆生起惑著心；又當捨汝本形，勿使彼國求菩薩者，而自鄙恥；又汝於彼，莫懷輕賤，而作礙想。所以者何？十方國土，皆如虛空；又諸佛爲欲化諸樂小法者，不盡現其淸淨土耳。」

時，化菩薩旣受鉢飯，與彼九百萬菩薩俱，承佛威神，及維摩詰力，於彼世界，忽然不現。須臾之間，至維摩詰舍。時，維摩詰即化作九百萬師子之座，嚴好如前，諸菩薩皆坐其上。時，化菩薩以滿鉢香飯與維摩詰。飯香普薰毗耶離城，及三千大千世界。時，毗耶離波羅門居士等，聞是香氣，身意快然，歎未曾有。於是長者主月蓋從八萬四千人，來入維摩詰舍，見其室中菩薩甚多，諸師子座高廣嚴好，皆大歡喜。禮衆菩薩及大弟子，卻住一面；諸地神、虛空神，及欲色界諸天，聞此香氣，亦皆來入維摩詰舍。

時，維摩詰語舍利弗等諸大聲聞：「仁者可食，如來甘露味飯，大悲所薰，無以限意食之，使不消也。」有異聲聞，念是飯少，而此大衆，人人當食。化菩薩曰：「勿以聲聞小德小智，稱量如來無量福慧；四海有竭，此飯無盡；使一切人食，摶❸若須彌，乃至一劫，猶不能盡。所以者何？無盡戒、定、智慧、解脫、解脫知見❹功德具足者所食之餘，終不可盡。」於是鉢飯悉飽衆會，猶故不儩❺。其諸菩薩、聲聞、天人，食此飯者，身安快樂，譬如一切樂莊嚴國諸菩薩也。又諸毛孔皆出妙香，亦如眾香國土諸樹之香。

爾時，維摩詰問眾香菩薩：「香積如來以何說法？」彼菩薩曰：「我土如來，無文字說，但以眾香，令諸天人，得入律行。菩薩各各坐香樹下，聞斯妙香，即獲一切德藏三昧❻。得是三昧者，菩薩所有功德，皆悉具足。」彼諸菩薩問維摩詰：「今世尊釋迦牟尼，以何說法？」

維摩詰言：「此土眾生，剛強難化，故佛爲說剛強之語，以調伏之。言是地獄，是畜生，是餓鬼，是諸難處，是愚人生處，是身邪行，是身邪行報；是口邪行，是口邪行報；是意邪行，是意邪行報；是殺生，是殺生報；是不與取，是不與取報；是邪淫，是邪淫報；是妄語，是妄語報；是兩舌，是兩舌報；是惡口，是惡口報；是無義語，是無義語報；是貪嫉，是貪嫉報；是瞋惱，是瞋惱報；是邪見，是邪見報；是慳悋，是慳悋報；是毀戒，是毀戒報；是瞋恚，是瞋恚報；是懈怠，是懈怠報；是亂意，是亂意報；是愚癡，是愚癡報；是結戒，是持戒，是犯戒；是應作，是不應作，是障礙，是不障礙；是得罪，是離罪；是淨，是垢；是有漏，是無漏；是邪道，是正道；是有爲，是無爲；是世間，是涅槃。以難化之人，心如猿猴故，以若干種法，制御其心，乃可調伏。譬如象馬，𢤱悷❼不調，加諸楚毒，乃至徹骨，然後調伏。如是剛強難化衆生，故以一切苦切之言，乃可入律。」

彼諸菩薩聞說是已，皆曰：「未曾有也！如世尊釋迦牟尼佛，隱其無量自在之力，乃以貧所樂法，度脫衆生。斯諸菩薩，亦能勞謙，以無量大悲，生是佛土。」

維摩詰言：「此土菩薩，於諸衆生，大悲堅固，誠如所言。然其一世饒益衆生，多於彼國百千劫行。所以者何？此娑婆世界，有十事善法❽，諸餘淨土之所無有。何等爲十？以布施，攝貧窮；以淨戒，攝毀禁；以忍辱，攝瞋恚；以精進，攝懈怠；以禪定，攝亂意；以智慧，攝愚癡；說除難法，度八難者；以大乘法，度樂小乘者；以諸善根，濟無德者；常以四攝，成就衆生。是爲十。」

彼菩薩曰：「菩薩成就幾法，於此世界行無瘡疣，生於淨土？」

維摩詰言：「菩薩成就八法，於此世界行無瘡疣，生於淨土。何等爲八？饒益衆生而不望報；代一切衆生受諸苦惱，所作功德盡以施之；等心衆生，謙下無礙；於諸菩薩，視之如佛；所未聞經，聞之不疑；不與聲聞而相違背；不嫉彼供，不高己利，而於其中調伏其心；常省己過，不訟彼短；恆以一心求諸功德。是爲八法。」

維摩詰、文殊師利於大衆中說是法時，百千天人，皆發阿耨多羅三藐三菩提心，十千菩薩，得無生法忍。

注釋

❶**娑婆世界**：即我們所居住的世界。娑婆，堪忍義，意謂此界衆生堪忍諸苦，故名。

❷**道教**：此指佛道之教法。

❸**摶**：即把食物搓成團。

❹**戒、定、智慧、解脫、解脫知見**：此即「無漏五蘊」或「五分法身」，是佛及阿羅漢所具備的五種功德。

❺**傷**：盡的意思。

❻**一切德藏三昧**：「三昧」即「定」，一切德藏三昧，即由功德門而入之定，具足一切功德之定。

❼**儱悷**：凶狠暴戾的意思。

❽**十事善法**：十種爲善的方法。

菩薩行品第十一

譯文

在維摩詰居士與文殊菩薩談論佛法的同時，佛陀釋迦牟尼在菴羅樹園之精舍演說佛法，忽然間，這片樹園一下子變得開闊起來，佛陀演說佛法的講堂也變得金光閃閃，更加富麗堂皇。侍者阿難就問佛陀：「這是什麼瑞應？為什麼這園林一下子變得開闊起來，整個講堂也金光閃閃，變得更為富麗堂皇起來呢？」佛告訴阿難：「這是維摩詰居士與文殊菩薩及諸大衆在向我頂禮致敬，準備到我這裏來，所以有此祥瑞的徵兆。」

這時，維摩詰居士對文殊菩薩說：「我們可以去拜見佛陀了，與衆菩薩一起去禮敬供養世尊。」文殊菩薩說：「好啊，走吧！現在正是時候。」維摩詰居士隨即以神通力，把與會諸大衆及他們的獅子座一併置於右掌上，前往佛的住處。到了佛的住處後，維摩詰便把諸大衆從右掌上放了下來，接著一起頂禮佛足，從右向左繞了七圈，雙手合十，一心禮佛後，就退到一邊。

此時，被維摩詰居士送至佛所的諸菩薩及衆大弟子、帝釋天、梵天四天王等，都從獅子座上下來，頂禮佛足，並繞佛七圈後，退到另一側。此時世尊就按佛法的有關禮儀慰問了諸菩薩，並讓他們分別就座。

當大家坐定後，佛就對舍利弗說：「你看見了菩薩大士維摩詰之神通力了吧？」

「是的，已經看見了。」

「看後有何感想呢？」

「世尊，維摩詰大士的神通力眞是不可思議，簡直不是我所能想像和描繪的。」

這時候站在佛陀旁邊的阿難問佛道：「世尊，這一陣子有一股淸香，好像以前從來不曾聞到過的，不知道是什麼香？」

佛告訴阿難說：「這是從那些到這裏來的菩薩毛孔中發出來的香味。」

此時，舍利弗對阿難說：「我們身上也有這種香味哩。」

阿難就問佛陀：「這香味是從哪裏來的？」

佛陀說：「這是維摩詰居士派化身菩薩去衆香國，取來了香積佛吃剩的香飯，帶回維摩詰居室後，讓大家吃。凡是吃了這香飯的，毛孔中都有這香味。」

阿難就問維摩詰居士：「這香味能保持多久？」

維摩詰說：「到這飯完全消化爲止。」

阿難問：「這飯多長時間能完全消化？」

維摩詰答道：「這飯力可以保持七日，然後就消化了。還有，阿難，如果是修聲聞法而尚未入初果正位者，吃了這飯，在他入於初果正位後，這飯力才會消失了；已入於初果正位的聲聞衆，如果吃了此飯，在他證得阿羅漢果位後，這飯力才會消失。對於那些還未發大乘菩薩心者，如果吃了此飯，到他們發大乘菩薩心後，這飯力才會消失；對於那些已發大乘心者，如果吃了此飯，到他們得不生不滅的無上智慧後，這飯力才會消失；已得不生不滅無上智者，如果吃了此飯，到他們成爲一生補處菩薩時，這飯力才會消失。這有如一種最上等的藥，舉凡服食了它的，只有等到全身一切病毒都被消除掉後，其藥力才會消失一樣，這香飯能夠斷除一切煩惱病患，只有等到一切煩惱病患全部消除後，其飯力才會消失。」

阿難聽了維摩詰這一番話後，頗爲讚歎地說：「眞是前所未聞啊，世尊！這香飯還能作佛事。」

佛說：「是的，阿難。在十方世界中，有的佛土能以佛身上光明成就佛事，有的佛土以菩薩成就佛事，有的佛土以佛所化現出來的化身菩薩成就佛事，有的佛土以菩提樹成就佛事，有的佛土以佛之衣服臥具成就佛事，有的佛土以飯食成就佛事，有的佛土以園林、臺觀成就佛事，有的佛土以三十二種相八十種好成就佛事，有的佛土以佛身成就佛事，有的佛土以虛空成就佛事。各個佛土中的衆生應該各各隨順所緣，入於佛道。

「還有一些佛土以夢、幻、影、響、鏡中像、水中月、熱時焰爲譬喻使人領悟世事無常、諸法皆空的道理，從而使衆生進入佛道；有些佛土以聲音、語言、文字來弘傳佛法；有些清淨佛土則放棄一切語言文字，採用無說無示、寂默無言乃至心不存思量，身不加造作的方式成就佛事。阿難啊！正是這樣，諸佛的一切威儀進止、動作施爲都是在做佛事。再有，阿難，正因世間有天魔、死魔、欲魔、煩惱魔等，有八萬四千種煩惱事，各類衆生都被這些煩惱搞得心神交瘁，諸佛如來便因勢利導，利用這些煩惱來成就佛事，這也可稱之爲入一切諸佛法門。菩薩修習此法門，若見美好清淨的佛土，不喜不自禁，不貪著自傲；若見汚垢雜染之國土，也不起憂惱厭去之念頭，而只是對十方諸佛生起歡喜恭敬的清淨心，因爲諸佛如來功德平等，只是爲了教化不同根機的衆生，而方便示現淨穢不同的佛土罷了。阿難，正像你所看見的，諸佛國土雖各不相同，但虛空卻沒有什麼不同，諸佛之色身雖各不相同，但諸佛圓融無礙之平等慧卻是一樣的。阿難，諸佛之色身、威相、種性、戒、定、慧、解脫、解脫知見、十力、四無畏、十八不共法、大慈、大悲、威儀及其壽命、說法教化、成就衆生、清淨佛土具諸佛法等等，都是相同的，所以也稱之爲正遍知，或叫做如來，或叫做佛陀。「阿難，如果要我對佛的以上三個稱號詳加解說的話，即使你的壽命有一大劫那麼長，恐怕也聽不完；即使讓三千大千世界的衆生都能像你阿難那樣博見多聞，具有驚人的憶念總持能力，並都有一大劫長的壽命，恐怕也聽不完，接受不了。確實是這樣，阿難，諸佛之無上正等正覺是無邊際，無限量的，其智慧辯才是不可思議的。」

阿難對佛說：「世尊，我從今以後，再也不敢自以爲是『多聞第一』了。」

佛對阿難說：「也不要因此就妄自菲薄，爲什麼這麼說呢？我是說你在聲聞衆中『多聞第一』，並不是說你在菩薩中也是最多聞博識的。且慢，阿難，對那些有智慧者，是不應該對菩薩的功德智慧有限量之想。一切大海之深度尚可測量，而菩薩的定力、辯才、智慧、功德，是不可限量的。阿難，你們只是修習聲聞等小乘法，而未踐習菩薩行，須知維摩詰借其神通力所示現出來的一切，是一切聲聞、辟支佛於千百劫中，盡他們的最大能耐也變化不出來的。」

其時，從衆香國來的諸菩薩都雙手合十，恭敬地對釋迦牟尼佛說：「世尊，我等剛到這裏的時候，曾經對你們的國土頗有輕賤之意，聽了世尊一番話後，我們都深感疚愧，認識到產生那種念頭實在太不該了。爲什麼這麼說呢？諸佛以方便力教化衆生的力量太不可思議了，爲了濟度衆生，隨應衆生的不同根機而示現各種不同的佛土。對啦，世尊！能否給我們一些開示，讓我們帶一些佛法回衆香國，我們將永遠忘不了佛陀的教誨。」

佛對衆香國來的諸菩薩說：「有兩種法門，你們應當修習，這就是有盡法門和無盡法門。那麼，什麼是有盡法門？什麼是無盡法門呢？所謂有盡法門，就是有爲法；所謂無盡法門，就是無爲法。作爲一個菩薩，既不應該全然捨棄有爲法，也不能安住於無爲法中。那麼怎麼做才是不全然捨棄有爲法呢？也就是說，菩薩應該不離大慈，不捨大悲；深切追求無上道心，念念不忘求一切智；教化衆生永不厭倦；對於『布施、愛語、利行、同事』四攝法念念在心，時常踐行；護持佛教正法，不惜身命；要不斷培植善根，永不懈怠；常存濟生度世的宏願，把一切功德善行都回向給衆生；修習佛法永不懈怠，傳揚佛法竭盡所能；供養諸佛殷勤不倦，以大悲心不入於涅槃，而投身於生死道中無所畏懼；對於各種榮辱，從不動心；不輕視那些初學者，對於學佛者敬之若佛；對於那些陷入煩惱海中衆生，要盡力激發他們的正知正見；對於遠離塵俗修習佛道，不要自視爲難能可貴；不沈醉於自身的法樂，而能隨喜於他人之樂；雖住於定境卻不貪著，能作地獄觀；雖出入於生死道中，卻能視如遊園賞景；凡遇有所求於己者，視之若良師益友；捨棄自己一切所有，惟對一切智盡心守護；對於那些毀禁犯戒之人，要生起救護之意念；要把諸波羅蜜，視之如父母；要把三十七道品等，視之若眷屬；要不斷地增長善根，永不止息；以諸佛土莊嚴設施，用以美化自己所在佛土；以無限量之布施，莊嚴自己的法相；斷除一切惡念惡行，清淨身口意三業；爲濟度衆生於無數劫中出生入死，並能始終勇猛無畏；聽聞諸佛的無量功德，立志追求而永無倦意；以佛之智慧劍，破衆生之煩惱賊；出入於五蘊、十二入、十八界中，濟度衆生，使他們得到永遠的解脫；不斷精進修行，摧伏一切魔障；經常修習『無念』法門，獲得證悟諸法實相的智慧；既能做到少欲知足，又不放棄對世間的關懷；既能不壞菩薩威儀，而能隨順俗法；又能隨緣發起各種神通及智慧，爲不斷引導衆生，使其能正念總持一切法義，使不忘失；菩薩還應具超強的憶持力，能夠過目不忘；具出衆的識別力，善於識別各類衆生的智慧，善於破解衆生的疑惑；應該以無礙的辯才，演說各種佛法都能圓融無礙；菩薩修習踐行清淨的十善道，得人天之福報；修習慈悲喜捨四無量心，打開通往梵天的道路；菩薩應經常爲衆生勸請諸佛如來演說佛法，並隨喜讚頌，得自己也有如佛一樣音聲的果報；由於身口意三業清淨，得如佛一樣威儀的果報；因深修一切善行功德，所得的報應日益殊勝；由於修習大乘佛法，而成爲利他濟世的菩薩僧；因爲除惡修善的意念十分強烈，所以不會放過一切行善的機會。修習、踐行這種利他濟世法門的，就稱爲『菩薩不盡有爲』。

「什麼又叫菩薩不住無爲呢？就是說菩薩修習空解脫門，又不執著於空；修習無相、無作解脫門，又不以無相無作爲究竟目標；修習諸法因緣而起，也不以緣起爲究竟；既能了達諸法無常，又能不斷積德行善；既能了達世間皆苦，又能不厭惡生死世間；雖洞觀諸法無我，又能誨人不倦；雖了達涅槃寂滅，又能不住於涅槃；雖遠離塵俗、煩惱，又能不斷修習行善；雖洞觀諸法不來不去，又能把善法作為自己的歸趣；雖了達諸法不生不滅，又能在世間的生滅法中擔起濟度衆生的重任；雖洞達出世法之清淨無漏，又能不斷絕與世間的煩惱惑障打交道；雖洞觀諸法性空本無造作，又能以如來教法化導群生；雖了達諸法本來性空，又能對衆生懷有深切的大悲心；雖能洞觀無為法而入初果正位的道理，又能不像小乘教法那樣只注重自度；雖洞觀諸法如同幻化、無人無我，亦無衆生等相，但只要度盡衆生的大悲誓願還未實現，就不放棄修習福德禪定智慧。能夠如此修習者，就叫做『菩薩不住無為』。

「還有，因為菩薩具足各種功德善行，所以菩薩並沒有安住於無為之境；因為菩薩具足各種智慧，所以菩薩並沒有斷絕一切有為法；因為菩薩大慈大悲，所以菩薩並沒有安住於無為之境；因為菩薩有度盡一切衆生的宏大誓願，所以菩薩沒有斷絕一切有為法；因為菩薩要在世間弘揚作為良藥的佛法，所以菩薩沒有安住於無為之境；因為菩薩要以佛法之良藥療治群生，所以菩薩沒有斷絕一切有為法；因為菩薩深知各類衆生的煩惱、病患，所以沒有安住於無為之境；因為菩薩要斷除衆生的種種病患，所以沒有斷絕一切有爲法。各位大德，能夠修習此法門，既不斷絕世間諸有爲法，又不安住於無爲之境界，這叫做『盡、無盡解脫法門』。你們各位應該修習這種法門。」

從衆香國來的諸位菩薩聽了釋迦牟尼佛這一番教誨之後，都歡欣雀躍，隨即把具有不同顏色，又具各種香味的鮮花撒向三千大千世界，供養十方世界的佛、法、僧三寶，之後，衆菩薩頂禮佛足，稱頌讚歎所見所聞實前所未有，並說：「也只有像釋迦牟尼這樣的佛陀，才能在此娑婆世界以各種智慧和善巧方便濟度群生。」說完話後，忽然無影無踪了，又回到衆香國去了。

原典

是時，佛說法於菴羅樹園，其地忽然廣博嚴事，一切衆會，皆作金色。阿難白佛言：「世尊，以何因緣，有此瑞應？是處忽然廣博嚴事，一切衆會，皆作金色。」佛告阿難：「是維摩詰、文殊師利，與諸大衆恭敬圍遶，發意欲來，故先爲此瑞應。」

於是維摩詰語文殊師利：「可共見佛，與諸菩薩禮事供養。」文殊師利言：「善哉，行矣！今正是時。」維摩詰即以神力，持諸大衆並師子座，置於右掌，往詣佛所。到已著地，稽首佛足，右遶七匝❶，一心合掌，在一面立。其諸菩薩，即皆避座，稽首佛足，亦遶七匝，於一面立。諸大弟子、釋梵四天王等，亦皆避座，稽首佛足，在一面立。於是世尊如法慰問諸菩薩已，各令復坐，即皆受教。

衆坐已定，佛語舍利弗：「汝見菩薩大士自在神力之所爲乎？」

「唯然，已見。」

「汝意云何？」

「世尊，我睹其爲不可思議，非意所圖，非度所測。」

爾時，阿難白佛言：「世尊，今所聞香，自昔未有，是爲何香？」

佛告阿難：「是彼菩薩毛孔之香。」

於是舍利弗語阿難言：「我等毛孔，亦出是香。」

阿難言：「此所從來？」

曰：「是長者維摩詰從衆香國，取佛餘飯，於舍食者，一切毛孔皆香若此。」

阿難問維摩詰：「是香氣住當久如？」

維摩詰言：「至此飯消。」

曰：「此飯久如當消？」

曰：「此飯勢力，至於七日，然後乃消。又阿難，若聲聞人未入正位❷，食此飯者，得入正位，然後乃消；已入正位，食此飯者，得心解脫，然後乃消；若未發大乘意，食此飯者，至發意乃消；已發意，食此飯者，得無生忍，然後乃消；已得無生忍，食此飯者，至一生補處❸，然後乃消。譬如有藥，名曰上味，其有服者，身諸毒滅，然後乃消。此飯如是，滅除一切諸煩惱毒，然後乃消。」

阿難白佛言：「未曾有也，世尊！如此香飯，能作佛事。」

佛言：「如是，如是，阿難！或有佛土，以佛光明而作佛事，有以諸菩薩而作佛事，有以佛所化人而作佛事，有以菩提樹而作佛事，有以佛衣服、臥具而作佛事，有以飯食而作佛事，有以園林、臺觀而作佛事，有以三十二相、八十隨形好而作佛事，有以佛身而作佛事，有以虛空而作佛事，衆生應以此緣得入律行。

「有以夢、幻、影、響、鏡中像、水中月、熱時燄❹，如是等喻，而作佛事，有以音聲、語言、文字而作佛事，或有清淨佛土，寂寞無言，無說無示，無識、無作、無爲而作佛事。如是阿難，諸佛威儀進止，諸所施爲，無非佛事。阿難，有此四魔❺，八萬四千諸煩惱門，而諸衆生爲之疲勞，諸佛即以此法而作佛事，是名入一切諸佛法門。菩薩入此門者，若見一切淨好佛土，不以爲喜，不貪不高；若見一切不淨佛土，不以爲憂，不礙不沒，但於諸佛生清淨心，歡喜恭敬，未曾有也。諸佛如來功德平等，爲教化衆生故，而現佛土不同。阿難，汝見諸佛國土，地有若干，而虛空無若干也。如是見諸佛色身有若干耳，其無礙慧無若干也。阿難，諸佛色身、威相、種性、戒、定、智慧、解脫、解脫知見、力、無所畏、不共之法、大慈、大悲、威儀所行，及其壽命、說法教化、成就衆生、淨佛國土，具諸佛法，悉皆同等，是故名爲三藐三佛陀❻，名爲多陀阿伽度❼，名爲佛陀。

「阿難，若我廣說此三句義，汝以劫壽，不能盡受；正使三千大千世界，滿中衆生，皆如阿難多聞第一，得念總持，此諸人等，以劫之壽，亦不能受。如是阿難！諸佛阿耨多羅三藐三菩提，無有限量，智慧辯才，不可思議。」

阿難白佛言：「我從今已往，不敢自謂以爲多聞。」

佛告阿難：「勿起退意！所以者何？我說汝於聲聞中爲最多聞，非謂菩薩。且止，阿難！其有智者，不應限度諸菩薩也。一切海淵尚可測量，菩薩禪定智慧，總持辯才，一切功德，不可量也。阿難，汝等捨置菩薩所行，是維摩詰一時所現神通之力，一切聲聞辟支佛於百千劫，盡力變化所不能作。」

爾時，衆香世界菩薩來者，合掌白佛言：「世尊，我等初見此土，生下劣想，今自悔責，捨離是心。所以者何？諸佛方便，不可思議；爲度衆生故，隨其所應，現佛國異。唯然，世尊！願賜少法，還於彼土，當念如來。」

佛告諸菩薩：「有盡、無盡❽解脫法門，汝等當學。何謂爲盡？謂有爲法；何謂無盡？謂無爲法。如菩薩者，不盡有爲，不住無爲。何謂不盡有爲？謂不離大慈，不捨大悲；深發一切智心，而不忽忘；教化衆生，終不厭倦；於四攝法，常念順行；護持正法，不惜身命；種諸善根，無有疲厭；志常安住，方便回向；求法不懈，說法無悋；勤供諸佛，故入生死，而無所畏；於諸榮辱，心無憂喜；不輕未學，敬學如佛；墮煩惱者，令發正念；於遠離樂，不以爲貴；不著己樂，慶於彼樂；在諸禪定，如地獄想；於生死中，如園觀想❾；見來求者，爲善師想；捨諸所有，具一切智想；見毀戒人，起救護想；諸波羅蜜，爲父母想；道品之法，爲眷屬想；發行善根，無有齊限；以諸淨國，嚴飾之事，成己佛土；行無限施，具足相好；除一切惡，淨身口意；生死無數劫，意而有勇；聞佛無量德，志而不倦；以智慧劍，破煩惱賊；出陰界入，荷負衆生，永使解脫；以大精進，摧伏魔軍；常求無念，實相智慧；行少欲知足，而不捨世法；不壞威儀，而能隨俗；起神通慧，引導衆生；得念總持，所聞不忘；善別諸根，斷衆生疑；以樂說辯，演法無礙；淨十善道，受天人福；修四無量，開梵天道；勸請說法，隨喜讚善，得佛音聲；身口意善，得佛威儀；深修善法，所行轉勝；以大乘教，成菩薩僧；心無放逸，不失衆善；行如此法，是名菩薩不盡有為！

「何謂菩薩不住無為？謂修學空，不以空為證；修學無相、無作，不以無相、無作為證；修學無起，不以無起為證；觀於無常，而不厭善本；觀世間苦，而不惡生死；觀於無我，而誨人不倦；觀於寂滅，而不永寂滅；觀於遠離，而身心修善；觀無所歸，而歸趣善法；觀於無生，而以生法荷負一切；觀於無漏，而不斷諸漏；觀無所行，而以行法教化衆生；觀於空無，而不捨大悲；觀正法位，而不隨小乘；觀諸法虛妄，無牢無人⑩，無主無相⑪，本願未滿，而不虛福德禪定智慧。修如此法，是名菩薩不住無為。

「又，具福德故，不住無爲；具智慧故，不盡有爲；大慈悲故，不住無爲；滿本願故，不盡有爲；集法藥⑫故，不住無爲；隨授藥故，不盡有爲；知衆生病故，不住無爲；滅衆生病故，不盡有爲。諸正士⑬菩薩，已修此法，不盡有爲，不住無爲，是名盡、無盡解脫法門，汝等當學。」

爾時，彼諸菩薩聞說是法，皆大歡喜，以衆妙華，若干種色，若干種香，散遍三千大千世界，供養於佛，及此經法，並諸菩薩已，稽首佛足，歎未曾有，言：「釋迦牟尼佛，乃能於此善行方便。」言已，忽然不現，還到彼國。

注釋

❶**右遶七匝**：「匝」，亦即圈，意思從右邊起始環繞七圈。

❷**正位**：此指小乘證入無漏境。

❸**一生補處**：菩薩修行的一個階位，菩薩到達此位後，只要再經一生之修行，就可成佛。

❹**熱時燄**：亦稱「陽燄」，即酷熱的沙漠中，陽光與風塵相交映，常出現一種類水光

晃動的幻影。此指虛幻不實的東西。

❺**四魔**：指煩惱魔、欲魔、死魔、天魔。

❻**三藐三佛陀**：三藐三菩提，意爲正遍知，佛爲覺義，合稱則爲正遍知、正等覺。

❼**多陀阿伽度**：意譯爲如來。

❽**有盡、無盡**：「有盡」指有生有滅的現象，即有爲法；「無盡」即無生無滅，指無爲法。

❾**如園觀想**：意爲如在園林景觀中暢遊一樣。

❿**無牢無人**：一切諸法皆因緣而起，並無一牢固、不變的實體，我身亦然，乃五蘊和合而生，因此不可執取人、我之相。

⓫**無主無相**：即既無主宰者（自性），又無固定的形、象。

⓬**法藥**：佛法能治人身、心之病，故佛典中常以法藥喻佛法。

⓭**正士**：喜聞正法、樂求大道之士。

見阿閦佛品第十二

譯文

其時，釋迦牟尼佛問維摩詰居士：「你來此想參見一下如來，請問，你是怎樣看待如來的呢？」

維摩詰居士答道：「就是像看待自身實相一樣去觀待如來。我觀待如來：他以前不曾來過，以後也不會離去，現在也留不住。既不以色身觀如來，又不以色的本體觀如來，也不以色的本性觀如來；不從受、想、行、識四蘊去觀如來，又不從識的本體去觀如來，也不從識的本性去觀如來；如來不由四大生起，他形同虛空；法身超出六根，並非由眼耳鼻舌身意所集成；他遠超三界，已遠離貪、瞋、癡三毒；隨順空、無相、無作三解脫門，具足天眼、宿命、漏盡三種神通；其智慧通達無明，與無明等無差異。如來法身乃無相之身，他與實相非一非異；既無自相，又無他相；既不是無相，又不能取相；他既不在生死此岸，又不在涅槃彼岸，也不在兩岸之間，而又處處在教化衆生。如來雖然了達諸法本性寂滅之理，但又不安住於涅槃之境；總之，既不住於生死此岸，又不住涅槃彼岸。不可以世間智理解他，不可以虛妄識識別他：他如中天之日，故無所謂明暗；他既無一定的名號，也無固定的形相；他柔弱時忍辱負重，但降伏魔障時，卻剛強無比，無堅不摧；他在淨則淨，在染則染，故非淨非染；他既不在一定方所之內，又非離方所而獨存；既不屬於世間的有為法，又不屬於無為法；因為他無形無相，所以無所示現，也無所言說；既無施捨之相，也無慳吝之狀；既不持戒，也不犯戒；既不忍辱，也不瞋恚；既不精進，也不懈怠；既不入定，也不昏亂；既無所謂智，也無所謂愚；既無所謂誠實，也無所謂奸詐；既無來相，也無去相；既無出相，也無入相；他非一切語言文字所能表達；他無形無相，所以非福田，也不應供養；但如來之化身卻能隨機攝化，引人入佛道、得解脫，所以又是非不福田，應當供養；如來法身既無形無相，又無所不在，所以無法取著，也無法捨棄；既無相，又有相；他與眞如、實際、法性完全同一，對他無法稱呼、計量；他大如須彌，小如芥子，所以非大非小；他既無形相，所以無從見聞、覺知，遠離一切煩惱結縛；他上同諸佛之智，下同衆生之體，與一切諸法無分別可言：他沒有任何過失可言，也不會出現任何煩惱惑障；他無造作，無生起，不生也不滅，無所畏懼，也無所煩憂，無所喜樂，也無所厭惡；他無過、現、未三世，所以既無已有，又無現有，也無當有；他無法用一切語言加以分別說明。世尊，如來之身就是這樣，能夠這樣去看待如來，就是正觀。如果不是這樣去觀待如來，就是一種邪觀。」

這時候，舍利弗問維摩詰居士道：「你是從何處入滅後，降生於這裏的？」

維摩詰居士答道：「你所證得的佛法中難道有先滅而後生這回事嗎？」

舍利弗說：「確實是沒有先滅而後生一說。」

「既然諸法並非先滅而後生，那你怎麼會問我何處入滅後再降生到這裏來的呢？你認爲怎麼樣？諸法實際上如同魔術師變幻出來的許多男男女女一樣，難道他們有滅彼生此一回事嗎？」

舍利弗說：「沒有滅彼生此一回事。」

「你難道沒有聽佛陀說過，諸法如夢幻嗎？」

舍利弗答道：「是的，聽過。」

「如果一切法如夢幻，你爲何會問我是於何處入滅後降生於這裏的呢？舍利弗，所謂消失、散滅，這是作爲假象的世間諸法的敗壞之相，所謂生起則是作爲假象的世間諸法相續之相。菩薩雖然入滅，但其善本德行並不會隨之完結，雖然到了某一世界受生，也不會再生長任何惡業。」

此時，佛告訴舍利弗：「有一個叫妙喜的國度，其佛號叫無動，維摩詰居士就是在那個國度入滅後來生此地的。」

舍利弗聽後即說：「眞是難能可貴啊！此人能捨去妙喜國的清淨佛土，而來這到處充滿汚穢與紛爭的娑婆世界。」

聽了舍利弗的話，維摩詰居士便對舍利弗說：「你這話是什麼意思？比方說，當早晨日出時，難道日光會與黑夜合到一塊嗎？」

舍利弗說：「不會的，當日光出現時，黑夜也就消失了。」

維摩詰說：「那麼日光爲何要照耀閻浮提洲呢？」

舍利弗答道：「欲以光明除去黑夜。」

維摩詰說：「菩薩也是這樣，雖然爲了化導衆生而受生於不淨的國土，但他不會與愚癡與黑暗混處雜居，而是爲了消滅衆生的煩惱暗障。」

這時候，與會大衆都十分渴望能親眼目睹妙喜世界，十分渴望拜謁那世界教主不動如來及諸菩薩、聲聞衆。釋迦牟尼佛知曉大家的心事，就對維摩詰居士說：「善男子，你就為與會大衆顯現一下那妙喜世界及其教主不動如來和那裏的諸菩薩、聲聞衆吧，大家都很想見見那個世界哩。」

此時，維摩詰居士心裏想：我應當不離開座席就把那妙喜世界及其鐵圍山、以及那國土上的山川河流、江湖大海、溪谷泉源，還有須彌等等高山及日月星辰、天龍鬼神、梵天宮殿等等，還有那世界的諸菩薩、聲聞衆以及城邑、村落、男女老少乃至不動如來及菩提樹、衆妙蓮花等等，舉凡能發心在十方世界行佛事者，我通通把他們接來。我要以三道珠寶鑲嵌成天梯，把閻浮提洲與忉利天連接起來，諸天神可以沿此寶梯來到這裏，禮敬不動如來，聽經聞法；閻浮提洲的人也可順此寶梯上至忉利天宮，見見那裏的衆天神。妙喜世界，能成就如此無量的功德。我要把那妙喜世界，上自阿迦尼吒的色究竟天，下至那世界的水面，用我的右手，如陶器工匠靈活運用手中的旋轉輪截取泥塊一般，把那世界搬至這裏，就好像手裏拿著一朵鮮花向大衆展示一樣。

維摩詰居士有了這一念頭之後，就隨即入定，並運用其神通力，以他的右手，把那妙喜世界搬來此閻浮提洲。此時，妙喜世界中那些道行較淺的菩薩及聲聞衆、諸天人等，都一齊喊道：「世尊啊！是誰把我們帶走了，快救救我們吧。」只聽那不動如來說：「這不是我做的，而是維摩詰居士的神力所造成的。」至於那些未得神通的一般大衆，已不知不覺隨著妙喜世界來到這閻浮提洲了。

那妙喜世界雖然被搬入了此閻浮提洲，但它並沒有因此而小了一些；而此閻浮提洲，也沒有因多了一個妙喜世界而顯得窄迫，與原來並沒有任何差別。

這時，釋迦牟尼佛就對與會諸大衆說：「你們現在可以好好看看妙喜世界及其教主不動如來了，這世界是何等的莊嚴美好啊！其菩薩道行又是那麼的清淨，不動佛的衆弟子們的心念又是那樣的潔白無瑕。」大家應道：「確實是那樣的，世尊，這一切我們都親眼目睹了。」

釋迦牟尼佛又對諸大衆說：「如果菩薩欲得這樣的清淨佛土，應當修學不動如來所修證的大道。」

當妙喜佛國顯現於此娑婆世界時，有十四千萬億的衆生發了無上道心，都願往生妙喜佛國，釋迦牟尼佛隨即爲他們授記，說：「你們日後當生於妙喜佛國。」

那維摩詰居士完成了以妙喜佛國現身說法、教化群生的任務後，就把它送回原來的地方去了，這是與會諸大衆都親眼目睹的。

此時，釋迦牟尼佛便對舍利弗說：「你剛才看見了妙喜世界及不動如來了吧？」舍利弗答道：「是的，世尊！但願一切衆生，得生於像妙喜世界那樣的清淨佛土，得到像維摩詰居士那樣的神通；世尊，我們眞是幸運，能在這麼短的時間內獲得如此大的利益，有緣得遇不動如來和維摩詰居士，有幸得以親近供養他們。但願一切衆生，不管是現在還是今後，如果有緣聽聞讀誦此經，也能得到很大的利益，更不用說那些聽聞後又能信受奉持戒宣說實行者。不論是誰，只要能得到這一經典，就是獲得了無價之法寶；如果能夠信受讀誦，並按經中所說的去修行，那他一定能得到佛的護佑；而不管是什麼人，如果他們能夠供養那些受佛世尊護佑的人，那他的功德與供養佛世尊是一樣的。如果有抄寫並持有此經者，其室中即猶如有如來；如果有人聽聞此經而能讚頌並生歡喜心，他便能入一切智慧之門；如果有人信受奉持乃至爲人解說此經中的一個四句偈，那麼這人就會得到日後必得無上正等正覺的授記。」

原典

見阿閦佛❶品第十二

爾時，世尊問維摩詰：「汝欲見如來，爲以何等觀如來乎？」

維摩詰言：「如自觀身實相，觀佛亦然。我觀如來：前際不來，後際不去，今則不住；不觀色，不觀色如，不觀色性；不觀受、想、行、識，不觀識如，不觀識性；非四大起，同於虛空；六入無積，眼耳鼻舌身心已過；不在三界，三垢❷已離；順三脫門❸，具足三明❹，與無明等。不一相，不異相；不自相，不他相；非無相，非取相；不此岸，不彼岸，不中流❺，而化衆生。觀於寂滅，亦不永滅。不此不彼；不以此，不以彼。不可以智知，不可以識識；無晦無明；無名無相；無強無弱；非淨非穢；不在方，不離方；非有爲，非無爲；無示無說；不施不慳；不戒不犯；不忍不恚；不進不怠；不定不亂；不智不愚；不誠不欺；不來不去；不出不入；一切言語道斷❻。非福田，非不福田；非應供養，非不應供養；非取非捨；非有相，非無相；同眞際，等法性；不可稱，不可量，過諸稱量。非大非小；非見非聞，非覺非知，離衆結縛；等諸智，同衆生，於諸法無分別；一切無失，無濁無惱，無作無起，無生無滅，無畏無憂，無喜無厭；無已有，無當有，無今有；不可以一切言說分別顯示。世尊，如來身爲若此，作如是觀。以斯觀者，名爲正觀。若他觀者，名爲邪觀。」

爾時，舍利弗問維摩詰：「汝於何沒，而來生此？」

維摩詰言：「汝所得法，有沒生❼乎？」

舍利弗言：「無沒生也。」

「若諸法無沒生相，云何問言：『汝於何沒而來生此？』於意云何？譬如幻師，幻作男女，寧沒生耶？」

舍利弗言：「無沒生也。」

「汝豈不聞，佛說諸法如幻相乎！」

答曰：「如是。」

「若一切法如幻相者，云何問言：『汝於何沒而來生此？』舍利弗，沒者爲虛誑法，壞敗之相；生者爲虛誑法，相續之相。菩薩雖沒，不盡善本；雖生，不長諸惡。

是時，佛告舍利弗：「有國名妙喜，佛號無動，是維摩詰於彼國沒，而來生此。」

舍利弗言：「未曾有也，世尊，是人乃能捨清淨土，而來樂此多怒害處。」

維摩詰語舍利弗：「於意云何？日光出時，與冥合乎？」

答曰：「不也，日光出時，則無衆冥。」

維摩詰言：「夫日何故行閻浮提？」

答曰：「欲以明照爲之除冥。」

維摩詰言：「菩薩如是，雖生不淨佛土，爲化衆生，不與愚闇而共合也，但滅衆生煩惱闇耳。」

是時，大衆渴仰欲見妙喜世界，無動如來，及其菩薩、聲聞之衆。佛知一切衆會所念，告維摩詰言：「善男子，爲此衆會，現妙喜國，無動如來，及諸菩薩、聲聞之衆，衆皆欲見。」

於是維摩詰心念：吾當不起於座，接妙喜國，鐵圍山川、溪谷江河、大海泉源、須彌諸山，及日月星宿、天龍、鬼神、梵天等宮，並諸菩薩、聲聞之衆、城邑、聚落、男女大小，乃至無動如來，及菩提樹、諸妙蓮華，能於十方作佛事者。三道寶階，從閻浮提至忉利天❽。以此寶階，諸天來下，悉爲禮敬無動如來，聽受經法；閻浮提人，亦登其階，上昇忉利，見彼諸天。妙喜世界，成就如是無量功德。上至阿迦尼吒天❾，下至水際，以右手斷取，如陶家輪，入此世界，猶得華鬘，示一切衆。

作是念已，入於三昧，現神通力，以其右手，斷取妙喜世界，置於此土。彼得神通菩薩及聲聞衆，並餘天人，俱發聲言：「唯然，世尊！誰取我去？願見救護。」無動佛言：「非我所爲，是維摩詰神力所作。」其餘未得神通者，不覺不知己之所往。

妙喜世界雖入此土，而不增減，於是世界亦不迫隘，如本無異。

爾時，釋迦牟尼佛告諸大衆：「汝等且觀妙喜世界，無動如來，其國嚴飾，菩薩行淨，弟子清白。」皆曰：「唯然，已見。」

佛言：「若菩薩欲得如是清淨佛土，當學無動如來所行之道。」

現此妙喜國時，娑婆世界十四那由他❿人，發阿耨多羅三藐三菩提心，皆願生於妙喜佛土。釋迦牟尼佛即記之曰：「當生彼國。」

時妙喜世界，於此國土，所應饒益，其事訖已，還復本處，舉衆皆見。

佛告舍利弗：「汝見此妙喜世界，及無動佛不？」「唯然，已見，世尊！願使一切衆生得清淨土，如無動佛；獲神通力，如維摩詰。世尊，我等快得善利，得見是人，親近供養，其諸衆生，若今現在，若佛滅後，聞此經者，亦得善利，況復聞已，信解受持，讀誦解說，如法修行！若有手得是經典者，便爲已得法寶之藏；若有讀誦解釋其義，如說修行，則爲諸佛之所護念；其有供養如是人者，當知則爲供養於佛；其有書持此經卷者，當知其室，即有如來；若聞是經，能隨喜者，斯人則爲趣一切智；若能信解此經，乃至一四句偈，爲他說者，當知此人，即是受阿耨多羅三藐三菩提記。」

注釋

❶**阿閦佛**：佛名，又作阿閦鞞佛、阿閦婆，意譯爲不動佛、無恚佛，住於東方妙喜世界。

❷**三垢**：即貪、瞋、癡三毒。

❸**三脫門**：即空、無相、無願三解脫門。

❹**三明**：在阿羅漢曰「三明」，在佛曰「三達」，即宿命明（知自身及他身宿世之生死相）、天眼明（知自身及他身未來世之生死相）、漏盡明（知現在之苦相，斷盡一切煩惱之智慧）。

❺**中流**：喻結使煩惱。此岸指生死，彼岸指涅槃，結使煩惱流於此岸與彼岸之間，故名。

❻**言語道斷**：指非語言文字所能表達之究竟眞理。

❼**沒生**：「沒」，死的意思；「沒生」即死生，或指生滅。

❽**忉利天**：位於須彌山之頂，帝釋天居中，四方各有八天，合則三十三天，故忉利天亦稱三十三天，屬欲界第四天。

❾**阿迦尼吒天**：意譯色究竟，乃色界十八天中之色究竟天。

❿**那由他**：古印度數目字，一那由他相當於一億。

法供養品第十三

譯文

這時，天帝釋提桓因在與會大衆中對佛說：「世尊，我雖然從你這裏及文殊菩薩那裏聽聞過百千部經典，但從來未曾聽過像這部如此不可思議、自在神通、究竟表現實相的經典。按照我的理解，如果衆生聽聞此經，並能夠深刻理解、信受、奉持、讀誦它，他必定能夠得到此經所說的不可思議解脫法門；如果衆生能夠按照此經所說的去修行，則他一定能夠堵絕通往衆惡趣之路，而諸善門則向他洞開，他就能得到諸佛之護佑，他必定能摧伏諸外道，降伏諸煩惱惑障，得到無上覺悟，安處於道場，走上成佛之路。世尊，如果衆生能夠受持讀誦此經典，如經中所說的去修行，我一定與諸眷屬一起，供養服侍他們；他們所在的城市村莊、山林曠野，只要是在宣講弘揚這部經典，我一定與諸眷屬一起前去聆聽；舉凡未信受此經的人，我一定讓他們生起信心；對於那些對此經已起信心者，我一定善加護佑。」

佛說：「善哉！善哉！天帝，你能這麼說，我眞替你高興。確實，此經廣說過去、未來、現在諸佛不可思議無上正等正覺，如果有善男子、善女人受持讀誦供養這部經典者，則是供養過去、現在、未來三世諸佛。天帝，即使三千大千世界中到處都有如來世尊，其數量之多，有如世間之甘蔗、蘆葦、稻麻、叢林，數不勝數，如果有善男子、善女人或者以一大劫、或者以近於一大劫那樣長的時間去供養、讚歎、禮敬諸佛如來，一直供養到諸佛入滅後，又把他們的全身舍利用七層寶塔供養起來；這些寶塔都有四天下那麼大，其高則直矗梵天，每個寶塔都裝飾得極其莊嚴富麗，遍滿香花瓔珞、幢幡妓樂，微妙無比，對這些寶塔又長期地加以供養；如果能夠這樣，天帝，你認爲這種人的福德多不多呢？」

天帝釋提桓因說：「世尊，這種的福德確實非常之多，其福德即使說百千億劫也說不盡。」

佛告訴天帝：「應當知道，善男子、善女人，如有聽聞這部不可思議解脫經者，並能信受、讀誦、和按經中所說去修行，那麼其福德比上面所說的那種人還要多得多。爲什麼這麼說呢？因爲諸佛之覺悟，都是從這部經典之教義中產生出來的，而使人覺悟成佛的福德，是不可限量的；正因爲這樣，其福德是無量無邊的。」

佛告訴天帝：「在過去無量無數劫前，當時世上有一佛，號藥王如來，又稱應供、正遍知、明行足、善逝、世間解、無上士、調御丈夫、天人師、佛、世尊等。那個世界名叫大莊嚴世界，那個時代叫莊嚴劫，其佛壽命長達二十小劫，他的聲聞衆弟子多達三十六千萬億，菩薩衆多達十二千萬億。天帝，當時有一位轉輪聖王，名叫寶蓋。他七寶具足，統治著四天下，此轉輪聖王有上千個子女，都十分端莊勇健，能夠降伏各種魔怨仇敵。其時，寶蓋王與其眷屬們供養著那個藥王如來，向他布施了他所需的一切，時間長達五劫。五劫以後，那寶蓋王就對其子女們說：『你們也應該像我這樣，以深切恭敬之心供養於佛。』那上千位王子就遵照父命，供養於藥王如來，供給其一切所需，又滿五劫。其中有一位名叫月蓋的王子，就獨自在想：有沒有什麼供養比這種供養更爲殊勝的？借助於佛威神之力，忽然空中有天神說：『善男子，法之供養，勝過其他一切供養。』月蓋王子就問什麼叫做法供養，那天神答道：『這你可以去問藥王如來，他會爲你詳細解說什麼叫做法供養。』其時，月蓋王子就去到了藥王如來那裏，頂禮佛足後，退到了一邊，對佛說：『世尊，諸供養中，法供養最爲殊勝，那麼，請問什麼叫做法供養？』佛說：『善男子，所謂法供養，就是諸佛所說的那些義理深刻的經典，其思想廣博深奧，世俗之人較難以理解，較難生起信心，其中之微妙意蘊，也較難被揭示出來；其教法又清淨無垢，並不是世俗之分別思維所能把握的。這些教法乃包含在菩薩法藏之中，是由總持一切法門之實相法印所印證。修習這經法的菩薩，都已達到不退轉的八地以上，都已成就了六波羅蜜，善於識別經中深刻的義理；這種深經的義理隨順菩提之法，地位在衆經之上。修習此經，能夠生起大慈悲心，遠離衆魔障及諸邪見；此經之義理與因緣法相符契，主張無我相、無人相、無衆生相、無壽命相；倡導空、無相、無作、無起諸解脫門，能令衆生修習有所成就，坐於道場而轉法輪，爲天、龍等八部衆所讚歎稱譽；能令衆生入於佛法寶藏，獲得菩薩等聖賢之一切智慧；宣說諸菩薩所行之道，能隨順於實相之本義；昭示無常、苦、空、無我、寂滅諸義眞諦，能拯救一切毀禁犯戒之衆生；能使諸魔、外道及一切貪心者恐懼、畏怖；爲諸佛菩薩及衆聖賢所稱頌、讚歎；經中也語及出離生死之苦，並顯示了涅槃之樂。此經爲十方三世一切諸佛所宣說。如果能聽聞這樣的深經，並且信受奉持、讀誦修習，乃至以方便力，爲諸衆生分別解說，使經典中的義理能夠得到明晰揭示。所有這一切，都是爲了維護和弘揚佛法，所以稱之爲法供養。

「『另外，如能按照經中所說的進行修行，並與十二因緣所倡導的緣起思想相隨順、配合，遠離一切邪見，證得諸法無生無滅之智慧，對於無我、無衆生的深刻義理堅信不疑，能信受因緣果報的思想，對它不違背、無異義，能放棄對自我的執著；對於佛法，能夠依於義不依於語，依於智而不依於識，依了義經而不依不了義理，依於法而不依於人；能隨順諸法實相，不以緣起而執有，也不以緣滅而執無，一切諸法都畢竟寂滅：無明畢竟滅，一切諸行畢竟滅，乃至生、老死等也畢竟滅，如果能這樣去看待十二因緣，認識到十二因緣乃是輾轉緣起，無有窮盡的，從而不執著一切相，這就叫做最上法之供養。』」

佛告訴天帝：「月蓋王子，從藥王如來那裏聽聞了這些話後，獲得了柔順忍辱的境界，隨即解下了寶衣和身上飾物以供養佛，並對佛說：『世尊，如來入滅之後，我一定奉行法供養，以守護弘揚正法，希望世尊以佛之威神加被於我，使我能夠降伏諸魔障，修菩薩行。』藥王如來深知月蓋王子此懇求至誠至切，遂予之授記，說：『你將在今後的佛教末法時代，成爲衛護弘揚佛法的法將。』天帝，這時候的月蓋王子，親證了諸法本然清淨，並親得藥王如來的授記，更加堅定了出家的信心，並不斷修習佛法，精進不怠，不久，便得五種神通和菩薩道行，具備總持一切智慧的能力和無礙辯才。在藥王如來入滅後，月蓋王子以其所得之五種神通力、總持力及無礙辯才護持弘揚佛法長達十小劫之久，佛法亦隨之遍布世界各地；出家後的月蓋比丘，更竭盡全力守護佛法，精進修行，一生中度化百萬億人，使他們都發無上道心，立於不退轉之位；由他度化的人中，有十四億人，已發聲聞道心、辟支佛心；更有無量數的衆生得生天上。天帝，當時那位寶蓋轉輪聖王可不是一般的人，而今他已證得佛果，其號爲寶燄如來，他的上千位王子，也就是賢劫中之千佛。其中的第一位即是迦羅鳩孫馱佛，最末一位即是樓至佛。而那位月蓋比丘，就是我的前身。

「確實是這樣，天帝，你應當知道，以法供養，於諸供養中是最爲重要、至高無上的，所以，天帝，應當以法供養，供養於十方諸佛。」

原典

爾時，釋提桓因❶於大衆中，白佛言：「世尊，我雖從佛及文殊師利，聞百千經，未曾聞此不可思議、自在神通、決定實相經典。如我解佛所說義趣，若有衆生聞此經法，信解、受持、讀誦之者，必得是法不疑，何況如說修行，斯人則爲閉衆惡趣，開諸善門，常爲諸佛之所護念，降伏外學，摧滅魔怨，修治菩提，安處道場，履踐如來所行之跡。世尊，若有受持、讀誦、如說修行者，我當與諸眷屬供養給事，所在聚落、城邑、山林、曠野，有是經處，我亦與諸眷屬，聽受法故，共到其所。其未信者，當令生信；其已信者，當爲作護。」

佛言：「善哉！善哉！天帝，如汝所說，吾助爾喜。此經廣說過去、未來、現在諸佛，不可思議阿耨多羅三藐三菩提，是故天帝，若善男子、善女人，受持、讀誦、供養是經者，則爲供養去來今佛。天帝，正使三千大千世界，如來滿中，譬如甘蔗、竹葦、稻麻、叢林，若有善男子、善女人，或以一劫❷，或減一劫，恭敬尊重，讚歎供養，奉諸所安，至諸佛滅後，以一一全身舍利❸，起七寶塔，縱廣一四天下，高至梵天，表刹莊嚴，以一切華香瓔珞，幢旛妓樂，微妙第一，若一劫，若減一劫，而供養之。天帝，於意云何？其人植福寧爲多不？」

釋提桓因言：「甚多，世尊！彼之福德，若以百千億劫，說不能盡。」

佛告天帝：「當知是善男子、善女人，聞是不可思議解脫經典，信解、受持、讀誦、修行，福多於彼。所以者何？諸佛菩提，皆從此生，菩提之相，不可限量。以是因緣，福不可量。」

佛告天帝：「過去無量阿僧祇劫時，世有佛，號曰藥王如來、應供、正遍知、明行足、善逝、世間解、無上士、調御丈夫、天人師、佛、世尊。世界名大莊嚴，劫名莊嚴。佛壽二十小劫，其聲聞僧三十六億那由他，菩薩僧有十二億。天帝，是時有轉輪聖王，名曰寶蓋。七寶具足，主四天下。王有千子，端正勇健，能伏怨敵。爾時，寶蓋與其眷屬，供養藥王如來，施諸所安，至滿五劫。過五劫已，告其千子：『汝等亦當如我，以深心供養於佛。』於是千子，受父王命，供養藥王如來，復滿五劫，一切施安。其王一子，名曰月蓋，獨坐思惟：寧有供養殊，過此者？以佛神力，空中有天曰：『善男子，法之供養，勝諸供養。』即問何謂法之供養？天曰：『汝可往問藥王如來，當廣爲汝說法之供養。』即時月蓋王子，行詣藥王如來，稽首佛足，卻住一面，白佛言：『世尊，諸供養中，法供養勝。云何名爲法之供養？』佛言：『善男子，法供養者，諸佛所說深經，一切世間難信難受，微妙難見、清淨無染，非但分別思惟之所能得。菩薩法藏所攝，陀羅尼印印之❹，至不退轉；成就六度，善分別義；順菩提法，衆經之上。入大慈悲，離衆魔事，及諸邪見；順因緣法，無我、無人、無衆生、無壽命；空、無相、無作、無起，能令衆生坐於道場，而轉法輪；諸天、龍神、乾闥婆❺等，所共歎譽；能令衆生入佛法藏，攝諸賢聖一切智慧；說衆菩薩所行之道，依於諸法實相之義；明宣無常、苦、空、無我、寂滅之法，能救一切毀禁衆生；諸魔外道及貪著者，能使怖畏；諸佛賢聖，所共稱歎；背生死苦，示涅槃樂；十方三世，諸佛所說。若聞如是等經，信解、受持、讀誦，以方便力，爲諸衆生分別解說，顯示分明，守護法故，是名法之供養。

「『又於諸法如說修行，隨順十二因緣，離諸邪見，得無生忍，決定無我，無有衆生，而於因緣果報，無違無諍，離諸我所；依於義，不依語；依於智，不依識；依了義經，不依不了義經；依於法，不依人；隨順法相，無所入，無所歸；無明畢竟滅故，諸行亦畢竟滅；乃至生畢竟滅故，老死亦畢竟滅。作如是觀，十二因緣，無有盡相，不復起相，是名最上法之供養。』」

佛告天帝：「王子月蓋，從藥王佛聞如是法，得柔順忍，即解寶衣嚴身之具，以供養佛，白佛言：『世尊，如來滅後，我當行法供養，守護正法，願以威神加哀建立，令我得降伏魔怨，修菩薩行。』佛知其深心所念，而記之曰：『汝於末後，守護法城。』天帝，時王子月蓋，見法清淨，聞佛授記，以信出家，修習善法，精進不久，得五神通❻，具菩薩道，得陀羅尼無斷辯才，於佛滅後，以其所得神通、總持辯才之力，滿十小劫，藥王如來所轉法輪，隨而分布。月蓋比丘，以守護法，勤行精進，即於此身，化百萬億人，於阿耨多羅三藐三菩提，立不退轉；十四那由他人，深發聲聞、辟支佛心；無量衆生，得生天上。天帝，時王寶蓋，豈異人乎！今現得佛，號寶燄如來。其王千子，即賢劫❼中千佛是也。從迦羅鳩孫馱❽爲始得佛，最後如來，號曰樓至❾。月蓋比丘，則我身是。

「如是，天帝！當知此要，以法供養，於諸供養爲上，爲最第一無比。是故，天帝，當以法之供養，供養於佛。」

注釋

❶**釋提桓因**：即帝釋天，忉利天之主，居於須彌山頂。

❷**劫**：表時間長度，佛教典籍中對劫之說法有多種，《大智度論》分劫為大、中、小三劫，其中，合人壽一增（自十歲起，每百年增一歲，直到人壽為八萬四千歲）一減（亦即從八萬四千歲每百年減一歲，直至減到人壽十歲）為一小劫；合二十小劫為一中劫；合四中劫為一大劫。

❸**舍利**：即佛骨或泛指身骨。

❹**陀羅尼印印之**：陀羅尼為總持義，即能總攝憶持無量佛法而不使忘失，此句的意思是用總攝一切佛法之大義印證之。

❺**乾闥婆**：即樂神，天龍八部之一。

❻**五神通**：指天眼通、天耳通、神足通、宿命通、他心通。

❼**賢劫**：指三劫之現在住劫，謂現在之二十增減住劫中，有千佛賢聖出世化導故稱之。現在賢劫與過去莊嚴劫、未來宿命劫合稱三劫。

❽**迦羅鳩孫馱**：亦作「拘留孫」，佛名，乃過去七佛中之第四佛，現在賢劫千佛中之第一佛。

❾**樓至**：佛名，賢劫千佛中之最後一佛。

囑累品第十四

譯文

於是，佛告訴彌勒菩薩道：「彌勒，我現在把無量數劫以來所修集起來的無上正等正覺之法付囑給你。這些佛法，在我釋迦牟尼入滅後的末法時代，你們應當以自己的神力，在閻浮提洲廣爲流布，不要使它斷絕。爲什麼呢？在未來世中，當有善男子、善女人及天龍八部衆、羅刹等發無上道心，喜樂大乘佛法，如果他們不能聽聞到像本經這樣的佛法，就會失去修習歸依大乘佛法的大好機會；如果這些人能聽聞到像本經這樣的大乘佛法，一定會喜樂信受，萌發難得的道心。彌勒，你們應當頂禮領受我所付囑給你的像本經這樣的大乘佛法，日後隨應衆生之所需，廣爲宣說、弘揚。

「彌勒，應當知道，菩薩有二種類型：一是喜歡借助於詞章文句之類的東西來理解、受持佛法，二是不怕義理之艱深，而直探佛法之眞諦。第一類，亦即喜樂從詞章文句之類的東西來理解、領受佛法者，一望便知屬於新入門的菩薩；至於第二類，亦即不執著於詞章文句、語言文字的，而能對艱深的佛典毫無畏懼之心，直接深入其中，聽後便能心領神會、受持讀誦，並按經中所說如實修行者，這類菩薩肯定是一些老修行者。

「彌勒，還有兩種菩薩屬於那種新學菩薩，他們無法領受那種義理深刻的佛典。是哪兩種呢？一是對於那種以前從未聽聞過的義理深刻的佛典，一聽就生畏懼驚怖之心，並起種種疑惑，不能信受且行毀謗，說：『我從來就沒有聽聞過這樣的佛法，這種法究竟是從哪裏來的？有何依據？』二是如果遇到那些領受護持深刻義理經典者，不肯親近、供養、恭敬他們，甚至有時挑他們的毛病，說他們的壞話。舉凡有這兩種表現者，就知道他屬於那種新學菩薩。這些新學菩薩的上述做法，實際上是在毀傷自己，不能以深刻的佛法調伏自心。

「彌勒，還有兩種類型的菩薩，他們雖然信奉並懂得一些義理深刻的佛法，但仍然自我毀傷，不能達到證悟諸法不生不滅的境界。是哪兩種呢？一是看不起那些新學菩薩，也不對他們進行教誨和誘導；二是雖然信奉並懂得一些義理深刻的佛法，但對佛法乃至一切諸法妄加分別。以上是另外兩種類型的菩薩。」

彌勒菩薩聆聽了釋迦牟尼佛以上的話後，就對佛說：「世尊，你剛才所說的話，我以前確實聞所未聞，我一定遵照你的教導，遠離你以上所說的那些初學菩薩的過失，奉持你從無量數劫以來所修集起來的無上正等正覺之法。在未來世，若有善男子、善女人願求大乘佛法者，我一定讓他們隨時能夠拿到像本經這樣的大乘經典，並賦予他們超強之憶念之力，使他們受持讀誦，爲一切衆生詳加解說。世尊，在今後的末法時代，如果有人能如此地信奉、受持、讀誦如本經這樣的大乘經典，那一定是受了我彌勒菩薩神力所加持的。」

佛說：「善哉！善哉！彌勒，正如你所說的，一切諸佛一定都會爲你能這麼做而感到無量欣慰。」其時與會的諸菩薩都雙手合十，恭敬地對佛說：「世尊，我們也一定在你入滅之後，於十方世界的一切國土，廣泛傳布弘揚如本經這樣的大乘佛法，並開導衆說法者，使一切聽聞這種佛法的人都能得到本經。」

其時，四天王對佛說：「世尊，十方世界一切地方，不管是城市、村莊，還是山林、曠野，舉凡有如本經這樣的大乘佛典的地方，或是在讀誦、宣講這種經典的地方，我一定立即率領諸眷屬到那裏去，一者聽聞此等無上妙法，二者護佑那些讀經講經之人，我將在他們方圓二千里之外設防，絕不讓一切邪魔外道去打擾他們。」

其時，佛對阿難說：「你也應該受持讀誦這部經典，並使它廣爲流布。」

阿難答道：「是的，世尊，我已經信奉並記住了這部經之精義、大要，我今後一定廣爲傳揚。對啦，世尊！如何稱呼這部經呢？」

佛說：「阿難，這部經叫《維摩詰所說經》，又稱《不可思議解脫門經》。希望你等如我所說的信奉、受持本經。」

佛陀釋迦牟尼宣說完這部經典之後，維摩詰居士、文殊菩薩、舍利弗、阿難以及諸天、人、阿修羅、一切與會大衆等聆聽了佛陀的教誨後，皆大歡喜，無不信奉受持這部《維摩詰所說經》。

原典

於是，佛告彌勒菩薩言：「彌勒，我今以是無量億阿僧祇劫所集阿耨多羅三藐三菩提法，付囑於汝。如是輩經，於佛滅後末世❶之中，汝等當以神力，廣宣流布於閻浮提，無令斷絕。所以者何？未來世中，當有善男子、善女人，及天、龍、鬼、神、乾闥婆、羅剎❷等，發阿耨多羅三藐三菩提心，樂於大法；若使不聞如是等經，則失善利。如此輩人，聞是等經，必多信樂，發希有心，當以頂受，隨諸衆生所應得利，而爲廣說。

「彌勒，當知菩薩有二相。何謂爲二？一者好於雜句文飾❸之事；二者不畏深義，如實能入。若好雜句文飾事者，當知是爲新學菩薩❹；若於如是無染無著甚深經典，無有恐畏，能入其中，聞已心淨，受持讀誦，如說修行，當知是爲久修道行。

「彌勒，復有二法，名新學者，不能決定於甚深法。何等爲二？一者所未聞深經，聞之驚怖生疑，不能隨順，毀謗不信，而作是言：『我初不聞，從何所來？』二者若有護持解說如是深經者，不肯親近、供養、恭敬，或時於中，說其過惡。有此二法，當知是新學菩薩，爲自毀傷，不能於深法中，調伏其心。

「彌勒，復有二法，菩薩雖信解深法，猶自毀傷，而不能得無生法忍。何等爲二？一者輕慢新學菩薩，而不教誨；二者雖信解深法，而取相分別，是爲二法。」

彌勒菩薩聞說是已，白佛言：「世尊，未曾有也！如佛所說，我當遠離如斯之惡，奉持如來無數阿僧祇所集阿耨多羅三藐三菩提法。若未來世，善男子、善女人求大乘者，當令手得如是等經，與其念力❺，使受持讀誦，爲他廣說。世尊，若後末世，有能受持讀誦、爲他說者，當知是彌勒神力之所建立。」

佛言：「善哉！善哉！彌勒，如汝所說，佛助爾喜。」於是一切菩薩，合掌白佛：「我等亦於如來滅後，十方國土，廣宣流布阿耨多羅三藐三菩提法；復當開導諸說法者，令得是經。」

爾時，四天王白佛言：「世尊，在在處處，城邑聚落，山林曠野，有是經卷，讀誦解說者，我當率諸官屬，爲聽法故，往詣其所，擁護其人；面百由旬，令無伺求得其便者。」

是時，佛告阿難：「受持是經，廣宣流布！」

阿難言：「唯，我已受持要者。世尊，當何名斯經？」

佛言：「阿難，是經名爲《維摩詰所說》，亦名《不可思議解脫法門》，如是受持！」

佛說是經已，長者維摩詰、文殊師利、舍利弗、阿難等，及諸天、人、阿修羅、一切大衆，聞佛所說，皆大歡喜，信受奉行。

注釋

❶**末世**：即末法時代，佛教中稱佛法住世有正法、像法、末法三世，末法之世乃佛法衰微之時代。

❷**羅刹**：惡鬼名，原爲古印度神話中之惡魔，後成爲惡人之代稱。

❸**雜句文飾**：指解釋佛典之文字。

❹**新學菩薩**：指初發心求佛道者。

❺**念力**：憶持念誦之力。

源流

作爲一部大乘佛教的代表性經典，《維摩詰經》在中國佛教史上一直備受關注，自嚴佛調於漢靈帝年間譯出第一個漢譯本後，在中土先後總別共有七譯；至於義注疏釋，更是代不絕人，注本迭出；以下擬就《維摩詰經》之版本及歷代之注疏作一簡要介紹。

一、版本

據有關資料記載，《維摩詰經》在中土，先後總別有七譯：

一是後漢嚴佛調譯，名《古維摩經》，凡二卷，早已佚失。

二是吳支謙譯，名《維摩詰說不思議法門經》，亦名《佛說維摩詰經》、《普入道門經》、《佛法普入道門經》、《佛法普入道門三昧經》，凡二卷，今猶存，收於《大正藏》第十四冊，第五百一十九頁至五百三十六頁。

三是西晉竺叔蘭譯，名《毗摩羅詰經》，凡三卷，早已佚失。

四是西晉竺法護譯，名《維摩詰所說法門經》，凡二卷，早已佚失。

五是東晉祇多密譯，名《維摩詰經》，凡四卷，早已佚失。

六是姚秦鳩摩羅什譯，名《維摩詰所說經》，凡三卷，今猶存，且是最爲通行之譯本，收於《大正藏》第十四冊，第五百三十七頁至五百五十六頁。

七是唐玄奘譯，名《說無垢稱經》，亦名《無垢稱經》、《佛說無垢稱經》，凡六卷，今猶存，收於《大正藏》第十四冊，第五百五十七頁至五百八十七頁。

以上諸譯，就翻譯之縝密、精確言，當推唐玄奘之譯本；就文筆之順暢、流傳之廣泛說，則要算羅什所譯的《維摩詰所說經》，後人不論講解、抑或注疏《維摩經》，多以此本為依據。

二、注疏

自《維摩詰經》在中土譯出之後，講習注解該經者代有其人，且多是一些頗具影響的高僧大德，如東晉的僧肇、竺道生，隋之吉藏、智顗，唐之窺基、湛然等。這些注疏，或著力於經文之解讀，或側重於義理之詮釋，對於擴大《維摩詰經》之影響，傳揚《維摩詰經》中之「亦入世亦出世」思想和大乘「不二法門」，都具有重要的意義。以下對歷史上一些較有代表性的注本作一簡單介紹：

《注維摩詰經》，又稱《維摩詰所說經注》、《注維摩》、《淨名集解》等，凡十卷，東晉僧肇撰，收於《大正藏》第三十八冊，第三百二十七頁至四百二十頁。此書是僧肇根據自己對該經的理解，結合其師鳩摩羅什之有關思想以及道生、道融之有關說法，對《維摩詰經》之思想旨趣詳加闡釋，是我國注解《維摩詰經》之首開先河者。

《維摩經玄疏》，又稱《維摩經略玄》、《維摩經玄義》、《淨名玄義》、《淨名玄疏》等，凡六卷，隋智顗撰，收於《大正藏》第三十八册，第五百一十九頁至五百六十一頁。此書是天台智者大師按天台宗「五重玄義」之釋經定規來注釋羅什所譯之《維摩經》之玄旨。本書與同是智者大師所撰之《維摩經文疏》共稱天台宗維摩經注疏之雙璧。

《維摩經略疏》，又稱《不可思議解脫經疏》、《淨名經略疏》、《維摩經疏》等，凡五卷，隋吉藏撰，收於日本藏經書院版《大藏經》第二十九套。此書是三論宗創始人吉藏對《維摩經》經義之詮釋；吉藏還有另一部注釋《維摩經》之書，名《維摩經義疏》，該書主要是逐次注釋經文之語句。因《義疏》有「廣疏」之說，故此書稱爲「略疏」。

《維摩經義記》，又稱《維摩義記》、《維摩詰所說經注》、《維摩義疏》等，凡八卷，隋慧遠撰，收於《大正藏》第三十八册，第四百二十一頁至五百一十八頁。此書主要闡釋《維摩詰經》之經義，並判《維摩詰經》爲菩薩藏頓教之法。

《說無垢稱經疏》，又稱《無垢稱經疏》、《說無垢稱經贊》、《說無垢稱經贊疏》等，凡十二卷，唐窺基撰，收於《大正藏》第三十八册，第九百九十三頁至一千一百一十四頁。此書是窺基對於玄奘所譯之《說無垢稱經》之注釋，並判《維摩經》爲「三時教」中之第二時（即「空」）向第三時（即「中」）過渡之教法。

此外，歷史上注釋《維摩詰經》的，還有以下幾種：

《維摩經略疏》，凡十卷，隋智顗講，湛然略，收於《大正藏》第三十八册，第五百六十二頁至七百一十頁。

《維摩經文疏》，凡二十八卷，隋智顗撰，唐灌頂續補，收於日本藏經書院版《續藏經》，第一編第二十七套第五册至第二十八套第二册。

《維摩經疏記》，凡三卷，唐湛然撰，收於日本藏經書院版《續藏經》，第一編，第二十八套，第四册至第五册。

《淨名玄論》，凡八卷，隋吉藏撰，收於《大正藏》第三十八册，第八百五十三頁至九百零七頁。

《維摩經義疏》，凡六卷，隋吉藏撰，收於《大正藏》第三十八册，第九百零八頁至九百九十一頁。

《維摩經略疏垂裕記》，凡十卷，宋智圓撰，收於《大正藏》第三十八册，第七百一十一頁至八百五十一頁。

《維摩經無我疏》，凡十二卷，明傳燈撰，收於日本藏經書院版《續藏經》，第一編，第三十套，第一册至第二册。

《維摩經評注》，凡十四卷，明楊起元撰，收於日本藏經書院版《續藏經》，第一編，第三十套，第一册。

一如歷代儒家常常以「我注六經」乃至「六經注我」來發揮自身的思想一樣，以上對於《維摩詰經》之注解詮釋，既有對於《維摩詰經》之文句語義之詮注，也有借注經以闡發自己的思想，由此匯成一股《維摩詰經》思想之源流，並對中國佛教產生極其廣泛和深刻的影響。

解說

從某種意義上說，很少有一部經典能夠像《維摩詰經》那樣對整個中國佛教產生如此廣泛和深刻的影響，尤其是對那些中國化色彩較濃的佛教宗派，如天台、華嚴，特別是禪宗，《維摩詰經》的影響更是深刻、直接和顯而易見。

《維摩詰經》的思想最具特色者有二：一是倡「唯心淨土」，二是主「亦出世亦入世」、「入世出世一而不二」。實際上，「唯心淨土」與「入世」思想之間有著一種內在的必然的關係，因爲既然「心淨則佛土淨」，又何必一定要遠離塵世，向東向西去尋找「淨土」呢？《維摩詰經》的這兩個方面的思想，都對中國佛教產生極其深刻的影響。

人們知道，佛教作爲一種外來宗教，它在中土之發展，一般地說，要受到兩種因素的影響，一是佛教自身的規定性，二是各個時期的特定的社會歷史條件，二者缺一不可。人們不難想像，如果中國的佛教脫離了佛教自身的規定性，那麼中國的佛教也就不成其爲佛教；反之，如果中國佛教只知道固守佛教自身的東西，而不能在特定的社會歷史條件下去進一步發展它，那麼中國佛教也就難成爲中國的佛教。

佛教自傳入中國以後，就思想內容說，有兩個變化最爲顯著和最值得注意：一是出現了佛性心性化傾向，二是逐步走上了注重入世的道路，而不管那一種變化，都既有特定社會歷史條件方面的原因，也有佛教經典方面的根據，從而使得中國佛教既日愈富有中國化的特色，又保存了佛教固有的特質。

首先，就佛性心性化言，它主要受到兩個方面的影響：一是來自中國傳統文化，二是來自佛教經典自身。就中國傳統文化說，首先是儒家之心性學說，中國佛教之深受儒家心性學說的影響，應該說已成爲學術界和佛教界之共識，因此無須贅述；至於佛性心性化之佛教經典根據，人們自然要聯想到《維摩詰經》，《維摩詰經》中的「心淨則佛土淨」等思想，爲中土僧人和學者逐漸把外在的、抽象的、具有本體色彩的佛性心性化提供了理論的依據。正是由於受到儒學心性學說和《維摩詰經》「唯心淨土」思想兩個方面的共同影響，中國佛教逐漸出現了一種佛性心性化的傾向。

其次，在注重入世方面，中國佛教同樣受到來自儒家學說和佛教經典兩個方面的影響。儒學講「修齊治平」，重「內聖外王」，其注重入世較諸中國古代其他的學術流派爲甚，且由於歷史的原因，這種注重入世的思想深深地植根於古代中國社會之中，成爲一種占統治地位的意識形態；佛教自傳入中國之後，與儒家思想一直處於既相互矛盾、相互鬥爭，又相互滲透、相互溶攝的狀態，其中，在出、入世問題上，則明顯地受到儒家思想的影響。當然，單從外部原因不足以說明中國佛教爲什麼會走上注重入世的道路，換句話說，中國佛教所以走上注重入世的道路，還因爲佛教自身具有走上注重入世道路的內在根據。這種內在根據集中表現在大乘佛教並不以自我解脫爲旨趣，而是以利生濟世爲終的。例如，在《維摩詰經》這樣的大乘經典中，人們所讀到的是維摩詰居士對於小乘「有慈悲心而不能普及」的思想加以斥責以及對於大乘慈悲普度、利生濟世思想的讚頌，此中所透露出來的，完全是一種關懷人間、注重利他濟世的精神，正是以這些大乘經典爲依據，正是以這種利他濟世的大乘菩薩精神爲依據，中國佛教才有可能逐步走上注重現實人生，講究「亦出世亦入世」、「出世、入世一而不二」的道路。

實際上，過多地談論《維摩詰經》對於中國佛教的影響有時甚至是「多餘的話」，因爲不論是學術界還是佛教界對此都不會有任何異議，當下更重要的，倒在於應該進一步認識和發掘《維摩詰經》的現代意義。

《維摩詰經》中有一句話十分耐人尋味，曰：「若菩薩欲得淨土，當淨其心。隨其心淨，則佛土淨。」這句話直截了當地道出了若要淨化當今的社會，最重要的是應該先淨化各人的心靈。當各個人的心靈淨化了，這個世界自然就美好清淨了。對照當今之社會，由於市場經濟的影響，一切都被商品化了，損人利己、唯利是圖成爲不少人待人處世的一條基本準則。值此物欲橫流、世風日下之時，提倡和弘揚《維摩詰經》中「心淨則佛土淨」的思想，不僅對於佛教自身的發展具有重要意義，而且對於淨化社會、建設人間淨土也意義重大。

參考書目

1注維摩詰經　後秦・僧肇撰　《大正藏》第三十八冊
2維摩義記　隋・慧遠撰　《大正藏》第三十八冊
3維摩經玄疏　隋・智顗撰　《大正藏》第三十八冊
4淨名玄論　隋・吉藏撰　《大正藏》第三十八冊
5維摩經義疏　隋・吉藏撰　《大正藏》第三十八冊
6說無垢稱經疏　唐・窺基撰　《大正藏》第三十八冊
7佛藏・道藏子目引得　洪業等編纂　上海古籍出版社一九八六年版
8佛光大辭典　慈怡主編　佛光出版社一九八八年版
9佛學大辭典　丁福保編纂　文物出版社一九八四年版
10中國佛教㈢　中國佛教協會編　知識出版社一九八九年版
11維摩經講話　竺摩法師講述　大悲印經會一九九〇年版
12維摩詰經今譯　陳慧劍譯注　東大圖書公司一九九〇年版
13維摩詰經今譯　幼存　道生注譯　中國社會科學出版社一九九四年版
14漢魏兩晉南北朝佛教史　湯用彤著　中華書局一九八三年版

15中國佛教史（第一卷） 任繼愈主編 中國社會科學出版社一九八一年版
16中國佛學源流略講 呂澂著 中華書局一九七九年版
17佛典輯要 賴永海主編 山東人民出版社一九九二年版
18佛典精解 陳士強撰 上海古籍出版社一九九二年版

傳燈

中・英文版

50年前，22歲的星雲大師孑然一身由大陸到台灣，憑著熱愛佛教、普度衆生的赤誠，將佛教傳布五大洲。本書作者以流暢的筆觸，生活化的實例，眞實地呈現出星雲大師人間佛教的修行原貌，中文版出刊後，數月即榮登金石堂暢銷書排行榜，熱賣三十萬册餘。爲饗海外讀者，特譯成英文發行。

◆Handing Down the Light
（傳燈英文版）

符芝瑛著・呂一世譯　64開・538頁

定價：360元

佛光文化事業有限公司出版

◆傳燈（中文版）

符芝瑛著

天下文化出版股份有限公司出版

劃撥帳戶：1320703－6號　劃撥／支票抬頭：天下文化出版股份有限公司

地址：台北市104松江路87號7樓　服務專線：(02)506－4616分機3

佛光文化事業有限公司　TEL：（02）769－3250

FAX：（02）761－7901　劃撥帳號：18889448

中國佛教高僧全集

本書以創新的小說體裁，具體呈現歷代高僧的道範佛心；
現代、白話、忠於原典，
引領讀者身歷其境，
去感受其至情至性的生命情境。
全套100冊，陸續出版中。

已出版：

・玄奘大師傳	圓香居士	著	(平)350元
・鳩摩羅什大師傳	宣建人	著	(平)250元
・法顯大師傳	陳白夜	著	(平)250元
・惠能大師傳	陳南燕	著	(平)250元
・蓮池大師傳	項冰如	著	(平)250元
・鑑眞大師傳	傅傑	著	(平)250元
・曼殊大師傳	陳星	著	(平)250元
・寒山大師傳	薛家柱	著	(平)250元
・佛圖澄大師傳	葉斌	著	(平)250元
・智者大師傳	王仲堯	著	(平)250元
・寄禪大師傳	周維強	著	(平)250元
・憨山大師傳	項東	著	(平)250元
・懷海大師傳	華鳳蘭	著	(平)250元
・法藏大師傳	王仲堯	著	(平)250元
・僧肇大師傳	張強	著	(平)250元
・慧遠大師傳	傅紹良	著	(平)250元
・道安大師傳	龔雋	著	(平)250元
・紫柏大師傳	張國紅	著	(平)250元
・圜悟克勤大師傳	吳言生	著	(平)250元
・安世高大師傳	趙福蓮	著	(平)250元
・義淨大師傳	王亞榮	著	(平)250元
・眞諦大師傳	李利安	著	(平)250元
・道生大師傳	楊維中	著	(平)250元
・弘一大師傳	陳星	著	(平)250元
・讀體見月大師傳	溫金玉	著	(平)250元
・雲門大師傳	李安綱	著	(平)250元
・達摩大師傳	程世和	著	(平)250元

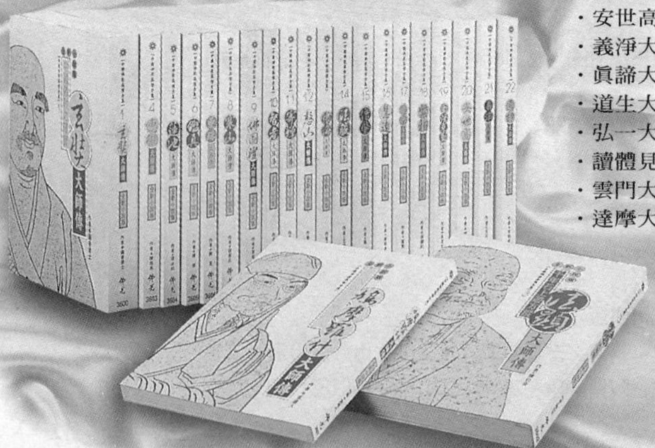

佛光文化事業有限公司
劃撥帳號：18889448・TEL：(02)27693250・FAX：(02)27617901
◎南區聯絡處　TEL：(07)6564038・FAX：(07)6563605

《中國佛教經典寶藏精選白話版》
總目錄

藝文類			
1211	佛教新出碑志集粹	200元	87年5月
1212	佛教文學對中國小說的影響	不零售	87年5月
雜類			
1213	佛遺教三經	200元	86年11月
1214	大般涅槃經	200元	85年9月
1215	地藏經 盂蘭盆經 父母恩重難報經	200元	86年11月
1216	安般守意經	200元	86年11月
1217	那先比丘經	200元	86年11月
1218	大毘婆沙論	200元	87年5月
1219	大乘大義章	200元	85年9月
1220	因明入正理論	200元	87年5月
1221	宗鏡錄	200元	85年9月
1222	法苑珠林	200元	86年11月
1223	經律異相	200元	85年9月
1224	解脫道論	200元	87年5月
1225	雜阿毘曇心論	200元	87年5月
1226	弘一大師文集選要	200元	87年5月
1227	滄海文集選集	200元	87年5月
1228	勸發菩提心文講話	不零售	86年11月
1229	佛經概說	200元	87年5月
1230	佛教的女性觀	不零售	86年11月
1231	涅槃思想研究	不零售	87年5月
1232	佛學與科學論文集	200元	87年5月

《中國佛教經典寶藏精選白話版》
總目錄

1189	法句經	200元	86年11月
1190	本生經的起源及其開展	不零售	86年11月
1191	人間巧喻	200元	87年5月
1192	大乘本生心地觀經	不零售	86年11月
	史　傳　類		
1193	南海寄歸內法傳	200元	87年5月
1194	入唐求法巡禮記	200元	87年5月
1195	大唐西域記	200元	87年5月
1196	比丘尼傳	200元	85年9月
1197	弘明集	200元	87年5月
1198	出三藏記集	200元	85年9月
1199	牟子理惑論	200元	85年9月
1200	佛國記	200元	85年9月
1201	宋高僧傳	200元	87年5月
1202	唐高僧傳	200元	87年5月
1203	梁高僧傳	200元	87年5月
1204	異部宗輪論	200元	85年9月
1205	廣弘明集	200元	87年5月
1206	輔教編	200元	85年9月
1207	釋迦牟尼佛傳	不零售	86年11月
	儀　制　類		
1208	中國佛教名山勝地寺志	200元	86年11月
1209	勅修百丈清規	200元	86年11月
1210	洛陽伽藍記	200元	87年5月

《中國佛教經典寶藏精選白話版》
總目錄

1169	大乘起信論	200元	85年9月
1170	成唯識論	200元	86年11月
1171	唯識四論	200元	87年5月
1172	佛性論	200元	87年5月
1173	瑜伽師地論	200元	87年5月
1174	攝大乘論	200元	86年11月
1175	唯識史觀及其哲學	不零售	86年11月
1176	唯識三頌講記	200元	87年5月
秘　密　類			
1177	大日經	200元	86年11月
1178	楞嚴經	200元	85年9月
1179	金剛頂經	200元	86年11月
1180	大佛頂首楞嚴經	不零售	86年11月
小　乘　類			
1181	成實論	200元	86年11月
1182	俱舍要義	200元	87年5月
律　宗　類			
1183	佛說梵網經	200元	86年11月
1184	四分律	200元	86年11月
1185	戒律學綱要	不零售	86年11月
1186	優婆塞戒經	不零售	86年11月
本　緣　類			
1187	六度集經	200元	85年9月
1188	百喻經	200元	86年11月

《中國佛教經典寶藏精選白話版》
總目錄

1147	佛堂講話	200元	86年11月
1148	信願念佛	200元	86年11月
1149	精進佛七開示錄	200元	86年11月
1150	往生有分	200元	86年11月
	法　華　類		
1151	法華經	200元	85年9月
1152	金光明經	200元	85年9月
1153	天台四教儀	200元	86年11月
1154	金剛錍	200元	87年7月
1155	教觀綱宗	200元	87年5月
1156	摩訶止觀	200元	86年11月
1157	法華思想	200元	87年7月
	華　嚴　類		
1158	華嚴經	200元	85年9月
1159	圓覺經	200元	85年9月
1160	華嚴五教章	200元	86年11月
1161	華嚴金師子章	200元	85年9月
1162	華嚴原人論	200元	85年9月
1163	華嚴學	200元	86年11月
1164	華嚴經講話	不零售	86年11月
	唯　識　類		
1165	解深密經	200元	87年5月
1166	楞伽經	200元	85年9月
1167	勝鬘經	200元	86年11月
1168	十地經論	200元	85年9月

《中國佛教經典寶藏精選白話版》
總目錄

1121	永嘉證道歌・信心銘	200元	86年4月
1122	祖堂集	200元	85年9月
1123	神會語錄	200元	85年9月
1124	指月錄	200元	86年4月
1125	從容錄	200元	86年4月
1126	禪宗無門關	200元	86年4月
1127	景德傳燈錄	200元	86年4月
1128	碧巖錄	200元	86年4月
1129	緇門警訓	200元	86年4月
1130	禪林寶訓	200元	86年4月
1131	禪林象器箋	200元	86年4月
1132	禪門師資承襲圖	200元	85年9月
1133	禪源諸詮集都序	200元	85年9月
1134	臨濟錄	200元	86年4月
1135	來果禪師語錄	200元	86年4月
1136	中國佛學特質在禪	200元	86年4月
1137	星雲禪話	200元	86年4月
1138	禪話與淨話	200元	86年4月
1139	釋禪波羅蜜次第法門	200元	87年5月
淨　土　類			
1140	般舟三昧經	200元	86年4月
1141	淨土三經	200元	86年4月
1142	佛說彌勒上生下生經	200元	85年9月
1143	安樂集	200元	85年9月
1144	萬善同歸集	200元	85年9月
1145	維摩詰經	200元	86年4月
1146	藥師經	200元	86年11月

《中國佛教經典寶藏精選白話版》
總目錄

書號	書名	定價	出版日期
	阿含類		
1101	中阿含經	200元	86年4月
1102	長阿含經	200元	86年4月
1103	增一阿含經	200元	86年4月
1104	雜阿含經	200元	86年4月
	般若類		
1105	金剛經	200元	85年9月
1106	般若心經	不零售	86年4月
1107	大智度論	200元	86年4月
1108	大乘玄論	200元	86年4月
1109	十二門論	200元	86年4月
1110	中論	200元	86年4月
1111	百論	200元	86年4月
1112	肇論	200元	85年9月
1113	辯中邊論	200元	86年4月
1114	空的哲理	200元	86年4月
1115	金剛經講話	不零售	86年11月
	禪宗類		
1116	人天眼目	200元	86年4月
1117	大慧普覺禪師語錄	200元	86年4月
1118	六祖壇經	200元	86年4月
1119	天童正覺禪師語錄	200元	87年5月
1120	正法眼藏	200元	86年4月

・雪梨南天講堂　I.B.A.A.
22 Cowper St., Parramatta, N.S.W. 2105, Australia
☎61(2)8939390　FAX：61(2)8939340

・布里斯本中天寺　I.B.A.Q.
1034 Underwood Rd. Priestdale, Queensland 4127, Australia
☎61(7)38413511　FAX：61(7)38413522

・墨爾本講堂　I.B.C.V.
6 Avoca St. Yarraville, Vic. 3013, Australia
☎61(3)93145147・93146277　FAX：61(3)93142006

・西澳講堂　I.B.A.W.A.
①282 Guildford Rd. Maylands, W.A. 6501 Australia
②P.O. Box 216 Maylands, W.A. 6051 Australia（郵遞處）
☎61(9)3710048　FAX：61(9)3710047

・紐西蘭北島禪淨中心　T.I.B.A.
197 Whitford Rd., Howick, Auckland, New Zealand
☎64(9)5375558　FAX：64(9)5347734

・紐西蘭南島佛光講堂　I.B.A.
566 Cashel St., Christchurch, New Zealand
☎64(3)3890343　FAX：64(3)3810451

⊙南非地區（SOUTH AFRICA）

・南非南華寺　I.B.P.S South Africa
11 Fo Kuang Road Bronkhorstspruit 1020 R.S.A.
P.O.Box 741 Bronkhorst spruit 1020 R.S.A.（郵遞處）
☎27(1212)310009　FAX：27(1212)310013

⊙亞洲地區（ASIS）

・日本東京別院　〒173日本國東京都板橋區熊野町35-3號
☎(813)59669027　FAX：(813)59669039

・香港佛香講堂　香港九龍窩打老道84號冠華園二樓B座☎(852)07157933
1／F, B Cambridge Court, 84, Waterloo Rd. Kowloon, Hong Kong

・澳門禪淨中心　澳門文第士街31-33號　豪景花園3F C座
☎(853)527693　FAX：(853)527687

・馬來西亞南方寺　Nam Fang Buddhist Missionary
138-B Persiaran Raja Muda Musa, 41100 Klang, Selangor Darul Ehsan, Malaysia ☎60(3)3315407　FAX：60(3)3318198

・馬來西亞佛光文教中心　2, Jalan SS3／33, Taman University,
47300 Petaling Jaya, Selangor Darul Ehsan Malaysia
☎60(3)7776533　FAX：60(3)7776525

・馬來西亞清蓮堂　Ching Lien Tong
2 Jalan 2／27 46000 Petaling Jaya, Selangor, Darul Ehsan, Malaysia
☎60(3)7921376

・檳城普門講堂　5.4-3, Block 5, Greenlane Heights, Jalan Gangsa,
11600 Penang, Malaysia
☎60(4)6560558　FAX：60(4)6560559

・佛光佛教文物中心　FO KUANG BUDDHIST CULTURAL CENTER
634 Nueva Street Binondo Manila, Philippines
☎(632)2415797　FAX：(632)2424957

・紐約道場　I.B.P.S. New York
154–37 Barclay Ave., Flushing, New York 11355–1109, U.S.A.
☎1(718)9398318　FAX：1(718)9394277

・佛州禪淨中心　I.B.P.S. Florida
127 Broadway Ave., Kissimmee, FL. 34741, U.S.A.
☎1(407)8468887　FAX：1(407)8705566

・達拉斯講堂　I.B.P.S. Dallas
1111 International Parkway Richardson, TX. 75081, U.S.A.
☎1(214)9070588　FAX：1(214)9071307

・夏威夷禪淨中心　Hawaii Buddhist Cultural Society
6679 Hawaii Kai Drive, Honolulu, HI. 96825, U.S.A.
☎1(808)3954726　FAX：1(808)3969117

・關島禪淨中心　Guam Buddhist Cultural Society
125 Mil Flores Ln., Latte Heights, Mangilao 96913, Guam
☎1(617)6322423　FAX：1(671)6374109

⊙加拿大地區(CANADA)

・多倫多禪淨中心　I.B.P.S. Toronto
3 Oakhurst Drive, North York, Toronto, M2K 2N2 Canada
☎1(416)7301666　FAX：1(416)5128800

・溫哥華講堂　I.B.P.S. Vancouver
＃6680–8181 Cambie Rd. Richmond. B.C.V6X1J8
Vancouver, Canada ☎1(604)2730369　FAX：1(604)2730256

⊙巴西地區(BRAZIL)

・如來寺　I.B.P.S. Do Brasil
Estrada Municipal Fernandno Nobre, 1461 Cep. 06700–000 Cotia,
Sao Paulo, Brasil ☎55(11)4923866　FAX：55(11)4925230

⊙歐洲地區(EUROPE)

・倫敦佛光寺　I.B.P.S. London
84 Margaret St., London W1N 7HD, United Kingdom
☎44(171)6368394　FAX：44(171)5806220

・曼徹斯特禪淨中心　I.B.P.S. Manchster
1st F1, 106–108 Portland St.
Manchester MI 4JR United Kingdom
☎44(161)2360494　FAX：44(161)2362429

・巴黎佛光寺　I.B.P.S. Paris
105 Boulevard De Stalingrad 94400 Vitry Sur Seine, France
☎33(1)46719980　FAX：33(1)46720001

・柏林佛光講堂　I.B.P.S. Berlin
Wittestr. 69, 13509 Berlin, Germany
☎49(30)4137621　FAX：49(30)4138723

・瑞典禪淨中心　Valhallavagen 55, 1TR. 114 22 Stockholm, SWEDEN
☎(46)86127481

⊙紐澳地區(AUSTRALIA&NEW ZEALAND)

・南天寺(雪梨)　Berkeley Rd. Berkeley N.S.W. 2506 Australia
P.O.Box 92
☎61–42–720600　FAX：61–42–720601

⊙桃園地區

・桃園講堂　桃園市中正路720號10樓　☎(03)3557777

⊙新竹地區

・法寶寺　新竹市民族路241巷1號　☎(035)328671

⊙苗栗地區

・苗栗講堂　苗栗市建功里成功路15號5樓　☎(037)327401

・明崇寺　苗栗縣頭屋鄉明德村18鄰82之1號　☎(037)252278

・頭份禪淨中心　苗栗縣頭份鎮自強路75號11樓　☎(037)680337

⊙臺中地區

・東海道場　臺中市工業區一路2巷3號13、14樓　☎(04)3597871～4

・豐原禪淨中心　臺中縣豐原市中山路510巷15號8樓　☎(04)5284385

⊙彰化地區

・福山寺　彰化市福山里福山街348號　☎(04)7322571

・彰化講堂　彰化市彰安里民族路209號8樓　☎(04)7264693

・員林講堂　彰化縣員林鎮南昌路75號3樓　☎(04)8320648

⊙雲林地區

・北港禪淨中心　雲林縣北港鎮文化路42號9樓之3　☎(05)7823771～2

⊙嘉義地區

・圓福寺　嘉義市圓福街37號　☎(05)2769675

⊙臺南地區

・臺南講堂　臺南縣永康市中華路425號13樓　☎(06)2017599

・福國寺　臺南市安和路四段538巷81號　☎(06)2569344

・慧慈寺　臺南縣善化鎮文昌路65之6號　☎(06)5816440

・永康禪淨中心　臺南縣永康市崑山村崑山街193號7樓之1　☎(06)2718992

⊙高雄地區

・普賢寺　高雄市前金區七賢二路426號10樓　☎(07)2515558

・壽山寺　高雄市鼓山區鼓山一路53巷109號　☎(07)5515794

・小港講堂　高雄市小港區永順街47號12樓　☎(07)8035181

⊙花東地區

・花蓮月光寺　花蓮縣吉安鄉吉安村吉昌二街26號　☎(038)536023

・臺東日光寺　臺東市蘭州街58巷25號　☎(089)225756

⊙澎湖地區

・海天佛刹　澎湖縣馬公市東衛里171號　☎(06)9212888

⊙美國地區(U.S.A.)

・西來寺　International Buddhist Progress Society
3456 S. Glenmark Drive, Hacienda Heights, CA. 91745, U.S.A.
☎1(818)9619697　FAX：1(818)3691944

・西方寺　San Diego Buddhist Association
4536 Park Blvd., San Diego, CA.92116, U.S.A.
☎1(619)2982800　FAX：1(619)2984205

・三寶寺　American Buddhist Cultural Society
1750 Van Ness Ave.,
San Francisco, CA. 94109 U.S.A.
☎1(415)7766538　FAX：1(415)7766954

流通處

⊙佛光文化事業有限公司　Fokuang Cultural Enterprise Co., Ltd.

・聯絡地址

中華民國臺灣省臺北市信義區松隆路327號8樓

8F, 327, Sung Lung Rd., Taipei, Taiwan, R.O.C.

TEL：886-2-27693250　FAX：886-2-27617901

・高雄辦事處

中華民國臺灣省高雄縣大樹鄉佛光山寺

Fo Kuang Shan, Ta Shu, Kaohsiung, Taiwan, R.O.C.

TEL：886-7-6564038～9　FAX：886-7-6563605

劃撥帳號：18889448號　帳戶：佛光文化事業有限公司

⊙佛光書局

・臺北佛光書局：臺北市忠孝西路一段72號9樓14室　☎(02)23144659
臺北市汀州路三段188號2樓之4　☎(02)23651826
臺北市信義區松隆路327號8樓　☎(02)27693250

・高雄佛光書局：高雄市前金區七賢二路賢中街27號　☎(07)2728649

・員林佛光書局：彰化縣員林鎮南昌路79號　☎(04)8320648

・美國佛光書局：American Buddhist Cultural Society
1750 Van Ness Ave., San Francisco, CA. 94109, U.S.A.
☎(415)7766538　傳眞(415)7766954

・加拿大佛光書局：6680-8181 Cambie Rd, Riohmond, BC Vancouver
☎(604)2730256

・香港佛光書局：香港九龍窩打老道八四號冠華園二樓B座　☎(852)27157933

⊙臺北地區

・臺北道場	臺北市信義區松隆路327號14樓	☎(02)27620112
・普門寺	臺北市民權東路三段136號11樓	☎(02)27121177
・北海道場	臺北縣石門鄉內石門靈山路106號	☎(02)26382511
・板橋講堂	臺北縣板橋市四川路二段16巷8號4樓	☎(02)29648000
・安國寺	臺北市北投區復興三路101巷10號	☎(02)28914019
・永和禪淨中心	臺北縣永和市中正路620號9樓	☎(02)29232330
・新莊禪淨中心	臺北縣新莊市永寧街1巷2號	☎(02)29989011
・泰山禪淨中心	臺北縣泰山鄉泰林路美寧街57巷35弄1號5樓	☎(02)22961729
・內湖禪淨中心	臺北市內湖區成功路二段312巷76號	☎(02)27953471～2
・三重禪淨中心	臺北縣三重市三和路四段111之32號4樓	☎(02)22875624

⊙宜蘭地區

・雷音寺	宜蘭市中山路257號	☎(039)322465
・圓明寺	宜蘭縣礁溪鄉二結村65號	☎(039)284312
・仁愛之家	宜蘭縣礁溪鄉龍潭村龍泉路31號	☎(039)283880

⊙基隆地區

・極樂寺	基隆市信二路270號	☎(02)24231141～8

03016	金剛般若波羅蜜經（臺語）	100
03017	佛說阿彌陀經（臺語）	100
03018	彌陀聖號（國語）四字佛號（心定法師敬誦）	100
03019	南無阿彌陀佛聖號（國語）六字佛號（心定法師敬誦）	100
03020	觀世音菩薩聖號（海潮音）	100
03021	六字大明頌（國語）	100
	廣播劇錄音帶	**定價**
03800	禪的妙用㈠（臺語）	100
03801	禪的妙用㈡（臺語）	100
03802	禪的妙用㈢（臺語）	100
03803	禪的妙用㈣（臺語）	100
03804	童話集㈠	100
03805	兒童的百喻經	1200
	梵樂錄音帶	**定價**
03400	佛教聖歌曲（國語）	100
03401	回歸佛陀的時代弘法大會	100
03402	三寶頌（合唱）	100
03403	梵唄音樂弘法大會（上）（國語）	100
03404	梵唄音樂弘法大會（下）（國語）	100
03405	爐香讚	100
03406	美滿姻緣	100

03407	大慈大悲大願力		100
03408	慈佑衆生		100
03409	佛光山之歌		100
03410	三寶頌（獨唱）		100
03411	浴佛偈		100
03412	梵樂集㈠電子琴合成篇		200
03413	聖歌偈語		100
03414	梵音海潮音		200
03415	禪語空人心（兒童唱）		200
03416	禪語空人心（成人唱）		200
03417	禮讚十方佛		100
	梵樂CD		**定價**
04400	浴佛偈CD		300
	弘法錄影帶	**著者**	**定價**
05000	㈠金剛經的般若生活（大帶）	星雲大師講	300
05001	㈡金剛經的價値觀（大帶）	星雲大師講	300
05002	㈢金剛經的四句偈（大帶）	星雲大師講	300
05003	㈣金剛經的發心與修持（大帶）	星雲大師講	300
05004	㈤金剛經的無住生心（大帶）	星雲大師講	300
05005	禮讚十方佛	叢林學院	300
05006	佛光山開山三十週年紀錄影片	王童執導	2卷1500

訂購辦法：

・請向全省各大書局、佛光書局選購。

・利用郵政劃撥訂購。郵撥帳號18889448　户名：佛光文化事業有限公司

・價格如有更動，以版權頁爲準。

・國內讀者郵購800元以下者，加付掛號郵資30元。

・國外讀者，郵資請自付。

・團體訂購，另有優惠：

100本以上	8折
100本～500本	7折
501本以上	6折

佛光有聲叢書目錄

星雲大師佛學講座有聲叢書		定價
00001	觀音法門(國、臺語)	100
00003	般若波羅蜜多心經(國語)	16卷 800
00004	金剛般若波羅蜜經義解(國、臺語)	26卷 1300
00005	六祖壇經1－6卷(國、臺語)	300
00006	六祖壇經7－12卷(國、臺語)	300
00007	六祖壇經13－18卷(國、臺語)	300
00008	六祖壇經19－24卷(國、臺語)	300
00009	六祖壇經25－30卷(國、臺語)	300
00010	星雲禪話1－6卷(國語)	300
00011	星雲禪話7－12卷(國語)	300
00012	星雲禪話13－18卷(國語)	300
00013	星雲禪話19－24卷(國語)	300
00014	星雲禪話25－30卷(國語)	300
00015	星雲禪話31－36卷(國語)	300
00016	金剛經的般若生活(國、臺語)	100
00017	金剛經的四句偈(國、臺語)	100
00018	金剛經的價值觀(國、臺語)	100
00019	金剛經的發心與修持(國、臺語)	100
00020	金剛經的無住生心(國、臺語)	100
00040	淨化心靈之道(國、臺語)	100
00041	偉大的佛陀(一)(國、臺語)	100
00042	偉大的佛陀(二)(國、臺語)	100
00043	偉大的佛陀(三)(國、臺語)	100
00044	佛教的致富之道(國、臺語)	100
00045	佛教的人我之道(國、臺語)	100
00046	佛教的福壽之道(國、臺語)	100
00047	維摩其人及不思可議(國、臺語)	100
00048	菩薩的病和聖者的心(國、臺語)	100
00049	天女散花與香積佛飯(國、臺語)	100
00050	不二法門的座談會(國、臺語)	100
00051	人間淨土的內容(國、臺語)	100
00052	禪淨律三修法門(禪修法門)(國、臺語)	100
00053	禪淨律三修法門(淨修法門)(國、臺語)	100
00054	禪淨律三修法門(律修法門)(國、臺語)	100
00055	廿一世紀的訊息(國、臺語)	100
00057	佛教的眞理是什麼(國、臺語)	100
00058	法華經大意(國、臺語)	6卷 300
00059	八大人覺經(國、臺語)	100
00060	四十二章經(國、臺語)	100
00061	佛遺教經(國、臺語)	100
00062	八大人覺經十講(國語)	一書四卡 350
00063	心甘情願(國語)	6卷 450
00064	佛門親屬談(國、臺語)	100
心定法師主講		**定價**
01014	佛教的神通與靈異(國語)	6卷 450
01015	談業力(臺語)	100
01019	人生與業力(臺語)	200
01021	如何照見五蘊皆空(國、臺語)	200

慈惠法師主講		定價
01000	佛經概說(臺語)	6卷 450
01006	佛教入門(國、臺語)	200
01011	人生行旅道如何(臺語)	200
01012	人生所負重多少(臺語)	200
01016	我與他(臺語)	200
依空法師主講		**定價**
01001	法華經的經題與譯者(臺語)	200
01002	法華經的譬喻與教理(臺語)	200
01003	法華經的開宗立派(臺語)	200
01004	法華經普門品與觀世音信仰(臺語)	200
01005	法華經的實踐與感應(臺語)	200
01007	禪在中國(一)(國語)	200
01008	禪在中國(二)(國語)	200
01009	禪在中國(三)(國語)	200
01010	普賢十大願(臺語)	450
01013	幸福人生之道(國、臺語)	200
01017	空慧自在(國語)	6卷 500
01020	尋找智慧的活水(國、臺語)	200
01029	如何過淨行品的一天(國語)	100
依昱法師主講		**定價**
01018	楞嚴經大義(國語)	6卷 500
其他		**定價**
01022	如何過無悔的天：廖輝英(國語)	100
01023	如何過如意的一天：鄭石岩(國語)	100
01024	如何過自在圓滿的一天：林谷芳(國語)	100
01025	如何過看似無味的一天：吳念眞(國語)	100
01026	如何過法喜充滿的一天：蕭武桐(國語)	100
01027	如何過有禪意的一天：游乾桂(國語)	100
01028	如何過光明的一天：林清玄(國語)	100
CD-ROM		**定價**
02000	佛光大辭典光碟版	600
梵唄錄音帶		**定價**
03000	佛光山梵唄(國語)	500
03001	早課普佛(國語)	100
03002	佛說阿彌陀經(國語)	100
03003	觀世音菩薩普門品(國語)	100
03004	彌陀普佛(國語)	100
03005	藥師普佛(國語)	100
03006	上佛供(國語)	100
03007	自由念佛號(國語)	100
03008	七音佛號(國語)	100
03009	懺悔文(國語)	100
03010	觀世音菩薩普門品(臺語)	100
03011	七音佛號(臺語)	100
03012	觀世音菩薩聖號(國語)(心定法師敬誦)	100
03013	六字大明咒(國語)(心定法師敬誦)	100
03014	大悲咒(梵文)(心定法師敬誦)	100
03015	大悲咒(國語)(心定法師敬誦)	100

8303	利器之輪—修心法要	法護大師著	160
8350	絲路上的梵歌	梁 丹 丰著	170
8400	海天遊蹤	星雲大師著	200
8500	禪話禪畫	星雲大師著	750
8550	諦聽	王靜蓉等著	160
	童話漫畫叢書	**著者**	**定價**
8601	童話書(第一輯)	釋 宗 融編	700
8602	童話書(第二輯)	釋 宗 融編	850
8611	童話畫(第一輯)	釋 心 寂編	350
8612	童話畫(第二輯)	釋 心 寂編	350
8621-01	窮人逃債·阿凡和黃鼠狼	潘人木改寫	220
8621-02	半個銅錢·水中撈月	洪志明改寫	220
8621-03	王大寶買東西·不簡單先生	管家琪改寫	220
8621-04	睡半張床的人·陶器師傅	洪志明改寫	220
8621-05	多多的羊·只要蓋三樓	黃淑萍改寫	220
8621-06	甘蔗汁澆甘蔗·好味道變苦味道	謝武彰改寫	220
8621-07	兩兄弟·大呆吹牛	管家琪改寫	220
8621-08	遇鬼記·好吃的梨	洪志明改寫	220
8621-09	阿威和強盜·花鴿子與灰鴿子	黃淑萍改寫	220
8621-10	誰是大笨蛋·小猴子認爸爸	方素珍改寫	220
8621-11	偷牛的人·猴子扔豆子	林 良改寫	220
8621-12	只要吃半個·小黃狗種饅頭	方素珍改寫	220
8621-13	大西瓜·阿土伯種麥	陳木城改寫	220
8621-14	半夜鬼推鬼·小白和小烏龜	謝武彰改寫	220
8621-15	蔡寶不洗澡·阿土和駱駝	王金選改寫	220
8621-16	看門的人·砍樹摘果子	潘人木改寫	220
8621-17	愚人擠驢奶·顛三和倒四	馬景賢改寫	220
8621-18	分大餅·最寶貴的東西	杜榮琛改寫	220
8621-19	黑馬變白馬·銀鉢在哪裏	釋慧慶改寫	220
8621-20	樂昏了頭·沒腦袋的阿福	周慧珠改寫	220
8700	佛教童話集(第一集)	張 慈 蓮輯	120
8701	佛教童話集(第二集)	張 慈 蓮輯	120
8702	佛教故事大全(上)	釋慈莊等著	250
8703	化生王子(童話)	釋 宗 融著	150
8704	佛教故事大全(下)	釋慈莊等著	250
8800	佛陀的一生(漫畫)	TAKAHASHI著	120
8801	大願地藏王菩薩畫傳(漫畫)	許 貿 淞繪	300
8802	菩提達磨(漫畫)	本 社譯	100
8803	極樂與地獄(漫畫)	釋 心 寂繪	180
8804	王舍城的故事(漫畫)	釋 心 寂繪	250
8805	僧伽的光輝(漫畫)	黃耀傑等繪	150
8806	南海觀音大士(漫畫)	許 貿 淞繪	300

8807	玉琳國師(漫畫)	劉素珍等繪	200
8808	七譬喻(漫畫)	黃 麗 娟繪	180
8809	鳩摩羅什(漫畫)	黃耀傑等繪	160
8810	少女的夢(漫畫)	郭 幸 鳳繪	180
8811	金山活佛(漫畫)	黃 壽 忠繪	270
8812	隱形佛(漫畫)	郭 幸 鳳繪	180
8813	漫畫心經	蔡 志 忠繪	140
8814	十大弟子傳(漫畫)	郭 豪 允繪	排印中
8900	槃達龍王(漫畫)	黃耀傑等繪	120
8901	富人與鼈(漫畫)	鄧博文等繪	120
8902	金盤(漫畫)	張乃元等繪	120
8903	捨身的兎子(漫畫)	洪 義 男繪	120
8904	彌蘭遊記(漫畫)	蘇 晉 儀繪	80
8905	不愛江山的國王(漫畫)	蘇 晉 儀繪	80
8906	鬼子母(漫畫)	余 明 苑繪	120
	工具叢書	**著者**	**定價**
9000	雜阿含·全四册(恕不退貨)	佛 光 山編	2000
9016	阿含藏·全套附索引共17册(恕不退貨)	佛 光 山編	8000
9067	禪藏·全套附索引共51册(恕不退貨)	佛 光 山編	36,000
9109	般若藏	佛 光 山編	30,000
9200	中英佛學辭典	本 社編	500
9201B	佛光大辭典(恕不退貨)	佛 光 山編	6000
9300	佛教史年表	本 社編	450
9501	世界佛教青年會1985年學術會議實錄	佛 光 山編	400
9502	世界顯密佛學會議實錄	佛 光 山編	500
9503	世界佛教徒友誼會第十六屆大會 佛光山美國西來寺落成典禮暨傳戒法會紀念特刊	佛 光 山編	500
9504	世界佛教徒友會第十六屆大會暨 世界佛教青年友誼會第七屆大會實錄	佛 光 山編	紀念藏
9505	佛光山1989年國際禪學會議實錄	佛 光 山編	紀念藏
9506	佛光山1990年佛教學術會議實錄	佛 光 山編	紀念藏
9507	佛光山1990年國際佛教學術會論文集	佛 光 山編	紀念藏
9508	佛光山1991年國際佛教學術會論文集	佛 光 山編	紀念藏
9509	世界佛教徒友會第十八屆大會暨 世界佛教青年友誼會第九屆大會實錄	佛 光 山編	紀念藏
9511	世界傑出婦女會議特刊	佛 光 山編	紀念藏
9600	跨世紀的悲欣歲月—走過台灣佛教五十年寫眞		1500
9700	抄經本	佛 光 山編	120
9701	般若波羅蜜多心經抄經本	潘 慶 忠書	100
9202	佛說阿彌陀經抄經本	戴 德 書	100
9703	妙法蓮華經觀世音菩薩普門品抄經本	戴 德 書	100
	法器文物	**著者**	**定價**
0900	陀羅尼經被(單)	本 社製	1000
0901	陀羅尼經被(雙)	本 社製	2000
0950	佛光山風景明信片	本 社製	60

CATALOG OF ENGLISH BOOKS

	BUDDHIST SCRIPTURE	AUTHER	PRICE
A001	VERSES OF THE BUDDHA'S TEACHINGS	VEN. KHANTIPALO THERA	150
A002	THE SCRIPTURE OF ONE HUNDRED PARABLES	LI RONGXI	排印中
	SERIES OF VENERABLE MASTER HSING YUN'S LITERARY WORKS	**AUTHER**	**PRICE**
M101	HSING YUN'S CH'AN TALK(1)	VEN.MASTER HSING YUN	180
M102	HSING YUN'S CH'AN TALK(2)	VEN.MASTER HSING YUN	180
M103	HSING YUN'S CH'AN TALK(3)	VEN.MASTER HSING YUN	180
M104	HSING YUN'S CH'AN TALK(4)	VEN.MASTER HSING YUN	180
M105	HANDING DOWN THE LIGHT	FU CHI-YING	360
M106	CON SUMO GUSTO	VEN.MASTER HSING YUN	100

5610	九霄雲外有神仙—琉璃人生④	夏元瑜等著	150
5611	生命的活水(一)	陳履安等著	160
5612	生命的活水(二)	高希均等著	160
5613	心行處滅—禪宗的心靈治療個案	黃文翔著	150
5614	水晶的光芒(上)	仲南萍等著	200
5615	水晶的光芒(下)	潘煊等著	200
5616	全新的一天	廖輝英等著	150
5700	譬喻	釋性瀅著	120
5701	星雲說偈(一)	星雲大師著	150
5702	星雲說偈(二)	星雲大師著	150
5707	經論指南—藏經序文選譯	圓香等著	200
5800	1976年佛學研究論文集	東初長老等著	350
5801	1977年佛學研究論文集	楊白衣等著	350
5802	1978年佛學研究論文集	印順長老等著	350
5803	1979年佛學研究論文集	霍韜晦等著	350
5804	1980年佛學研究論文集	張曼濤等著	350
5805	1981年佛學研究論文集	程兆熊等著	350
5806	1991年佛學研究論文集	鎌田茂雄等著	350
5809	1994年佛學研究論文集(一)—佛與花		400
5810	1995年佛學研究論文集(二)—佛教現代化		400
5811	1996年佛學研究論文集(一)—當代台灣的社會與宗教		350
5812	1996年佛學研究論文集(二)—當代宗教理論的省思		350
5813	1996年佛學研究論文集(三)—當代宗教的發展趨勢		350
5814	1996年佛學研究論文集(四)—佛教思想的當代詮釋		350
5900	佛教歷史百問	業露華著	180
5901	佛教文化百問	何雲著	180
5902	佛教藝術百問	丁明夷等著	180
5904	佛教典籍百問	方廣錩著	180
5905	佛教密宗百問	李冀誠等著	180
5906	佛教氣功百問	陳兵著	180
5907	佛教禪宗百問	潘桂明著	180
5908	道教氣功百問	陳兵著	180
5909	道教知識百問	盧國龍著	180
5911	禪詩今譯百首	王志遠著	180
5912	印度宗教哲學百問	姚衛羣著	180
5914	伊斯蘭教歷史百問	沙秋眞等著	180
5915	伊斯蘭教文化百問	馮今源等著	180
	儀制叢書	**著者**	**定價**
6000	宗教法規十講	吳堯峰著	400
6001	梵唄課誦本	本社編	50
6002	大悲懺儀合節	本社編	80
6500	中國佛教與社會福利事業	道瑞良秀著	100
6700	無聲息的歌息	星雲大師著	100
	用世叢書	**著者**	**定價**
7501	佛光山靈異錄(一)	釋依空等著	100
7502	怎樣做個佛光人	星雲大師著	50
7504	佛光山印度朝聖專輯	釋心定等著	200
7505	佛光山開山二十週年紀念特刊	佛光山編	紀念藏
7510	佛光山開山三十週年紀念特刊	佛光山編	10000
7700	念佛四大要訣	戀西大師著	80
7800	跨越生命的藩籬—佛教生死學	吳東權等著	150
7801	禪的智慧vs現代管理	蕭武桐著	150

7802	遠颺的梵唱—佛教在亞細亞	鄭振煌等著	160
7803	如何解脫人生病苦—佛教養生學	胡秀卿著	150
	藝文叢書	**著者**	**定價**
8000	覷紅塵(散文)	方杞著	120
8001	以水為鑑(散文)	張培耕著	100
8002	萬壽日記(散文)	釋慈怡著	80
8003	敬告佛子書(散文)	釋慈嘉著	120
8004	善財五十三參	鄭秀雄著	150
8005	第一聲蟬嘶(散文)	忻愉著	100
8007	禪的修行生活—雲水日記	佐藤義英著	180
8008	生活的廟宇(散文)	王靜蓉著	120
8009	人生禪(一)	方杞著	140
8010	人生禪(二)	方杞著	140
8011	佛教說話文學全集(一)	劉欣如改寫	150
8012	佛教說話文學全集(二)	劉欣如改寫	150
8013	佛教說話文學全集(三)	劉欣如改寫	150
8014	佛教說話文學全集(四)	劉欣如改寫	150
8015	佛教說話文學全集(五)	劉欣如改寫	150
8017	佛教說話文學全集(七)	劉欣如改寫	150
8018	佛教說話文學全集(八)	劉欣如改寫	150
8019	佛教說話文學全集(九)	劉欣如改寫	150
8020	佛教說話文學全集(十)	劉欣如改寫	150
8021	佛教說話文學全集(十一)	劉欣如改寫	150
8022	人生禪(三)	方杞著	140
8023	人生禪(四)	方杞著	140
8024	紅樓夢與禪	圓香著	120
8025	回歸佛陀的時代	張培耕著	100
8026	佛踪萬里紀遊	張培耕著	100
8028	一鉢山水錄(散文)	釋宏意著	120
8029	人生禪(五)	方杞著	140
8030	人生禪(六)	方杞著	140
8031	人生禪(七)	方杞著	140
8032	人生禪(八)	方杞著	140
8033	人生禪(九)	方杞著	140
8034	人生禪(十)	方杞著	140
8035	擦亮心燈	鄭佩佩著	180
8100	僧伽(佛教散文選第一集)	簡媜等著	120
	情緣(佛教散文選第二集)	孟瑤等著	120
8102	半是青山半白雲(佛教散文選第三集)	林清玄等著	150
8103	宗月大師(佛教散文選第四集)	老舍等著	120
8104	大佛的沉思(佛教散文選第五集)	許墨林等著	140
8200	悟(佛教小說選第一集)	孟瑤等著	120
8201	不同的愛(佛教小說選第二集)	星雲大師著	120
8204	蟠龍山(小說)	康白著	120
8205	緣起緣滅(小說)	康白著	150
8207	命命鳥(佛教小說選第五集)	許地山等著	140
8208	天寶寺傳奇(佛教小說選第六集)	姜天民等著	140
8209	地獄之門(佛教小說選第七集)	陳望塵等著	140
8210	黃花無語(佛教小說選第八集)	程乃珊等著	140
8220	心靈的畫師(小說)	陳慧劍著	100
8300	佛教聖歌集	本社編	300
8301	童韻心聲	高惠美等編	120

3406	金山活佛	煮雲法師著	130
3407	無著與世親	木村闕江著	130
3408	弘一大師與文化名流	陳　星著	150
3500	皇帝與和尚	煮雲法師著	130
3501	人間情味一豐子愷傳	陳　星著	180
3502	豐子愷的藝術世界	陳　星著	160
3600	玄奘大師傳(中國佛教高僧全集1)	圓　香著	350
3601	鳩摩羅什大師傳(中國佛教高僧全集2)	宣 建 人著	250
3602	法顯大師傳(中國佛教高僧全集3)	陳 白 夜著	250
3603	惠能大師傳(中國佛教高僧全集4)	陳 南 燕著	250
3604	蓮池大師傳(中國佛教高僧全集5)	項 冰 如著	250
3605	鑑眞大師傳(中國佛教高僧全集6)	傅　傑著	250
3606	曼殊大師傳(中國佛教高僧全集7)	陳　星著	250
3607	寒山大師傳(中國佛教高僧全集8)	薛 家 柱著	250
3608	佛圖澄大師傳(中國佛教高僧全集9)	葉　斌著	250
3609	智者大師傳(中國佛教高僧全集10)	王 仲 堯著	250
3610	寄禪大師傳(中國佛教高僧全集11)	周 維 強著	250
3611	憨山大師傳(中國佛教高僧全集12)	項　東著	250
3657	懷海大師傳(中國佛教高僧全集13)	華 鳳 蘭著	250
3661	法藏大師傳(中國佛教高僧全集14)	王 仲 堯著	250
3632	僧肇大師傳(中國佛教高僧全集15)	張　強著	250
3617	慧遠大師傳(中國佛教高僧全集16)	傅 紹 良著	250
3679	道安大師傳(中國佛教高僧全集17)	龔　雋著	250
3669	紫柏大師傳(中國佛教高僧全集18)	張 國 紅著	250
3656	圜悟克勤大師傳(中國佛教高僧全集19)	吳 言 生著	250
3676	安世高大師傳(中國佛教高僧全集20)	趙 福 蓮著	250
3681	義淨大師傳(中國佛教高僧全集21)	王 亞 榮著	250
3684	眞諦大師傳(中國佛教高僧全集22)	李 利 安著	250
3680	道生大師傳(中國佛教高僧全集23)	楊 維 忠著	250
3693	弘一大師傳(中國佛教高僧全集24)	陳　星著	250
3671	見月大師傳(中國佛教高僧全集25)	溫 金 玉著	250
3672	僧祐大師傳(中國佛教高僧全集26)	章 義 和著	250
3648	雲門大師傳(中國佛教高僧全集27)	李 安 綱著	250
3633	達摩大師傳(中國佛教高僧全集28)	程 世 和著	250
3667	懷素大師傳(中國佛教高僧全集29)	劉 明 立著	250
3688	世親大師傳(中國佛教高僧全集30)	李 利 安著	250
3700	日本禪僧涅槃記(上)	曾 普 信著	150
3701	日本禪僧涅槃記(下)	曾 普 信著	150
3702	仙崖禪師軼事	石村善右著	100
3900	印度佛教史概說	佐佐木教悟等著	170
3901	韓國佛教史	愛宕顯昌著	100
3902	印度教與佛教史綱㈠	查爾斯·埃利奧特著	300
3903	印度教與佛教史綱㈡	查爾斯·埃利奧特著	300
3905	大史(上)	摩訶那摩等著	350
3906	大史(下)	摩訶那摩等著	350
	文選叢書	著者	定價
5001	星雲大師講演集㈠	星雲大師著	300
5004	星雲大師講演集㈣	星雲大師著	300
5101	星雲禪話㈠	星雲大師著	150
5102	星雲禪話㈡	星雲大師著	150
5103	星雲禪話㈢	星雲大師著	150
5104	星雲禪話㈣	星雲大師著	150
5107	星雲法語㈠	星雲大師著	150
5108	星雲法語㈡	星雲大師著	150
5113	心甘情願一星雲百語㈠	星雲大師著	100
5114	皆大歡喜一星雲百語㈡	星雲大師著	100
5115	老二哲學一星雲百語㈢	星雲大師著	100
5201	星雲日記㈠——安然自在	星雲大師著	150
5202	星雲日記㈡——創造全面的人生	星雲大師著	150
5203	星雲日記㈢——不負西來意	星雲大師著	150
5204	星雲日記㈣——凡事超然	星雲大師著	150
5205	星雲日記㈤——人忙心不忙	星雲大師著	150
5206	星雲日記㈥——不請之友	星雲大師著	150
5207	星雲日記㈦——找出內心平衡點	星雲大師著	150
5208	星雲日記㈧——慈悲不是定點	星雲大師著	150
5209	星雲日記㈨——觀心自在	星雲大師著	150
5210	星雲日記㈩——勤耕心田	星雲大師著	150
5211	星雲日記(十一)——菩薩情懷	星雲大師著	150
5212	星雲日記(十二)——處處無家處處家	星雲大師著	150
5213	星雲日記(十三)——法無定法	星雲大師著	150
5214	星雲日記(十四)——說忙說閒	星雲大師著	150
5215	星雲日記(十五)——緣滿人間	星雲大師著	150
5216	星雲日記(十六)——禪的妙用	星雲大師著	150
5217	星雲日記(十七)——不二法門	星雲大師著	150
5218	星雲日記(十八)——把心找回來	星雲大師著	150
5219	星雲日記(十九)——談心接心	星雲大師著	150
5220	星雲日記(二十)——談空說有	星雲大師著	150
5400	覺世論叢	星雲大師著	100
5402	雲南大理佛教論文集	藍吉富等著	350
5411	我看美國人	釋 慈 容著	250
5503	本生經的起源及其開展	釋 依 淳著	200
5504	六波羅蜜的研究	釋 依 日著	120
5505	禪宗無門關重要公案之研究	楊 新 瑛著	150
5506	原始佛教四諦思想	聶 秀 藻著	120
5507	般若與玄學	楊 俊 誠著	150
5508	大乘佛教倫理思想研究	李 明 芳著	120
5509	印度佛教蓮花紋飾之探討	郭 乃 彰著	120
5510	淨土三系之研究	廖 閱 鵬著	120
5511	佛教文學對中國小說的影響	釋 永 祥著	120
5512	佛教的女性觀	釋 永 明著	120
5513	盛唐詩與禪	姚 儀 敏著	150
5514	禪宗思想的形成與發展	洪 修 平著	200
5515	晚唐臨濟宗思想評述	杜 寒 風著	220
5516	弘一大師出家前後書法風格之比較	李 璧 苑著	250
5600	一句偈㈠	星雲大師等著	150
5601	一句偈㈡	鄭石岩等著	150
5602	善女人	宋雅姿等著	150
5603	善男子	傅偉勳等著	150
5604	生活無處不是禪	鄭石岩等著	150
5605	佛教藝術的傳人	陳清香等著	160
5606	與永恆對唱一細說當代傳奇人物	釋永芸等著	160
5607	疼惜阮青春一琉璃人生①	王靜蓉等著	150
5608	三十三天天外天一琉璃人生②	林清玄等著	150
5609	平常歲月平常心一琉璃人生③	薇薇夫人等著	150

1190	本生經的起源及其開展	釋依淳著	不零售
1191	人間巧喻	釋依空著	200
1192	大乘本生心地觀經	圓　香著	不零售
1193	南海寄歸內法傳	華　濤釋譯	200
1194	入唐求法巡禮記	潘　平釋譯	200
1195	大唐西域記	王邦維釋譯	200
1196	比丘尼傳	朱良志·詹緒左釋譯	200
1197	弘明集	吳　遠釋譯	200
1198	出三藏記集	呂有祥釋譯	200
1199	牟子理惑論	梁慶寅釋譯	200
1200	佛國記	吳玉貴釋譯	200
1201	宋高僧傳	賴永海釋譯	200
1202	唐高僧傳	賴永海釋譯	200
1203	梁高僧傳	賴永海釋譯	200
1204	異部宗輪論	姚治華釋譯	200
1205	廣弘明集	鞏本棟釋譯	200
1206	輔教編	張宏生釋譯	200
1207	釋迦牟尼佛傳	星雲大師著	不零售
1208	中國佛教名山勝地寺志	林繼中釋譯	200
1209	勅修百丈清規	謝重光釋譯	200
1210	洛陽伽藍記	曹　虹釋譯	200
1211	佛教新出碑志集粹	丁明夷釋譯	200
1212	佛教文學對中國小說的影響	釋永祥著	不零售
1213	佛遺教三經	藍　天釋譯	200
1214	大般涅槃經	高振農釋譯	200
1215	地藏本願經·佛說盂蘭盆經·佛說父母恩重難報經	陳利權·伍玲玲釋譯	200
1216	安般守意經	杜繼文釋譯	200
1217	那先比丘經	吳根友釋譯	200
1218	大毘婆沙論	徐醒生釋譯	200
1219	大乘大義章	陳揚炯釋譯	200
1220	因明入正理論	宋立道釋譯	200
1221	宗鏡錄	潘桂明釋譯	200
1222	法苑珠林	王邦維釋譯	200
1223	經律異相	白化文·李鼎霞釋譯	200
1224	解脫道論	黃夏年釋譯	200
1225	雜阿毘曇心論	蘇　軍釋譯	200
1226	弘一大師文集選要	弘一大師著	200
1227	滄海文集選集	釋幻生著	200
1228	勸發菩提心文講話	釋聖印著	不零售
1229	佛經概說	釋慈惠著	200
1230	佛教的女性觀	釋永明著	不零售
1231	涅槃思想研究	張曼濤著	不零售
1232	佛學與科學論文集	梁乃崇等著	200
1300	法華經教釋	太虛大師著	300
1301	觀世音菩薩普門品講話	森下大圓著	150
1600	華嚴經講話	鎌田茂雄著	220
1700	六祖壇經註釋	唐一玄著	180
1800	金剛經及心經釋義	張承斌著	100
1805	金剛般若波羅蜜經講話	釋竺摩著	150
	概論叢書	**著者**	**定價**
2000	八宗綱要	凝然大德著	200
2001	佛學概論	蔣維喬著	130

2002	佛教的起源	楊曾文著	130
2003	佛道詩禪	賴永海著	180
2100	佛家邏輯研究	霍韜晦著	150
2101	中國佛性論	賴永海著	250
2102	中國佛教文學	加地哲定著	180
2103	敦煌學	鄭金德著	180
2104	宗教與日本現代化	村上重良著	150
2200	金剛經靈異	張少齊著	140
2201	佛與般若之眞義	圓　香著	120
2300	天台思想入門	鎌田茂雄著	120
2301	宋初天台佛學窺豹	王志遠著	150
2401	談心說識	釋依昱著	160
2500	淨土十要(上)	蕅益大師選	180
2501	淨土十要(下)	蕅益大師選	180
2700	頓悟的人生	釋依空著	150
2800	現代西藏佛教	鄭金德著	300
2801	藏學零墨	王　堯著	150
2803	西藏文史考信集	王　堯著	240
2804	西藏佛教密宗	李冀誠著	150
	教理叢書	**著者**	**定價**
4002	中國佛教哲學名相選釋	吳汝鈞著	140
4003	法相	釋慈莊著	250
4200	佛教中觀哲學	梶山雄一著	140
4201	大乘起信論講記	方　倫著	140
4202	觀心·開心—大乘百法明門論解說1	釋依昱著	220
4203	知心·明心—大乘百法明門論解說2	釋依昱著	200
4205	空入門	梶山雄一著	170
4300	唯識哲學	吳汝鈞著	140
4301	唯識三頌講記	方　倫著	140
4302	唯識思想要義	徐典正著	140
4700	眞智慧之門	侯秋東著	140
	史傳叢書	**著者**	**定價**
3000	中國佛學史論	褚柏思著	120
3002	中國佛教通史(第一卷)	鎌田茂雄著	250
3003	中國佛教通史(第二卷)	鎌田茂雄著	250
3004	中國佛教通史(第三卷)	鎌田茂雄著	250
3005	中國佛教通史(第四卷)	鎌田茂雄著	250
3100	中國禪宗史話	褚柏思著	120
3200	釋迦牟尼佛傳	星雲大師著	180
3201	十大弟子傳	星雲大師著	150
3300	中國禪	鎌田茂雄著	150
3301	中國禪祖師傳(上)	曾普信著	150
3302	中國禪祖師傳(下)	曾普信著	150
3303	天台大師	宮崎忠尙著	130
3304	十大名僧	洪修平著	150
3305	人間佛教的星雲—星雲大師行誼㈠	本　社著	150
3400	玉琳國師	星雲大師著	130
3401	緇門崇行錄	蓮池大師著	120
3402	佛門佳話	月基法師著	150
3403	佛門異記㈠	煮雲法師著	180
3404	佛門異記㈡	煮雲法師著	180
3405	佛門異記㈢	煮雲法師著	180

佛光叢書目錄

⊙價格如有更動，以版權頁為準

	經典叢書	著者	定價
1000	八大人覺經十講	星雲大師著	120
1001	圓覺經自課	唐 一 玄著	120
1002	地藏經講記	釋 依 瑞著	250
1005	維摩經講話	釋 竺 摩著	200
1101	中阿含經	梁曉虹釋譯	200
1102	長阿含經	陳永革釋譯	200
1103	增一阿含經	耿 敬釋譯	200
1104	雜阿含經	吳 平釋譯	200
1105	金剛經	程恭讓釋譯	200
1106	般若心經	程恭讓·東初等釋譯	不零售
1107	大智度論	郏廷礎釋譯	200
1108	大乘玄論	邱高興釋譯	200
1109	十二門論	周學農釋譯	200
1110	中論	韓廷傑釋譯	200
1111	百論	強 昱釋譯	200
1112	肇論	洪修平釋譯	200
1113	辯中邊論	魏德東釋譯	200
1114	空的哲理	道安法師著	200
1115	金剛經講話	星雲大師著	不零售
1116	人天眼目	方 銘釋譯	200
1117	大慧普覺禪師語錄	潘桂明釋譯	200
1118	六祖壇經	李 申釋譯	200
1119	天童正覺禪師語錄	杜寒風釋譯	200
1120	正法眼藏	董 群釋譯	200
1121	永嘉證道歌·信心銘	何勁松·釋弘憫釋譯	200
1122	祖堂集	葛兆光釋譯	200
1123	神會語錄	邢東風釋譯	200
1124	指月錄	吳相洲釋譯	200
1125	從容錄	董 群釋譯	200
1126	禪宗無門關	魏道儒釋譯	200
1127	景德傳燈錄	張 華釋譯	200
1128	碧巖錄	任澤鋒釋譯	200
1129	緇門警訓	張學智釋譯	200
1130	禪林寶訓	徐小躍釋譯	200
1131	禪林象器箋	杜曉勤釋譯	200
1132	禪門師資承襲圖	張春波釋譯	200
1133	禪源諸詮集都序	閻 韜釋譯	200
1134	臨濟錄	張伯偉釋譯	200
1135	來果禪師語錄	來果禪師著	200
1136	中國佛學特質在禪	太虛大師著	200
1137	星雲禪話	星雲大師著	200
1138	禪話與淨話	方 倫著	200
1139	釋禪波羅蜜次第法門	黃 連 忠著	200
1140	般舟三昧經	吳立民·徐蓀銘釋譯	200
1141	淨土三經	王月清釋譯	200
1142	佛說彌勒上生下生經	業露華釋譯	200
1143	安樂集	業露華釋譯	250
1144	萬善同歸集	袁家耀釋譯	200
1145	維摩詰經	賴永海釋譯	200
1146	藥師經	陳利權釋譯	200
1147	佛堂講話	道源法師著	200
1148	信願念佛	印光大師著	200
1149	精進佛七開示錄	煮雲法師著	200
1150	往生有分	妙蓮長老著	200
1151	法華經	董 群釋譯	200
1152	金光明經	張文良釋譯	200
1153	天台四教儀	釋永本釋譯	200
1154	金剛錍	王志遠釋譯	200
1155	教觀綱宗	王志遠釋譯	200
1156	摩訶止觀	王雷泉釋譯	200
1157	法華思想	平川彰等著	200
1158	華嚴經	高振農釋譯	200
1159	圓覺經	張保勝釋譯	200
1160	華嚴五教章	徐紹強釋譯	200
1161	華嚴金師子章	方立天釋譯	200
1162	華嚴原人論	李錦全釋譯	200
1163	華嚴學	龜川教信著	200
1164	華嚴經講話	鎌田茂雄著	不零售
1165	解深密經	程恭讓釋譯	200
1166	楞伽經	賴永海釋譯	200
1167	勝鬘經	王海林釋譯	200
1168	十地經論	魏常海釋譯	200
1169	大乘起信論	蕭萐父釋譯	200
1170	成唯識論	韓廷傑釋譯	200
1171	唯識四論	陳 鵬釋譯	200
1172	佛性論	龔 雋釋譯	200
1173	瑜伽師地論	王海林釋譯	200
1174	攝大乘論	王 健釋譯	200
1175	唯識史觀及其哲學	釋 法 舫著	不零售
1176	唯識三頌講記	于 凌 波著	200
1177	大日經	呂建福釋譯	200
1178	楞嚴經	李富華釋譯	200
1179	金剛頂經	夏金華釋譯	200
1180	大佛頂首楞嚴經	圓 香著	不零售
1181	成實論	陸玉林釋譯	200
1182	俱舍要義	楊 白 衣著	200
1183	佛說梵網經	季芳桐釋譯	200
1184	四分律	溫金玉釋譯	200
1185	戒律學綱要	釋 聖 嚴著	不零售
1186	優婆塞戒經	釋 能 學著	不零售
1187	六度集經	梁曉虹釋譯	200
1188	百喩經	屠友祥釋譯	200
1189	法句經	吳根友釋譯	200

□總　監　修□星雲大師
□發　行　人□佛光山宗務委員會
心定和尚　慈莊法師　慈惠法師　慈容法師　慈嘉法師
依嚴法師　依恒法師　依空法師　依淳法師
□一九九七年四月初版
一九九七年十一月初版四刷

□總　編　輯□慈惠法師　依空法師（臺灣）
王志遠　賴永海（大陸）
□總　連　絡□吉廣輿　王淑慧
□釋　譯　者□賴永海
□美術編輯□陳婉玲
□法律顧問□蘇盈貴　舒建中　毛英富律師
□出　版　者□佛光文化事業有限公司
臺北市信義區松隆路三二七號八樓　☎（〇二）二七六九三二五〇
高雄縣大樹鄉佛光山寺　☎（〇七）六五六四〇三八—九
□流　通　處□佛光書局
高雄市前金區賢中街二十七號　☎（〇七）二七二八六四九
臺北市忠孝西路一段七十二號九樓之十四　☎（〇二）二三一四四六五九
臺北市汀州路三段一八八號二樓之四　☎（〇二）二三六五一八二六
臺北市松隆路三二七號八樓　☎（〇二）二七六九三二五〇
中國北京海淀區中國圖書城
□定　　價□二〇〇元
□排　　版□上統電腦排版事業有限公司　☎（〇二）二七四〇二一三一—六
□印　　刷□沈氏藝術印刷股份有限公司　☎（〇二）二二七〇六一六一
□郵政劃撥第一八八八九四四八號　帳戶：佛光文化事業有限公司
□行政院新聞局出版事業登記證局版北市業字第四七八號
□如有缺頁或裝訂錯誤，請寄回本社更換

國家圖書館出版品預行編目資料

維摩詰經 / 賴永海釋譯. -- 初版. -- 高雄縣大
  樹鄉 : 佛光, 1997[民86]
    面 ;   公分. -- (佛光經典叢書 ; 1145)(
中國佛教經典寶藏精選白話版 ; 45)
  參考書目:面
  ISBN 957-543-548-6(精裝). -- ISBN 957-
543-549-4(平裝)

  1. 經集部

221.72   85012600